पति के हत्यारे

जेम्स हेडली चेइज़

प्रकाशक	:	**डायमंड पॉकेट बुक्स (प्रा.) लि.** X-30 ओखला इंडस्ट्रियल एरिया, फेज-II नई दिल्ली-110020
फोन	:	011-40712200, 41611861
ई-मेल	:	sales@dpb.in
वेबसाइट	:	www.diamondbook.in
मुद्रक	:	रेप्रो (इंडिया)

Pati ke Hatayare

By : James Hadley Chase

पति के हत्यारे

जून महीने की तपती हुई दोपहरी थी। चारों तरफ खामोशी छायी थी। ऐसा लग रहा था जैसे संसार का समूचा कोलाहल शान्त हो गया हो। चारों ओर सन्नाटा छाया हुआ था।

मैं अपने ऑफिस में बैठा ऊंघ रहा था। अचानक प्यूला दरवाजे में आ खड़ी हुई। उसके पैरों की आहट सुनकर मैंने आंखें खोल दीं और प्यूला की ओर देखने लगा।

'मैंने विनग्रोव की सहायता करना स्वीकार कर लिया है विक।' प्यूला ने दरवाजे में खड़े-खड़े ही कहा, 'बेचारा अपनी इकलौती लड़की के गुम हो जाने की वजह से परेशान है। वह किसी भी कीमत पर अपनी बेटी को पाना चाहता है।'

'लेकिन मैंने तो इंकार कर दिया था प्यूला। फिर भी तुमने उस बूढ़े से वायदा कर लिया।' मैंने झल्लाकर कहा।

मेरे पास इन दिनों कोई काम नहीं था। लेकिन गर्मी इतनी भयंकर पड़ रही थी कि घर से निकलने को जी नहीं चाहता था। विनग्रोव की लड़की अल्पवयस्क थी और उसे वापस पाने का कानूनी अधिकार था। लेकिन वह जिस आदमी के पास थी वह बहुत ही भयंकर आदमी था। मैं जानता था कि वह आसानी से उस लड़की को छोड़ेगा नहीं। इस काम में पुलिस उसकी सहायता कर सकती थीं। मैंने विनग्रोव को यही सलाह दी थी; लेकिन वह पुलिस की सहायता लेना नहीं चाहता था, क्योंकि पुलिस के हाथ में केस देते ही यह समाचार अखबारों तक पहुंच जाता और उसकी बदनामी होगी।

मैं पिछले तीन दिनों से इस काम से कतरा रहा था।

'नहीं प्यूला, मैं इस काम को नहीं करूंगा। अगर तुमने उससे रुपया ले लिया है तो वापस कर दो। उससे कह दो कि मैं बहुत व्यस्त हूं। मैं उसका काम नहीं कर पाऊंगा।'

'इस काम में आखिर ऐसी क्या बुराई है?' प्यूला ने कहा, 'मेरा ख्याल है कि इस काम में ज्यादा जोखिम उठानी पड़ेगी?'

'मैं जोखिम से नहीं घबराता। मुझे तो उन्हीं कामों को करने में मजा आता है जिनमें ज्यादा से ज्यादा जोखिम उठानी पड़ती है।' मैंने कहा।

मार्टिन विनग्रोव आर्चिड शहर का एक बहुत बड़ा धनाढ्य व्यक्ति था। वह बहुत ही मोटा था। काफी बूढ़ा था और बहुत अय्याश था। उसने फेल्गन स्ट्रीट पर बने एक पेन्ट हाउस में गल्म मेनिस्टर की एक डांसर को रख रखा था। वह बहुत ही निर्लज्ज औरत थी। जैसी कि आम बाजारू औरतें होती हैं। विनग्रोव के स्वभाव में लोभ-लालच और स्वार्थ कूट-कूटकर भरा हुआ था। इन्हीं सब कारणों से उसकी पत्नी अपने ड्राइवर के साथ भाग गई थी। उस ड्राइवर की उम्र विनग्रोव की पत्नी की उम्र से आधी थी। लेकिन वह पैसे का बहुत ही लालची था और विनग्रोव

की पत्नी पास पैसे की कमी नहीं थी। विनग्रोव के दो ही संतानें थीं। उसका लड़का जन्मजात रोगी था जो दवाएं खा-खाकर किसी तरह जिन्दगी के दिन काट रहा था। और लड़की घर से भागकर बेरत के पास चली गई थी। और जैक बेरत नम्बरी बदमाश ही नहीं था बल्कि बदमाशों का सरगना था। उसे नीच से नीच काम करने में भी रत्ती भर हिचक नहीं होती थी।

मुझे खामोश देखकर प्यूला ने कहा, 'अगर मैंने विनग्रोव को रुपए वापस कर दिए तो इस महीने के बिलों का कहां से पेमेन्ट किया जाएगा। अभी तो इस मेज के भी बाकी रुपए चुकाने हैं।'

'तो फिर यह काम कैरमन को सौंप दो। ऐसे छोटे-मोटे काम तुम उसी के सुपुर्द कर दिया करो।'

'आजकल वह मिस रायटर को ड्राइविंग सिखा रहा है।'

'क्या दोबारा सिखा रहा था?' मैंने झल्लाकर कहा, 'जब भी देखो वह मिस रायटर को ड्राइविंग सिखाता मिलता है। आखिर मामला क्या है। अगर किसी गधे को भी ड्राइविंग सिखाई जाए तो वह आठ दिन में सीख लेगा। लेकिन मिस रायटर को महीनों हो गए ड्राइविंग सीखते।'

'इसका कारण केवल यह है कि कैरमन कद्दावर जवान है। मिस राइटर ने एक दिन मुझसे कहा था, 'कैरमन के साथ कार में बैठकर कोई भी युवती अपने आपको भाग्यवान समझ सकती है।' और इसके अलावा ड्राइविंग सिखाने के बदले में वह कैरमन को मोटी रकम भी देती है।'

'कुछ भी हो, मैं इस काम को नहीं करूंगा।' मैंने दृढ़ता से कहा।

'तुम इस काम पर किसी और को लगा दो।'

'किसे लगा दूं? इस समय कोई आदमी नजर में है भी तो नहीं।'

'अब तुम जैसा उचित समझो। बेरत का पता नोट कर लो। उसका पता है 247 जैफरसन एवेन्यु।'

'मुझे याद है।' मैंने झल्लाकर कहा और फिर अपना हैट उठाकर ऑफिस से निकल गया।

□ □

247 जैफरसन एवेन्यु, फेअर व्यू मार्ग के सिरे पर बनी एक बहुत बड़ी इमारत का एक हिस्सा था जो चौकोर आकार का बना हुआ था। उस मकान की खिड़कियों पर हरे रंग के शटर तथा मुख्य द्वार पर भड़कीले केनवास के पर्दे पड़े थे।

बिल्डिंग के रिसेप्शन रूम में मद्धिम रोशनी थी। उसकी दीवारों पर इस प्रकार के रंगों के और ऐसे भित्ति चित्र बनाए गए थे जिन्हें देखकर आगन्तुक के मन में भय जाग उठता था। फर्श पर रबर की शीट के ऊपर गलीचा बिछा था जिस पर चलकर मैं ऑटोमेटिक जीने तक पहुंच गया।

लिफ्ट के पास ही एक नोटिस बोर्ड और स्विच बोर्ड था। एक ओर मेज पर टेलीफोन रखा था जिसके पास एक लड़की बैठी कुछ पढ़ रही थी। वह पढ़ने में इतनी तल्लीन थी कि उसने मेरी आहट तक नहीं सुनी और न सिर उठाकर ऊपर देखा। ऐसा लगता था जैसे उसे उस बात से कोई

सरोकार ही नहीं है। यहां का नियम यह था कि जिससे भी मिलना होता था उसके बारे में जानकारी देनी होती थी। इसके बाद रिसेप्शनिस्ट उस व्यक्ति से टेलीफोन पर बात करके कि वह मिलना चाहता भी है अथवा नहीं, आगन्तुक को अंदर जाने देती।

लेकिन जैसे ही मैं लिफ्ट के दरवाजे पर पहुंचा एक आदमी किसी खंभे की ओट से निकलकर मेरे सामने आ खड़ा हुआ।

उसके बदन पर स्याह सूट था और सिर पर लगा हैट आगे की ओर झुका हुआ था।

'कहां जा रहे हो?' उसने गुर्राते हुए पूछा। उसका चेहरा गोल और भरा हुआ था और उसकी आंखें गहरी और छोटी-छोटी थीं। उसकी मूंछों ने उसके आधे चेहरे को ढक रखा था। वह ऐसा लग रहा था जैसे कि रिटायर्ड सिपाही हो।

'मुझे किसी ने बुलाया है।' मैंने कहा और उसकी ओर मुस्कराते हुए देखने लगा। लेकिन मेरी मुस्कराहट का उस पर कोई प्रभावित असर नहीं पड़ा।

'हम पहले इस बात की जांच करते हैं और उसके बाद ही किसी को बिल्डिंग में जाने देते हैं। तुम किससे भेंट करना चाहते हो?' उसकी आवाज आर्चिड शहर के अन्य सिपाहियों जैसी कठोर तो नहीं थी लेकिन रौबीली थी।

'मुझे बेरत ने बुलाया है। लेकिन मैं उसे जानता नहीं हूं। मुझे उससे पांच डालर का बिल लेना है।' मैंने कहा और बिल-बुक निकालकर उसे दिखा दी। उस मोटे आदमी ने उछलकर उसे देखा और उसकी आंखें फैल गईं। उसकी मूंछें हिलीं और उसके पुराने जूतों की आवाज गूंज उठी। मैंने बिल उसकी ओर बढ़ा दिया।

उस मोटे की निकोटीन से सनी उंगलियों ने बिल-बुक अपने हाथ में ले ली।

'मैं अब ऊपर जा सकता हूं।' मैंने कहा और अपने सोने से जड़े दांत दिखाए।

'लेकिन देर मत लगाना। मैंने तुम्हें पहले कभी नहीं देखा है।'

वह पुनः खंभे के पीछे चला गया और फिर डैस्क के पीछे बैठी लकड़ी की ओर बढ़ गया जिसने पढ़ने बंद कर दिया था और बड़े गौर से उसकी ओर मुस्कराकर देख रही थी। जैसे ही मैंने लिफ्ट का दरवाजा बंद किया वह उसके पास जा पहुंचा और उसे अपनी बांहों में समेट लिया।

मैं लिफ्ट द्वारा चौथी मंजिल पर पहुंचकर दरवाजे के साथ ही बने लम्बे रास्ते को तै करता हुआ बेरत के फ्लैट के दरवाजे पर पहुंच गया, जिसके कोने पर उसका नम्बर 4 वी 15 लिखा था। दरवाजा बंद था और अंदर रेडियो की आवाज गूंज रही थी। जैसे ही मैंने अपना हाथ घंटी बजाने के लिए आगे बढ़ाया, मुझे अचानक ही शीशे के टूटने की आवाज सुनाई दी।

मैंने घंटी पर अपना अंगूठा रखकर दबा दिया और इंतजार करने लगा। किसी के दरवाजे की ओर आने की आहट सुनाई दी। लेकिन दरवाजा नहीं खुला। मैंने दोबारा अपना अंगूठा घंटी बजाने को दबाया और इंतजार करने लगा। अंदर घंटी बजने की आवाज मुझे सुनाई दे रही थी। तभी अचानक किसी ने रेडियो बंद कर दिया और दरवाजे पर आ गया।

एक लम्बा आदमी, लाल रंग के ड्राइंग रूम के दरवाजे पर खड़ा था और मेरी ओर देखते हुए मुस्करा रहा था। उसका दुबला-पतला चेहरा सुन्दर था। उसके ऊपरी होंठ पर मूंछें खड़ी थीं और आंखें बड़ी-बड़ी अम्बर जैसे रंग की थीं।

'हैलो।' वह धीरे से बोला, 'क्या तुम ही घंटी बजा रहे हो? मेरे सिवा यहां और तो कोई है नहीं।' मैंने उसकी ओर देखकर कहा। उसकी आंखों में देखने से ऐसा लगता था जैसे उसने डटकर शराब पी रखी हो। तभी मैंने सोचा कि मुझे चौकन्ना रहना चाहिये।

'मुझसे मजाक कर रहे हो।' उसने नरमी से कहा और फिर अपने हाथ को उठाकर गर्दन के पीछे ले गया, जिसमें वह टूटी हुई बोतल पकड़े था और फिर उसने बड़ी ताकत से बोतल मेरे चेहरे की ओर मारी।

मैंने अपना चेहरा बोतल की सीध से अलग हटा लिया था। भाग्य से मैं बच गया। उसका वार हवा में खाली गया था, इसलिए वह मुंह ऊपर उठाए आगे की ओर झुक गया। मैंने झपटकर उसके जबड़े पर जोर से एक थप्पड़ जड़ दिया। वह घूमकर फर्श पर औंधा जा गिरा। उसके जबड़े की हड्डी टूटने की साफ आवाज सुनाई दी।

वह फर्श पर औंधा पड़ा था। बोतल अभी भी उसने अपनी उंगलियों में कसकर पकड़ी हुई थी। मैंने बड़ी कठिनाई से उसके हाथ से बोतल छीन ली और कमरे में एक कोने में फेंक दी। समूचा कमरा व्हिस्की की गंध से भरा हुआ था। हवा में और भी न जाने किसी तरह की दुर्गन्ध फैली हुई थी। सहज ही अंदाजा लगाया जा सकता है कि बेरत जैसे आदमी के यहां किस तरह की चीजें हो सकती हैं। अनेकों टूटी हुई बोतलों का अंगीठी के पास ढेर लगा हुआ था। स्टील का फर्नीचर कमरे में छितरा पड़ा हुआ था मानो दो बड़े जहाजी कुली आपस में लड़े हों। दस फुटी स्टील की मेज खिड़की की ओर पड़ी थी जिसका शीशा टूटा हुआ था।

सिवाय उस फर्नीचर और गंध के कमरे में और कुछ भी नहीं था। मैं खून जैसे लाल कारपेट पर धीरे-धीरे आधे खुले हुए दरवाजे की ओर बढ़ गया। मैंने कमरे में झांककर देखा। वहां बिजली की रोशनी हो रही थी और कई चाकू पड़े थे।

एक लड़की पलंग पर लेटी हुई थी। उसके गले में हाथी दांत के मोतियों का नेकलेस था और बाएं हाथ में सोने की चैन की कड़ी थी। वह जवान थी और साथ ही आकर्षक भी। लेकिन जिस तरह वह सलवट पड़े बिस्तर पर लेटी थी उससे कोई अच्छा आभास नहीं होता था। उसका मुंह सूजा हुआ था जैसे किसी ने अच्छी तरह उसे पीटा हो। उसकी छाती तथा बांहों पर अनेक भद्दे हरे-नीले निशान दिखाई दे रहे थे।

हमने एक दूसरे को देखा। वह न हिली और न ऐसा मालूम हुआ कि मुझे देखकर उसे कोई आश्चर्य ही हुआ हो। वह पागलों की तरह मुस्कराई। और फिर उसने बड़ी कठिनाई से अपना हाथ उठाकर कुछ अभिवादन जैसा किया।

वह किसी भी प्रकार की बात करने की स्थिति में नहीं जान पड़ती थी। मुझे यह निर्णय करना था कि मैं उसे यहीं छोड़ जाऊं या घर ले चलूं। अंत में मैंने उसे साथ ले चलने का ही निर्णय किया।

'हैलो, मिस विनग्रोव। क्या तुम मेरे घर चल रही हो?' मैंने उसकी ओर बढ़कर पूछा।

वह कुछ नहीं बोली। उसके रक्तिम चेहरे पर वही मुस्कराहट ठहरी हुई थी। मुझे संदेह हुआ कि जो कुछ मैंने कहा है उसे इसने सुना भी है या नहीं। मैं खड़ा-खड़ा यह समझने की कोशिश करने लगा कि मामला क्या है।

उसे उठाकर ले जाने का विचार मुझे पसन्द तो नहीं था, क्योंकि वह अपने आप उस स्थान को छोड़ने और स्वयं अपने पैरों से चलने की भी स्थिति में नहीं थी। यदि वह चिल्लाई, किसी ने उसे ले जाते हुए देख लिया तो वह बाउन्सर क्या कहेगा।

खिड़की के पास एक और भी पलंग पड़ा था। मैंने उस पर रखे कम्बल को उठाया और उस मरोड़े हुए शरीर पर डाल दिया।

'बताओ क्या तुम चल सकती हो या मैं तुम्हें उठाकर ले चलूं।'

उसने कम्बल मेरी ओर फेंक दिया। उसकी मुस्कराहट गायब हो गई।

मैंने उसके ऊपर झुककर एक हाथ उसकी टांगों के नीचे तथा दूसरा उसके आगे कंधों के नीचे लगाया। जैसे ही मैंने उसे उठाया वह छिटककर अलग हो गई और अपने दोनों हाथ मेरी गर्दन में डालकर इस तरह झूल गई कि मैं उसके ऊपर जा गिरा। उसने अपने हाथों और पैरों को मेरे शरीर से चिपटा लिया और मैं उसे वहां से ले जाने में असमर्थ हो गया।

मैं उसके साथ मारपीट नहीं चाहता था, लेकिन वह मुझे बड़े रोमांचक ढंग से पकड़े हुए थी। उसके नर्म शरीर की गर्मी से मुझे घृणा हो रही थी। उसने अपनी टांगों को मेरी कमर में लपेट रखा था और वह पूरी तरह मेरे शरीर से चिपटी हुई थी और अपनी उंगलियों के नाखूनों को मेरी गर्दन में घुसेड़ रही थी तथा मूर्खों की तरह ही-ही करके हंस रही थी।

मैंने उसकी कलाई पकड़कर गोद में उठाने की कोशिश की, लेकिन वह बड़ी ताकतवर थी। मैं उसकी गिरफ्त से अपने को मुक्त नहीं कर सका। हम दोनों लिपटकर नीचे फर्श पर आ पड़े। वह मुझे सिर से टक्कर मारने लगी और मेरे मुंह पर काटने की कोशिश करने लगी।

हम कमरे में लिपटे हुए इधर-उधर लुढ़क रहे थे, तमाम फर्नीचर हमारे ऊपर टकराकर गिर रहा था। आखिर मेरे हाथ में मोजों का एक जोड़ा आ गया और मैंने जोर से उसके मुंह पर दे मारा। उसने मुझे छोड़ दिया। मैं झपटकर खड़ा हो गया। मेरी कमीज का कालर उखड़ गया था और कोट का कालर बुरी तरह रगड़ गया था। मेरे मुंह के नीचे वाले हिस्से में लम्बी खरोंच हो जाने की वजह से खून बहने लगा था।

उसमें अभी लड़ने की शक्ति और भी शेष थी। वह मुझ पर झपटने के लिए कमरे में चारों ओर घूम-घूमकर मुझे पकड़ने की कोशिश कर रही थी, कि तभी बैरत अंदर कमरे में आ गया।

वह जमे-जमे कदमों से लेकिन बड़ी तेजी से कमरे में आया। उसके चेहरे पर वही कुटिल मुस्कराहट थी और अपने दाएं हाथ में लम्बे ब्लेड वाला तेज धार का खुला हुआ चाकू पकड़े था।

उसने अंदर आते ही मेरी ओर घूरकर देखा जैसे मुझे सही-सलामत पाकर उसे आश्चर्य हो रहा हो और फिर मेरी ओर बढ़ने लगा।

उसकी कुटिल हंसी, ठहरी हुई दृष्टि और खुले चाकू को देखकर मुझे पसीना आ गया।

'चाकू फेंक दो बैरत।' मैं चिल्लाया और किसी हथियार की तलाश में पीछे हटने लगा।

वह इस तरह आगे बढ़ रहा था जैसे नींद में आदमी चलता है धीरे-धीरे! मैं समझ गया कि वह मुझे कोने की ओर ले जाना चाहता है, इससे पहले कि उसका मन्तव्य पूरा हो मैं उसे रोक

देना चाहता था, मैंने अचानक ही पलंग पर उछाल मारी और तकिया उठाकर उसके ऊपर फेंक दिया। तकिया उसके मुंह पर लगा और वह हड़बड़ा गया। मैं कूदकर कुर्सी के पास पहुंच गया और जैसे ही वह मेरी ओर बढ़ा मैंने कुर्सी ऊपर उठा ली।

और फिर जैसे ही उसने मुझ पर वार करने को हाथ आगे बढ़ाया मैंने कुर्सी से उसको पीछे धकेल दिया। वह कुर्सी की टांगों में उलझ गया। मैंने अपना संतुलन संभाला और जैसे ही कुर्सी को उसके सिर पर मारने को हुआ कि लड़की मेरी पीठ पर कूद पड़ी और फिर उसने मेरे गले में अपनी बांहें लपेट लीं। मेरा दम घुटने लगा।

ज्यों ही बैरत ने चाकू का वार मुझ पर किया मैं लड़की को लिए ही दीवार की ओर हट गया। मैंने देखा कि लपलपाता चाकू मेरी ओर पुनः आ रहा है तो मेरी हल्की-सी चीख निकल गई और मैंने बड़ी कठिनाई से अपने आपको दूसरी ओर हटाया।

मैं और लड़की फर्श पर लिपटे पड़े थे। वह अभी भी मेरे ऊपर सवार थी और उसकी पकड़ से मेरी सांस घुट रही थी और सिर में रक्त-संचार रुकता जा रहा था।

जब तक बैरत मेरे ऊपर झुके मैं अपने गले से लड़की के हाथ छुड़ाने में सफल हो गया। मैंने सोचा कि अब भाग जाऊं। अपने ऊपर चाकू का ब्लेड आया देखकर जोर से ठोकर मारी, लेकिन व्यर्थ। तभी लड़की ने नीचे से मुझे बुरी तरह जकड़ लिया। मैंने अपने को छुड़ाने की कोशिश की। लेकिन मैं अपनी बांहें नहीं छुड़ा सका और ने मुड़ ही सका। चाकू का ब्लेड अब लगभग एक फुट दूर था मेरी कोख से। बैरत पीछे की ओर आधा झुका और चाकू का ब्लेड मुझसे एक इंच के फासले पर फर्श में जा धंसा। ठीक तभी एक चौड़े कंधों वाला आदमी वहां आ गया और उसने बैरत के सिर में जोर से ठोकर मारी।

बैरत हाथों और घुटनों के बल फर्श पर जा गिरा। वह ठीक मेरे पास ही आकर गिरा था। उसने उठने की कोशिश की और आधा बैठ गया कि तभी उस चौड़े कंधों वाले आदमी ने उसे एक और ठोकर मारी।

यह सब कुछ लगभग पांच सेकंड में हो गया, वह लड़की अभी भी मेरा गला घोंटने की कोशिश कर रही थी। अपनी पीठ पर उसे उठाकर मैं खड़ा हो गया और फिर मैंने उसे घुमाकर अपने से दूर फेंक दिया। वह उस चौड़े कंधों वाले व्यक्ति के समीप जा गिरी और जोर-जोर से चीखने लगी। वह उठी और उस आदमी के मुंह पर उसने अपनी उंगलियों के नाखून गड़ा दिये।

वह सावधान खड़ा था। उसके हाथों को दूर धकेलकर उसने बड़े जोर से ठोकर मारी। वह बालू की दीवार की भांति उसके पैरों के पास गिर पड़ी और बेहोश हो गई।

वह उसके ऊपर झुका और उसकी आंखों के पलक उठाकर देखने लगा। फिर सहज भाव से मेरी ओर आया।

'हैलो, अब तुम्हारे लिए कोई खतरा नहीं है। बताओ क्या बात थी? मैंने तुम्हारे चीखने की आवाज सुनी थी। क्या वह तुमको चाकू से मार देना चाहता था या तुम दोनों आपस में मजाक कर रहे थे?'

मैंने कुछ बोलने से पहले अपना मुंह और गर्दन अपने रूमाल से पोंछे। उसने एक छोटा-सा काम किया था, मैं नहीं चाहता था कि वह यह सब कुछ जाने कि यहां क्या हो रहा था। जितना

उसने अपनी आंखों से देखा था उतना तो वह जानता ही था। मैंने जिज्ञासा-भरी दृष्टि से उन टांगों और हाथों को देखा जो फर्श पर फैले हुए थे। 'तुमने इसे बड़ी बेरहमी से मारा है। मैं आशा करता हूं कि तुम अब इसे और नुकसान नहीं पहुंचाओगे। यह मेरी एक मुवक्किल है।'

उसने अपना एक हाथ हवा में घुमाया।

'उसके बारे में कोई चिन्ता मत करो। तुम इस भद्दी लड़की का इलाज करा लेना। पिछले तीन दिनों से यह दोनों बिना रुके इसी तरह लड़ते और ऊधम मचाते रहे हैं। मेरा जी भर गया है इनके निरन्तर युद्ध से। इन दोनों ने मुझे तीन दिन से सोने नहीं दिया।'

मैं बराबर अपना मुंह और गर्दन पोंछ रहा था, मुझे लगातार पसीना आता जा रहा था। उस लम्बे ब्लेड वाले चाकू से काफी भयभीत हो गया था जो फर्श पर पड़ा था।

'तुम यहीं रहते हो?' मैंने पूछा।

'तुम ठीक समझे, मैं इसके साथ वाले फ्लैट में ही रहता हूं। मेरा नाम निक पैरली है। तुम्हारी इसके विषय में क्या राय है?'

मैंने उसे बताया कि मैं कौन हूं!

'मैं तुमसे बहुत प्रसन्न और कृतज्ञ हूं, यदि तुम समय पर न आ जाते, तो यह मुझे चाकू से मार डालता।'

पैरली मुस्कराया, उसके पतले सांवले चेहरे पर उपहास उभर आया था, मानवता से पूर्ण। वह देखने में बुरा व्यक्ति नहीं लगता था। छोटे जार्ज रफ्ट की भांति प्रतीत होता था। उसके कपड़े अच्छे थे, और उसने उन्हें सलीके से पहन रखा था।

'तब तुम जासूस हो, मैं ठीक समझ रहा हूं न? यह बड़ा अच्छा केस है। क्या इसमें मैं तुम्हारा साथ दे सकता हूं?'

'इस विषय में बात करने के लिए समय कम है। यह ऐसा ही काम है। यहां यदि कोई चीज काम की मिली तो मैं उसको रिकार्ड में रखने के लिए ले जाऊंगा। मैं तुम्हारे लिए अभी अथवा भविष्य में काम दूंगा, मुझे याद रखना। यह बातें घर पर होंगी। तुम हमारे यहां 'ए' ग्रेड पा जाओगे।'

'मैं याद रखूंगा।' वह बोला और मुस्कराया, 'मैं यदि कार्ड पा जाऊंगा तो मुझे खुशी होगी। लेकिन क्या मुझे ऐसा ही काम करना पड़ेगा?' यह कहकर उसने हल्के से लड़की को पैर से छुआ।

'किसी को सुखी बनाने के लिए हर काम करना होता है। मैं यहां इस लड़की को इसके घर वापस ले जाने के लिए आया हूं।'

'क्या तुमने यह सोचा है कि इसे वापस ले जाने से इसका बाप खुश होगा? मैं ऐसा नहीं समझता। यदि उसकी जगह मैं होता तो कभी भी ऐसी लड़की को दोबारा घर में न घुसने देता।'

मैंने एक कम्बल उठाकर उस लड़की पर डाल दिया।

'अपने पिता की यह अकेली लड़की है। सीढ़ियों के नीचे वह जो चौकीदार है वह जब लड़की को ले जाते देखेगा तो क्या बाधा डालेगा?'

'मैक्सी?' पैरली हंसा, 'वह बैरत से बहुत डरती है। मैं अपने ढंग से तुम्हें उस लड़की से मिलाऊंगा, हम साथ-साथ ही चलेंगे।'

'मैक्सी तुमको परेशान नहीं करेगा।'

'तब ठीक है।' मैं बोला, 'मैं किसी का अपहरण करके भाग जाना ठीक नहीं समझता, जैसा कि मैं अभी सोच रहा था।'

'यदि तुम ठीक से संवरना चाहो तो बाथरूम उधर है।' उसने एक ओर इशारा करके कहा। 'तुम अस्त-व्यस्त लग रहे हो, जब तक वापस लौटोगे मैं इसकी चौकसी करता रहूंगा।'

मैं बाथरूम में चला गया और जितना भी हो सकता था मैंने अपने आपको संवार लिया। अपने कालर को पिन से टांक लिया। उस लड़की द्वारा काटने के निशानों को देखकर ऐसा लगता था, जैसे किसी जंगली द्वारा काटने के निशानों को देखकर ऐसा लगता था, जैसे किसी जंगली बिल्ली ने काटा हो।

बाहर आकर मैंने उस लड़की को कम्बल में लपेटकर अपने कंधों पर लटका लिया।

'कितना अच्छा होता अगर यह कार तक स्वयं जा सकती।'

'यह नहीं कर सकेगी।' पैरली ने विश्वासपूर्वक कहा। 'मैंने उसे बेहोश कर दिया है।'

हम उसे लिए हुए लिफ्ट तक आ गए। हमें किसी ने नहीं देखा।

जब लिफ्ट नीचे की ओर जा रही थी, मैंने उससे पूछा, 'जब तुम अपनी गर्ल फ्रेंड से मिलते हो तो भेंट देते हो?'

वह मुस्कराया।

'कुछ भी नहीं। कभी-कभी मैं उसे प्यार से थपकी दे देता हूं और कभी डिनर या लंच खिला देना ही काफी होता है।'

'वास्तव में तुम किसी को इस्तेमाल करने की कला जानते हो।'

'इसमें कोई खास बात नहीं है। थोड़ा-सा प्यार ही उनको पागल बनाने के लिए पर्याप्त है।'

नीचे आकर लिफ्ट रुक गई और हम चलकर लाबी में आ गए।

डैस्क के पीछे बैठी लड़की अपनी कुर्सी से उठकर हमारी ओर आई। उसने डैस्क पर ही एक हाथ से घंटी बजाई और वही पहलवान खंभे के पीछे से एकदम आ उपस्थित हुआ जैसे कोई बक्स में बंद जोकर निकला हो। उसने एक नजर मुझ पर और कंधे पर पड़ी लड़की पर डाली और अपने होंठों से गुर्राने जैसी आवाज करता हुआ मेरी ओर बढ़ने लगा।

'सब ठीक है! मैक्सी शांत रहो।' पैरली ने कहा। 'हम केवल इस गंदगी को यहां से बाहर करने जा रहे हैं। इसके जाने में बाधा मत दो।'

मैक्सी बीच में ही ठहर गया। वह उस लड़की की ओर ताक रहा था। जैसे ही उसने लड़की को पहचाना वह घबरा-सा गया और एकटक उसकी ओर देखने लगा।

'ओह!' यह लड़की...तुम इसे कहां लिए जा रहे हो?'

'तुम इतनी दूर की बातें क्यों सोच रहे हो कि हम इसे कहां लिए जा रहे हैं।' पैरली ने जानना चाहा।

मैक्सी किसी सोच में पड़ गया। फिर बोला, 'मैं समझता हूं यह ठीक ही होगा, लेकिन क्या बैरत यह नहीं जानना चाहेगा कि वह लड़की कहां गई?'

'इस समय वह गहरी नींद में है।' मैंने कहा, 'हमारा ख्याल है कि उसे जगाना ठीक नहीं होगा। उसे अनजान ही बने रहने दिया जाये।'

मैक्सी ने मुझे घूरकर देखा और धीरे से सीटी बजाई।

'ठीक है। इसका अर्थ यह हुआ कि मैंने तुम दोनों को नहीं देखा।' उसने डैस्क के पीछे बैठी लड़की की ओर देखा, 'सुना तुमने ग्रेसी? हमने किसी को नहीं देखा। समझीं?'

लड़की हंसी और सिर हिलाकर स्वीकृति दे दी। मैक्सी हमारे साथ दरवाजे तक गया।

'सावधानी से जाइएगा। बाहर कोई पुलिस का आदमी न हो।'

हम सीढ़ियों से नीचे उतरते हुए बाहर धूप में आ गए। वहां पुलिस का कोई आदमी नहीं था।

मैंने बुइक कार का दरवाजा खेलकर, लड़की को पिछली सीट पर लिटा दिया और दरवाजा बंद कर दिया।

'अच्छा मि. पैरली, बहुत-बहुत धन्यवाद। वैसे यह मेरी जान बचाने के लिए पर्याप्त नहीं है।' मैंने पैरली को अपना परिचय कार्ड दिया, 'इसे रखिए कहीं भी और किसी भी समय तुमसे मिलकर मुझे बहुत खुशी होगी।'

'किसी बात को कहना बड़ा आसान होता है, लेकिन करना बहुत कठिन है।'

'लेकिन इस काम में धन से अधिक सेवा भाव का होना बड़ा जरूरी है, कोशिश कर देखो मैं अपना वायदा पूरा करूंगा।' मैंने कहा और उससे हाथ मिलाकर वहां से चल पड़ा।

□ □

दुबला-पतला और लम्बा, जैक कैरमन, बना-ठना दीवान के ऊपर सीधा लेटा हुआ था। वह हल्के रहे रंग का सूट, क्रीम कलर की कमीज और ब्राउन रंग का गुरगावी जूता पहने हुए था। उसने अपने सीने पर एक बड़ी गेंद रखी हुई थी और रेडियो से प्रसारित संगीत के साथ उस पर ताल दे रहा था।

दूसरी ओर मैं, फर्श पर एक आरामकुर्सी पर बैठा सामने वाली खुली खिड़की से प्रशान्त सागर पर फैली चांदनी को देख रहा था और सोच रहा था कि पहले नहाया जाय और फिर व्हिस्की पी जाय।

विनग्रोव की लड़की अब मेरे लिए भूली हुई कहानी बन गई थी और साथ ही पैरली का नाम भी। दस दिन पूर्व ही मैंने उस बेसुध और चरित्र-भ्रष्ट लड़की को उसके परिवार में पहुंचा दिया था और मैंने अब समझ लिया था कि काम पूरा हो गया है।

मेरे पास कोई काम नहीं था। मैं बिल्कुल फुर्सत में था। तभी अचानक कैरमन बोला, 'लगातार काम करते रहने से मैं बोरियत महसूस कर रहा हूं। क्या हम एक-दो मास के लिए दफ्तर बंद करके बैरमूडा या होनालूलू नहीं जा सकते। इस तरह के लुका-छिपी और खोजबीन

करने के काम ने मुझे बोर कर दिया है। तुम्हारी क्या राय है विक? हमें यह काम बंद कर देना चाहिये, हम कोई और व्यवस्था कर लेंगे। क्या हम नहीं कर सकते?'

'हो सकता है तुम कर लो, लेकिन मेरा ख्याल है कि मैं इस स्थिति में नहीं हूं। दूसरी ओर प्यूला का भी सवाल है, उसका क्या किया जाये?'

कैरमन ने अपना गिलास उठाकर थोड़ी-सी व्हिस्की पी और सिगरेट उठा ली।

'यह लड़की तुम्हें एक दिन मारकर छोड़ेगी, यह हमेशा तुम्हें खतरे में डालने का काम करती रहती है। हमेशा यह धन और काम के बारे में ही सोचती रहती है। तुम्हें उससे कह देना चाहिये कि मेरे बारे में वह चुप ही रहा करे। उसकी बातें सुनकर तुम सोचते होगे कि मैं कुछ भी काम नहीं करता।'

'क्या तुम जानते हो?' मैंने अपनी आंखें बंद करते हुए कहा, 'हममें से हर एक को काम करना चाहिये। कुछ भी हो इस समय हम छुट्टी में ही हैं, जैक। इस समय हम इस काम में सबसे आगे हैं और हमें प्रसिद्धि की इसी चोटी पर रहना चाहिये। यदि हमने दफ्तर बंद कर दिया तो हम सप्ताह में ही भुला दिया जायेंगे और फिर कभी भी हम इस स्थान पर नहीं पहुंच सकेंगे।

कैरमन गुर्राया।

'हो सकता है तुम ठीक कह रहे हो। लेकिन मैं यह बर्दाश्त नहीं कर सकता कि कोई मुझे बिलकुल गुंधा हुआ आटा समझे। मैं नहीं जानता कि वह किस प्रकृति की है। उसका ख्याल है कि मैं रुपया बनाने के लिए हूं। हालांकि यह बुरी बात नहीं है। लेकिन उसे वही कुछ करना चाहिये जो एक लड़की को करना चाहिये। उसके साथ परेशानी यह है कि....।

तभी टेलीफोन की घंटी घनघना उठी।

कैरमन ने अपना सिर घुमाया और चिल्लाकर बोला—

'उसे कोई जवाब मत देना।' उसने निर्देश दिया, 'यह भी कोई मुवक्किल हो सकता है।'

'बिना जाने ही कह दिया।' मैं कुर्सी में से निकलता हुआ बोला—'यह मेरा काम है। इसे मुझे करने दो।'

'तब ठीक है, मुझे रिसीव करने दो। मैं औरतों को टेलीफोन पर अच्छी तरह बना सकता हूं।'

मैंने इशारे से उसे रोका और रिसीवर उठा लिया।

'हैलो!'

एक पुरुष की आवाज में किसी ने पूछा, 'क्या आप मि. मैलीय हैं?' आवाज ऐसी थी जैसे कोई औरत तीखे स्वर में बोल रही हो। ऐसी आवाज या तो लम्बी भूमिका बनाने वालों की होती है या फिर आदमियों को उत्साहित करने के लिए या जब कोई औरत दोपहर बाद की चाय के लिए अपने पति को कहे या ऑफिस से देर से आने पर उलाहना दे।

मैं उस आवाज की व्याख्या में लग गया, लेकिन यह मानसिक विश्लेषण और अभिव्यक्ति की भावना थी।'

"बोल रहा हूं।" मैंने कहा, 'तुम कौन हो?'

'मेरा नाम ली डैड्रिक है। मैंने ऑफिस में तुमसे मिलने की कोशिश की थी, लेकिन वहां कोई नहीं था।'

'मुझे खेद है, ऑफिस छः बजे बंद हो जाता है।'

बैरमन अपने सिर से तकिए, को तोड़-मरोड़ रहा था और कसमसा रहा था, 'उससे कह दो कि हम सब लोग अब सोने जा रहे हैं।'

दूसरी ओर से कड़कदार आवाज आई, 'लेकिन तुमको आज रात एक बहुत जरूरी काम करना पड़ेगा।'

'क्या तुम रात में काम करने को कह रहे हो मि. डैड्रिक?'

'ओह! हां!' और फिर थोड़ी देर तक शांति छाई रही, फिर वह बोला, 'मैं चाहता हूं कि तुम जल्दी ही यहां मेरे मकान पर आ जाओ। अभी। यह बहुत ही जरूरी है।'

अचानक मुझे ऐसा महसूस हुआ कि दूसरी ओर जैसे झगड़ा हो रहा हो। काफी भारी-भारी आवाजें सुनाई दे रही थीं। उस आदमी की आवाज भारी और तीखी थी। ऐसा मालूम देता था कि वह थक गया हो।

'क्या तुम मुझे कुछ संकेत दे सकते हो कि किस काम के लिए तुम्हें मेरी जरूरत पड़ गई है मि. डैड्रिक?' मैंने कैरमन के लम्बे हो गये चेहरे की परवाह न करते हुए पूछा।

थोड़ी देर तक खामोशी छाई रही। कुछ देर तक मैं उन भारी-भारी आवाजों को सुनता रहा।

'कुछ ही मिनटों बाद यहां वे लोग आयेंगे और आज रात ही में मुझ पर आक्रमण करके मेरा अपहरण करके ले जायेंगे। हो सकता है यह मजाक करने के लिए कहा गया है, लेकिन मेरा अनुमान है कि यह योजनाबद्ध तरीके से किया जा रहा है। मैं यहां अकेला ही होऊंगा। मेरे अलावा शोकर भी होगा। वह फिलपिन का रहने वाला है और किसी भी खतरे के समय वह बेकार साबित होता है।'

इस बात ने मुझे चौंका दिया।

'क्या तुम्हें कोई कारण मालूम है कि कोई व्यक्ति तुम्हारा अपहरण क्यों करना चाहता है।'

दूसरी ओर फिर शांति छा गई और मैंने उसी तरह की आवाजें और धमाचौकड़ी को सुना; यह भयभीत करने वाली आवाजें थीं, और उसका भय मुझ तक पहुंच रहा था। मुझे बड़ी पीड़ा अनुभव हो रही थी, काश मैं अपनी आंखों से उनका भयभीत चेहरा देख सकता।

'मैं सरीना मार्शलैण्ड का पति हूं।' वह कड़ाई से बोला, 'यदि तुम इन व्यर्थ के सवालों को पूछने में समय नष्ट न करो तो मुझे खुशी होगी। अभी काफी समय है, तुम्हें अपने मुवक्किल की सुरक्षा करने के लिए यहां फौरन चले आना चाहिये। जब तक वे लोग मेरे पास आयें तुम यहां पहुंच सकते हो।'

मुझे उसकी बात अच्छी नहीं लगी। लेकिन मैं जान गया था कि वह बहुत घबरा गया है। इस तरह के काम करने के लिए मुझे इस समय बाहर जाना बिल्कुल पसन्द नहीं। मैंने आज सारे दिन काफी परिश्रम किया था, और कैरमन के साथ थोड़ी देर पीने और बातें करके आराम करना चाहता था, लेकिन दूसरी ओर सरीना मार्शलैण्ड जो संसार की चौथी सबसे बड़ी धनाढ्य थी, के पति की सुरक्षा का प्रश्न था।

‘इस समय तुम कहां हो, मि. डैड्रिक?’

‘यह मकान ओसीन एण्ड कहलाता है। तुम इससे संभवतः परिचित होंगे। यह अक्सर बर्फ से ढका और सूना रहता है। मुझे खुशी होगी यदि तुम शीघ्र ही यहां आ जाओ।’

‘मैं उसे जानता हूं, मैं दस मिनट में वहां पहुंच रहा हूं।’

‘यहां ओसी व्यू से एक प्राइवेट रास्ता आता है, तुम्हें दरवाजा खुला मिलेगा, सच्चाई यह है कि मैं यहां अभी आया हूं और...।’ अचानक ही उसने बोलना बंद कर दिया।

मैंने प्रतीक्षा की, लेकिन दूसरी ओर से आवाज नहीं आई तो मैंने कहा, ‘हैलो!’

मैंने उसे लम्बी-लम्बी सांसे लेते सुना, लेकिन उसने कोई उत्तर नहीं दिया।

‘हैलो! मि. डैड्रिक?’

उसकी लम्बी-लम्बी सांसों की लाइन लग गई। फिर एक लम्बी खामोशी छा गई और कुछ पल के बाद क्लिक की आवाज के साथ ही टेलीफोन का सम्बन्ध कट गया।

□ □

ओसीन एण्ड बालू के टीले पर स्थित था जो मेरे ऑफिस से लगभग तीन मील के फासले पर है। यह बिल्डिंग एक करोड़पति ने बनवायी थी, जो इसमें रह नहीं पाया। इससे पूर्व कि वह इस मकान में आकर रहता, आर्थिक दिवालियापन की वजह से उसने आत्महत्या कर ली। कई सालों तक यह बिल्डिंग खाली ही पड़ी रही, बाद में एक व्यापारी ने इसे खरीद लिया और इसे धन-उपार्जन का साधन बना लिया। विदेशी विद्वानों और पर्यटकों को किराये पर देकर इसे आर्चिड होटल की तरह महत्वपूर्ण बना दिया। यहां ठहरने वाला व्यक्ति गर्व का अनुभव करता था।

उसकी बनावट अन्य राजमहल जैसी थी। इसमें सौ एकड़ के क्षेत्रफल में सीढ़ीनुमा बगीचे बने हुए थे, एक स्नानागार (स्विमिंग पुल) आधा बाहर की ओर और आधा अंदर की ओर बना हुआ था। इसके बनाने में कंकरीट तथा नीले पत्थर का प्रयोग किया था। उसका अंतःपुर अपने सुन्दर भित्तिचित्रों के लिए प्रसिद्ध था।

मैं व्यूक कार को दौड़ाता हुआ, उस भवन की ओर जाने वाले प्राइवेट मार्ग पर दो मील निकल गया। बहुत ही शानदार और चौड़ी सड़क थी। रायल पाल्मज के पेड़ सड़क के दोनों ओर खड़े थे।

कैरमन बोला, ‘इस मकान को देखने की मुझे बहुत दिनों से इच्छा थी। सामने की ओर पतली-सी रेखा में गोल-दायरा बनाती रोशनी की ओर इशारा करते हुए वह कह रहा था, ‘पिछले दिनों एक सप्ताह तक मैं भी यहां रह चुका हूं। क्या तुम अनुमान लगा सकते हो इसके लिए मुझे कितना खर्च करना पड़ा होगा?’

‘लगभग दस साल का वेतन।’

‘हां, हो सकता है तुम्हारा अनुमान सत्य हो।’

‘क्या तुम बता सकते हो कि वे लोग किस तरह के होंगे। वे इतने बदमाश और क्रूर हो सकते हैं कि किसी को बातचीत करने में भी रुकावट डालें।’

'मुझे एक विचार आया है। शायद कोई कमरे में आया होगा और वह नहीं चाहता होगा कि वह अपने अपहरण के बारे में कुछ बताए।'

'तुम हमेशा ही किसी साधारण बात को रहस्यमय बनाने की कोशिश करते हो। मैं शर्त लगा सकता हूं कि जब वह तुमसे बात कर रहा था तब बाधा डाली गई और ठीक तभी उसे उठा लिया गया। ये तमाम धनी लोग इसी तरह के होते हैं। वे इस रास्ते को कभी ठीक नहीं समझते जिस पर हम लोग चलते हैं।'

हमारे ठीक सामने ही भवन के मुख्य द्वार थे। वे चौड़ाई में खुले हुए थे। मैंने स्पीड कम नहीं की, हमने तेजी से उसे पार किया और तूफान की तरह सड़क पर आ गये जिसके दोनों किनारों पर झाड़-झंखाड़ खड़े थे।

'तुम तो इतनी तेजी से ड्राइव कर रहे हो जैसे कहीं आग लगी हो?' कैरमन ने कहा।

उसकी भारी आवाज को सुनकर मुझे लगा कि वह परेशानी महसूस कर रहा है।

मैंने व्यूक को मोड़ पर ले जाकर और तेज दौड़ा दिया। कार की हैडलाइट में मकान पत्तों जैसा दिखाई दे रहा था। मैंने व्यूक को एक जंगले के नीचे करीब दो इंच के फासले पर ले जाकर रोक दिया, जैसे ही मैंने ब्रेक लगाए टायर चरमरा कर रह गये। जंगला आंगन की ओर था।

'रोक क्यों दी?' कैरमन ने मुंह बनाते हुए कहा, 'मकान के अंदर तक ड्राइव क्यों नहीं किया? तुम्हें पता है मैं पैदल चलने से घृणा करता हूं।'

'तुम्हारी आदतें खराब हैं।' मैंने कहा और उसकी ओर घूरकर देखा, 'तुम्हारे साथ एक बड़ी मुसीबत यह है कि तुम हद से ज्यादा पी जाते हो।'

मैं कार से बाहर निकल आया। उसने भी मेरा अनुसरण किया।

'कार को सामने वाले बड़े दरवाजे की बायीं ओर खड़ी कर दो।' कैरमन ने कहा।

खुले हुए दरवाजे पर केसमेण्ट के परदे से आ रही रोशनी के अतिरिक्त मकान में बिल्कुल अंधियारा छाया हुआ था।

'क्या हम घंटी बजाकर अंदर चलेंगे या उस रास्ते से।' कैरमन ने खिड़की से आती हुई रोशनी की ओर अंगूठे से इशारा किया।

'हम पहले अंदर झांककर देखेंगे। यदि वहां कोई नहीं हुआ तब घंटी बजायेंगे। अपना रिवाल्वर हाथ में ले लो।'

'यह रहा रिवाल्वर।' कैरमन ने सामान्य स्वर में कहा, 'विश्वास करो इसने मेरा सूट खराब कर दिया है।' कैरमन ने 45 प्वाइन्ट का रिवाल्वर हाथ में लेकर कहा।

'क्या वास्तव में तुम समझते हो कि जब मेरे हाथ में रिवाल्वर होगी तो पहले मैं ही जाऊंगा?'

'कितना बढ़िया और संवेदनशील दिमाग पाया है तुमने। मैं ईमानदारी से बताता हूं कि मुझे नहीं मालूम कि मैं तुम्हारे लिए क्यों काम करता हूं।'

'शायद धन के लिए, और उसके लिए—लेकिन उसे तो तुम काम की संज्ञा देते हो।'

हम चुपचाप चलकर आंगन में आ गए। हमने फुसफुसाकर आपस में बातें कीं। जब हम रोशनी वाली खिड़की के करीब पहुंच गए। तब मैंने उसे चुप रहने के लिए इशारा किया। उसने मुझे छोटा-सा सामने की ओर संकेत किया, यह आगे जाने का इशारा था।

मैं आगे बढ़ गया जबकि वह मेरी चौकसी करता रहा। केसमेण्ट के पर्दे वाले दरवाजे पर पहुंचकर मैंने उस लम्बे-चौड़े कमरे में झांका। फर्श पर मैक्सिकन ढंग से फर्नीचर सजा था। दीवारों पर सुन्दर सजावट थी। खिड़की के साथ और खाली पड़ी अंगीठी के सामने बड़े-बड़े सोफे पड़े थे। दीवार पर मेक्सिकन ढंग की पोशाकें टंगी थीं।

टेबिल के ऊपर टेलीफोन और अनछुई व्हिस्की की एक बोतल और शायद थोड़ा सोडा रखा हुआ था। एक जली हुई सिगरेट ने शीशे की एशट्रे पर से गिरकर मोटी तह की गई मेज की पॉलिस को जला दिया था।

कमरे के अंदर कोई नहीं था।

मैं कैरमन की ओर मुड़ा।

'बहुत अच्छा हुआ।' वह बोला और मेरे कंधों के ऊपर से ताकने लगा। 'अब हमको क्या करना चाहिये?'

मैं कमरे के अंदर चला गया। सिगरेट के जलते हुए टोटे ने मुझे परेशानी में डाल दिया और साथ ही बिना छुई हुई व्हिस्की की बोतल को देखकर मैं आश्चर्य में पड़ गया था।

कैरमन मेरे पीछे-पीछे चहलकदमी करता हुआ आ रहा था, अंगीठी के पास वाले सोफे की ओर दीवार पर टंगे मैक्सिकन अंगरखे को देखकर उसे बड़ा आश्चर्य हुआ। वह उसकी ओर दो कदम बढ़ा और फिर एकदम रुक गया तथा उसके सिर के बाल झटके के साथ उसकी आंखों पर आ गये।

मैं तेजी से सोफे के पास आया।

एक आदमी शोफर की काली पोशाक में पीठ के बल पड़ा हुआ था। मैंने उसे यह जानकर कि वह मर चुका है छुआ नहीं। उसके माथे में एक गोला-सा सूराख था और जिस मैक्सिकन कालीन पर वह पड़ा हुआ था वह खून से तर हो गया था। उसके पीले ब्राउन हाथ अकड़ गये थे, उसकी उंगलियां बंद हो गई थीं जैसे उसने मुट्ठी बंद कर ली हो और उसका ब्राउन रंग वाला चेहरा आतंकित होकर एक ओर को घूम गया था।

'अफसोस!' कैरमन ने काफी उदास होकर कहा, 'ऐसा लगता है काफी झगड़ा हुआ है।'

मैं उसके अकड़े हुए हाथों की ओर झुका, हाथ अभी तक गर्म थे। बांह, जब मैंने कलाई छोड़ी तो वह कालीन पर गिर पड़ी, 'इसका मतलब यह हुआ कि इसे मरे अधिक देर नहीं हुई है।'

'डैड्रिक को पलंग पर देख लो।' मैंने कहा, 'शायद वे लोग सभी यहां आ गये थे जब वह मुझसे टेलीफोन पर बात कर रहा था।'

'क्या वे उसका अपहरण कर ले गए?'

‘उसे देख लो। शीघ्रता करो। और सामने जाकर पुलिस को सूचना दे दो। जैक, अब हम इसमें कुछ नहीं कर सकते। तुम समझते हो यह हमारे लिए कितनी शर्म की बात है। यदि हम समय नष्ट न करके फौरन चले आते तो शायद उसका जीवन बच जाता।’

ज्यों ही कैरमन टेलीफोन पर पहुंचा, वह चुपचाप खड़ा हो गया और एक ओर को कान लगाकर कुछ सुनने लगा।

ऐसी आवाज थी जैसे कार आ रही हो।

मैं आंगन की ओर आ गया।

एक कार बड़ी तेजी से आ रही थी, मैं केवल इंजन का गुर्राना ही सुन सका। जैसे ही कार ने मोड़ काटा उसके टायरों के रगड़ने की आवाज आई।

‘एक क्षण के लिए रुकिए।’ मैं बोला।

मैंने कार की हैडलाइट को देखा और अब कार पेड़ों की छाया में मेरी ब्यूक से कुछ गज के फासले पर ही रुक गई। मैं आंगन से टहलता हुआ उसकी ओर आगे बढ़ा, तभी एक लड़की कार से बाहर निकली। मैं नीचे की सीढ़ी तक जा पहुंचा था।

चांद और पेड़ों के बीच से खड़ी हुई कारों की हैडलाइट की मद्धिम रोशनी आ रही थी, मैंने देखा एक लम्बी और आकर्षित लड़की थी वह।

‘ली...।’

वह मुझे देखकर चुप खड़ी हो गई।

‘क्या तुम्हीं हो ली?’

‘मि. डैड्रिक अब यहां नहीं हैं।’ मैं बोला और सीढ़ियों से उतरकर उसकी ओर चला गया।

मैंने उसे निःश्वास छोड़ते सुना, और वह इस तरह से आधी मुड़ी मानो भागना चाहती हो, लेकिन उसने अपने को संयत किया और मेरे सामने आ गई।

‘कौन...तुम कौन हो?’

‘मेरा नाम विक मेलोय है। मि. डैड्रिक ने मुझे लगभग चौथाई घंटा पूर्व टेलीफोन किया था। उन्होंने मुझे यहां आने को कहा था।’

‘ओह!’ उसकी आवाज में जल्दबाजी और आश्चर्य था, ‘और तुम कहते हो कि वह यहां नहीं है।’

‘वह मुझे नहीं मिला। वहां केवल यह रोशनी है जो दिखाई दे रही है। सारे मकान में अंधेरा छाया हुआ है।’

मैंने सोचा कि उसके बारे में कोई जानकारी प्राप्त की जाए, अब मैं उसके बिल्कुल नजदीक ही था। मैंने देखा वह सांवली थी और जवान थी तथा उसने सान्ध्यकालीन लिबास पहन रखा था जिसमें वह सुन्दर लग रही थी।

‘लेकिन उसे यहीं होना चाहिये था।’ उसने दृढ़ता से कहा।

‘क्या मैं जान सकता हूं कि तुम कौन हो?’

एक क्षण तक असमंजस में रहने के बाद उसने हिचकिचाकर कहा, ‘मेरा नाम मेरी जेरोम है और मैं मि. डैड्रिक की सैकेट्री हूं।’

'मुझे अफसोस है कि मैंने तुम्हें भयभीत किया। मि. हैड्रिक का शोफर अंदर है। मैंने खिड़की से आती हुई रोशनी की ओर इशारा किया, लेकिन वह मर चुका है।

"मर चुका है?"

"उसके सिर से गोली मारी गई है!"

वह आगे की ओर झुक गई, मुझे लगा कि वह बेहोश होती जा रही है। मैंने उसकी बांह पकड़ ली और उसे सहारा दिया।

"क्या तुम थोड़ी देर के लिए कार में बैठना चाहोगी?"

वह मुझसे अलग हो गई।

"नहीं, मैं ठीक हूँ। तुम्हारा मतलब है कि उसकी हत्या की गई है?"

"ऐसा ही प्रतीत होता है, निश्चित ही उसने आत्म-हत्या नहीं की।"

"मि. ली... हैड्रिक के साथ क्या हुआ?"

"मुझे इस बारे में कोई जानकारी नहीं है, उसने मुझे टेलीफोन किया था और मुझे बताया था कि किसी ने उसे चेतावनी दी है कि उसका अपहरण कर लिया जाएगा। मैं यहां आया तो मुझे केवल शोफर की लाश मिली। हैड्रिक का कहीं पता नहीं है।"

'अपहरण? ओह!' उसने जल्दी से एक गहरी सांस ली, क्या उसने ऐसा कहा था? क्या तुम ठीक कह रहे हो?

'हां। हम अभी मकान की तलाशी लेने जा रहे हैं हम यहां दो-तीन मिनट पहले ही आए हैं। क्या तुम थोड़ी देर तक अपनी कार में प्रतीक्षा करोगी?'

'ओह, नहीं। मैं भी देखूंगी। वे उसका अपहरण क्यों करना चाहते थे?

'मैंने उससे इस विषय में पूछा था, उसने बताया था कि वह सरीना मार्शलैण्ड का पति है।

उसने मुझे पीछे धकेल दिया और स्वयं आंगन में दौड़ती हुई सीढ़ियों पर चढ़ गई। मैं भी उसके पीछे-पीछे चला गया।

कैरमन कमरे से बाहर आ गया था। उसने उस लड़की को कमरे में जाने से रोका।

'मैं तुम्हारा कमरे में जाना ठीक नहीं समझता।' उसने धीरे से कहा।

'क्या तुमने मि. हैड्रिक को देखा है?' उसने पूछा और कैरमन के सामने जाकर खड़ी हो गई। कमरे से आती हुई रोशनी उसके चेहरे पर पड़ रही थी, उसकी आंखों में आकर्षण था, साधारण चेहरा था तथा सब मिलाकर वह सुन्दर और भली लग रही थी। उसकी उम्र लगभग तीस साल की रही होगी, मुझे ऐसा प्रतीतहुआ कि धनी महिलाओं के वर्ग की नहीं थी। उसके कपड़े कीमती दिख रहे थे, खुशी हुई संध्या की ड्रेस में वह मॉडल लगती थी।

कैरमन ने अपने सिर को झटका दिया।

'कृपया इनका ध्यान रखिए, मैं मकान की तलाशी लेता हूं?'

मैंने कैरमन की बात स्वीकार कर ली।

'पहले पुलिस को फोन का दो, जैक।'

जब कैरमन टेलीफोनकर रहा था वह लड़की शोफर को देखने चली गई। मैं उसकी चौकसी करता हुआ उसके साथ-साथ और उसके चेहरे के बदलते रंगों को देख रहा था, लेकिन जैसे ही मैं उसके पास पहुंचा, उसने स्वयं को मेरे ऊपर ढीला छोड़ दिया और घूम गई।

'बाहर आंगन में चलो। मैं बोला, कैरमन मि. हैट्रिक को तलाश करेगा। मैंने अपना हाथ उसकी बांह में डाल दिया, लेकिन धीरे से उसने मेरा हाथ अलग कर दिया और बाहर आंगन की ओर चल दी।

यहां तो बहुत ही डरावना लग रहा है।' वह बोली, मैं चाहती हूं कि तुम मि. हैड्रिक को तलाश करो, मेरे साथ मत लगे रहो। उसने तुम्हें फोन क्यों किया था? क्या वह तुमको जानता था?

'मैं हर प्रकार की सेवा करता हूं। शायद उन्होंने हमारा विज्ञापन देखा हो।

उसने अपना हाथ अपने मुंह पर रखा और जंगले की विपरीत दिशा की ओर झुक गई।

'मुझे बहुत डर लग रहा है मुझसे उसका कोई सम्बन्ध नहीं है। यह हर प्रकार की सेवा क्या है? मैं यहां आर्चिड शहर में कुछ घंटे पूर्व ही आई हूं।

'हम तलाक से लेकर शादी कराने तक के सभी प्रकार के काम अपने हाथ में ले लेते हैं। मि. हैड्रिक को एक अंगरक्षक की आवश्यकता थी, लेकिन मुझे अफसोस है कि हम देर से पहुंचे हैं।'

'मैं इस बात पर विश्वास नहीं कर सकती। कृपया अच्छी तरह से मकान की तलाशी लीजिये, उसे यही होना चाहिये।'

'कैरमन देख रहा है। मि. हैड्रिक की बातों से मैं यह समझा था कि वह यहां भी आया है और अपने शोफर के साथ अकेला ही है।'

'क्या यह ठीक बात है?'

'मि. हैड्रिक ने यह मकान गर्मियों के लिए किराये पर लिया था। मिसेज हैड्रिक के साथ वह स्वयं कुछ दिनों के लिए न्यूयार्क में ठहरे थे।' उसने विस्तार से बताया, वह धीरे-धीरे बोल रही थी। अभी वे पेरिस से यहां आए है। मि. हैड्रिक कुछ दिन पूर्व आ गये थे। वे यहां पहले इसलिए आए थे कि यहां आकर मकान आदि की व्यवस्था कर सके। मिसेज हेड्रिक कल यहां पहुंची थी। मैं उनके साथ मकान को व्यवस्थित करने में मदद देने के उद्देश्य से आई थी। हम लोग आर्चिड होटल में ठहरे हैं। मि. हैड्रिक ने कहा था कि वे मकान देखने जा रहे हैं और वह पहले चलें आए थे, मैं बाद में वहां आने वाली थी।

'मैं समझा गया।'

कैरमन बाहर आंगन में आ गया था।

मकान में कोई नहीं है। वह बोला।

बगीचे में इधर-उधर और देख लो।

वह मेरी जेरोम पर नजर डालता हुआ आंगन की सीढ़ियां उतर गया।

'क्या उसने तुमको अपने अपहरण किए जाने के बारे में बताया था?'

'ओह नहीं।'

'उसने कितने बजे होटल छोड़ा था?'

'साढ़े सात बजे।'

'उसने मुझे दस बजकर दस मिनट पर फोन किया था। मुझे आश्चर्य है कि वह यहां दो घंटे और चालीस मिनट तक क्या करता रहा, क्या तुम कुछ बता सकती हो?'

'मैं समझती हूं कि वह शायद मकान देखता रहा होगा। मेरा विचार है कि तुमको अपने मित्र के साथ जाकर उसे तलाश करना चाहिये। मि. हैड्रिक संभव है यही कहीं तो शायद-चावल हो गये हो।'

मेरी समझ में यह आया कि वह मुझसे पीछा छुड़ाना चाहती है।

'मैं पुलिस के आने तक वहीं रहना चाहता हूं। हम तुम्हारा अपहरण नहीं करना चाहते, तुम चिन्ता मत करो।'

'मैं-मैं इस तरह नहीं सोच रही हूं, मैं किसी का भी सामना करने को तैयार हूं। मैं वापस होटल चली जाऊंगी। वह बोली। उसकी आवाज अचानक भर्रा गई थी, 'क्या तुम पुलिस को बता दोगे? मैं उनसे होटल ही में मिल लूंगी।'

मैं समझता हूं कि यहीं पर उनकी प्रतीक्षा करना ज्यादा अच्छा रहेगा। मैंने जल्दी से कहा।

'नहीं, मेरा ख्याल है मुझे चले जाना चाहिये। वे-वे होटल में आ जाएंगे।

जैसे वह मुड़ी उसकी कलाई पकड़ ली।

'सॉरी, जब तक पुलिस आए तुम्हें यहीं रहना चाहिये।

'क्या तुम मेरा यहां रुकना ज्यादा जरूरी समझते हो?

'हां।'

उसने अपना बैग खोला।

'मैंने समझा शायद वह सिगरेट....।'

तभी मैंने देखा कि उसने 25 प्वाइंट का रिवाल्वर निकालकर मेरे सीने की ओर कर दिया। उसने बड़ी फुर्ती से यह सब किया था।

'उधर अंदर जाओ।

'अब देखो....।'

'अंदर जाओ।' उसने रौबीली आवाज में कहा, 'यदि तुम अंदर नहीं गए तो मैं तुम्हें गोली मार दूंगी।'

'तुम बड़ा खतरनाक खेल खेल रही हो, यह तुम्हारा अपना तरीका हो सकता है, लेकिन तुम गलती कर रही हो।'

मैं अंदर की ओर चल दिया।

क्षण भर में ही मैंने आंगन में भागने की आवाज सुनी और मैं जंगले से कूद पड़ा।

'वह भाग गई-जैक। मैं अंधेरे में हो गया, उस पर नजर रखो, लेकिन उसके पास रिवाल्वर है।'

मैं आंगन से बाहर निकलकर आया और उसका पीछा करने लगा।

तभी वातावरण रिवाल्वर की गोली की आवाज से गूंज उठा और गोली मेरे सिर के पास से होकर निकल गई। मैं एक ओर को छुप गया। कई गोलियों और करमन की चीख सुनाई दी, और तभी कार के इंजन की गड़गडत्रहट सुनाई पड़ी, एक फायर और हुआ कार दौड़ती चली गई।

मैं आंगन के किनारे की ओर को उनका पीछा करता हुआ अपनी व्यूक कार के पास पहुंच गया, लेकिन शायद उसने इस बात पर पहले ही विचार कर लिया था। उसने अन्तिम गोली मेरी कार के पहिये में मारी थी।

कैरमेन अंधेरे से बाहर निकल आया।

किस तरह उसका पीछा किया जाए?' वह गुस्से से बोला, उसने मुझे मारने की कोशिश की थी।'

□ □

हम दोनों खाली अंगीठी के सामने लाइब्रेरी में बैठे थे। तभी दरवाजे में एक पुलिस वाला दिखाई दिया। वह दरवाजे में रुककर एकटक हमारी ओर घूरने लगा।

हमने अपनी सारी कहानी डिटेक्टिव सारजेण्ड मैकग्रोव को बता दी थी और अब हम ब्राण्डन की प्रतीक्षा कर रहे थे।

डैड्रिक के सम्बन्ध में पूरी जानकारी प्राप्त करने के बाद उसने बताया कि पुलिस कप्तान हमसे जरूर मिलना चाहेगा। इसलिए हमें उसकी प्रतीक्षा करनी चाहिये।

दूसरे कमरे में पुलिस का दूसरा दस्ता हत्या की जांच का कार्य कर रहा था, उंगलियों के निशान, लाश का फोटो तथा कमरे आदि का निरीक्षण किया जा रहा था।

वहां टेलीफोन पर बातें करने और कारों के आने-जाने की आवाजें काफी मात्रा में आ रही थी। थोड़ी देर के बाद मैंने एक रोबीली आवाज सुनी और कैरमन को कोहनी मारी।

'ब्राण्डन।'

'हमें यहां पाकर वह क्या सोचेगा।' कैरमन ने बड़बड़ाकर कहा।

सिपाही ने त्योंही बदलकर उसकी ओर देखा और सावधानी से मुड़ गया। उसने अपनी ड्रेस को ठीक किया और बटनों पर नजर डाली। पुलिस कप्तान ब्राण्डन पुलिस विभाग में कठोर प्रशासक था और सभी पुलिस के सिपाही उससे भयभीत रहते थे।

धुंधली तस्वीर की भांति हम पुनः शांति से बैठ गए। उस कड़कती आवाज के आधे घंटे बाद मैंने अपनी घड़ी देखी, अब आधी रात से भी आधा घंटा ज्यादा हो रहा था। कैरमन ऊंघने लगा था। मैं पीने की इच्छा करने लगा था।

तभी दरवाजा चरमराकर खुला, ब्राण्डन तथा शरीर परीक्षण करने वाला लैफ्टीनेण्ट मिफलिन अंदर आए।

ब्राण्डन मोटे तथा छोटे कद का था, उसका चेहरा गोल गुलाबी और मोरा था और उसके चाकलेट रंग के लाल सफेद होने लगे थे। आंखों में भेदक दृष्टि थी। वह एक चालाक और महत्वाकांक्षी पुलिस अफसर था। वह किसी भी केस को आसानी में हल कर लेता था। क्योंकि वह सिफलिन के दिमाग का इस्तेमाल करता था। यह दस सालों में पुलिस कप्तान था। उसके पास एक कैडलोक गाड़ी और सात कमरों का मकान था। उसकी पत्नी के स्वभाव के बनावट अधिक थी। उसका लड़का और लड़की यूनीवर्सिटी में पढ़ रहे थे। वह अपनी तनख्वाह पर ही निर्भर नही था। वह अतिरिक्त आय भी करता था लेकिन जितना में जानता हूं अभी तक किसी ने इस बात को सिद्ध नहीं किया था। झूठे केस बनाना और झूठी गवाहियां तैयार करने तथा पुलिस कर्मचारियों को हतोत्साहित करने की कला वह भलीभांति जानता था। वह बड़ा शक्तिशाली और खतरनाक था।

'तुम्हीं वो लोग हो जिन्होंने इस केस की सूचना दी थी?' उसने बड़ी कड़ी ओर गुर्राती आवाज में कहा, 'मैंने उससे पूर्व गीदड़ों की ऐसी जोड़ी को नहीं देखा।'

हममें से किसी ने कुछ नहीं कहा। हम उसके बात करने के ढंग को देखते रहे।

वह पुलिस सिपाही की ओर अपने ठण्डे को हिलाते हुए गुर्राया।

'बाहर जाओ।'

सिपाही ने दोनों एड़ियों को जोड़कर सैल्यूट किया और दरवाजे से बाहर चला गया।

सिफलिन ने ब्राण्डन के सिर के पीछे से मेरी ओर आंख मारी।

ब्राण्डन बैठ गया, उसने अपनी मोटी टांगों को फैला लिया। अपने हैट को सिर के ऊपर खिसका लिया और सिगार निकालकर सुलगाने लगा।

'अब हमें शुरू से सारी बातें समझनी चाहिये।' वह बोला। उसमें एक-दो प्वाइंट है जिनको मैं चैक करना चाहता हूं। मेलोप सामने आओ। वे सारी बातें बताओ तो तुमने मैकग्रोव को बताई है। जब मैं समझूंगा कि अब सभी बातें जो मैं मालूम करना चाहता हूं मेरी समझ में आ गई है तब रोक दूंगा, अब बताओ।'

'कैरमन और मैं, अपने केबिन में सन्ध्या बिता रहे थे।' मैंने कहना शुरू किया, 'दस बजकर दस मिनट पर टेलीफोन की घंटी बजी, एक आदमी जिसने अपने आपको ली हैड्रिक बताया था, मुझसे जल्दी ही आने को कहा और बताया कि किसी आदमी ने उसे टेलीफोन पर चेतावनी दी है कि आज रात को उसका अपहरण कर लिया जाएगा।'

'क्या तुम्हें यकीन है कि उसने ऐसा कहा था?' ब्राण्डन ने पूछा।

'इसमें अविश्वास की बात है?'

'आज रात यहां इस मकान में कोई काल नहीं आया। इस बारे में तुम्हारा क्या कहना है?'

'हो सकता है कि उसे अपने होटल में सूचना मिली हो।'

'यह नहीं हो सकता, तो भी हम इसकी जानकारी करेंगे।'

'यहां से बाहर जाने वाले किसी भी काल में से एक मुझे किया गया था।'

ब्राण्डन अपनी मोटी उंगलियों में सिगार घुमा रहा था।

'हां एक किया गया है। काल वापस नम्बर क्या है?'

मिफलिन ने धीरे से कहा, 'इस बारे में दिन में मालूम हो सकेगा कि रात में किए गए काल का क्या नम्बर था। एक्सचेंज को हिदायत दे दी गई है।'

'अच्छा, अब तुम मुझे यह समझाओ कि उसने तुम्हारे बजाय पुलिस को सूचना क्यों नहीं दी?'

इस प्रश्न का उत्तर मेरे पास था, लेकिन मैंने सोचा कि वह मेरे उत्तर को सुनकर बुरी तरह भड़क उठेगा, हो सकता है कि उसने सोचा हो कि ऐसा नहीं होगा, या शायद पुलिस को सूचना देकर वह स्वयं मूर्ख नहीं बनना चाहता हो। मैंने कहा।

'अच्छा, कहना जारी रखो, मुझे और कुछ बताओ।' ब्राण्डन बोला और उसने अपने बुझे सिगार को पुनः सुलगा लिया। उसने एक लम्बा कश खींचा और ढेर सारा धुआं मेरी ओर छोड़ दिया।

'जब वह मुझसे बात कर रहा था, अचानक ही टेलीफोन पर शांति छा गई। मैंने उसको पुकारा, लेकिन उसने मुझे कोई उत्तर नहीं दिया। मैं केवल उसकी लम्बी-लम्बी सांसों की आवाज ही सुन सका, इसके बाद कनेक्शन कट गया।

'तुमको उसी समय पुलिस हैडक्वाटर को सूचना देनी चाहिये थी। ब्राण्डन गुर्राया। 'जबकि तुमको मालूम हो गया था कि कोई घटना घटने वाली हे।'

'मैंने सोचा था कि शायद उसका शोफर आ गया है, और डैड्रिक नहीं चाहता था कि जो कुछ वह मुझसे कह रहा है, उसे मालूम हो जाये। मैं इतना पागल नहीं हूं कि डैड्रिक जैसे किसी आदमी का बिना उसकी इच्छा को पुलिस के बीच में घसीटूं।'

ब्राण्डन ने मुझे घूरकर देखा और अपनी सिगार की राख को झाड़ा।

'तुम अपनी बात ठीक से बताते जाओ।' वह क्रोधित होकर बोला, 'अच्छा, जब तुम यहां आये और यहां तुम्हें सौकी मिला?'

'सौकी? क्या यह शोफर का नाम है?'

'उसकी जेब से मिले पत्रों के अनुसार उसका यही नाम है। जब तुम इधर आये तब रास्ते में तुमने किसी को देखा था—किसी कार को?'

'नहीं, जैसे ही हम यहां पहुंचे और इस मृतक को देखा, मैंने तुरन्त कैरमन को पुलिस को सूचना देने को कहा। इससे पूर्व कि वह पुलिस को सूचना दे, वह लड़की आ गई थी।'

ब्राण्डन ने अपनी मोटी नाक खींची।

'हां, अब इस लड़की के बारे में बताओ, वह स्वयं को क्या कहती थी?'

'मेरी जेरोम।'

'हां, मेरी जेरोम।' और उसने ढेर सारा सिगार का धुआं छोड़ दिया और उसने बताया कि वह मिसेज डैड्रिक की सेक्रेट्री है। ठीक है?'

'हां।

'वह आर्थिक होटल में नहीं ठहरी।'

'मैं इस विषय में कुछ नहीं कह सकता।'

'क्या तुमको वह सेकेट्री जैसी लगती थी?'

'नहीं।'

'क्या तुम ऐसा महसूस करते हो कि डैड्रिक के अपहरण में उसका भी हाथ हो?'

'मुझे शक है। जब मैंने उसे इस बारे में बताया तो वह झुंझलाहट में दिखाई दे रही थी। और दूसरी ओर, यदि उसे डैड्रिक के विषय में जानकारी थी तब वह यहां वापस क्यों आई?'

'यह बात ठीक है मेलोप।' ब्राण्डन मेरी ओर कुटिल मुस्कराहट बिखेरता हुआ बोला, 'तुम ठीक रास्ते पर हो, वह असंगत दिख रही थी?'

'हां, ऐसा ही लगा था।'

वह पीछे की ओर सरककर बैठ गया और मन ही मन किन्हीं बातों पर विचार करने लगा। थोड़ी देर चुप रहने के बाद वह बोला, 'अब देखो मेलोय, मैं चाहता हूं कि तुम सीधे ढंग से इस केस को समझ लो। जब अखबारों में यह घटना प्रकाशित होगी तब काफी प्रचार और उत्तेजना फैलेगी। डैड्रिक की पत्नी एक प्रभावशाली महिला है। यद्यपि वह घरेलू स्त्री है लेकिन इससे भी ज्यादा वह कुछ और भी है। दूसरी बात यह है कि उसके अनेक प्रभावशाली मित्र है। यदि मैंने और तुमने इस विषय में सावधानी नहीं बरती तो हम दोनों ही बुरी तरह उलझ जायेंगे। मैं इस विषय में सावधान रहूंगा, और तुम क्या करने की सोच रहे हो—तुम बताओ।'

मैंने उसकी ओर ओर उसने मेरी ओर देखा।

मैं शर्त लगाकर कह सकता हूं कि वह लड़की जेरोम डैड्रिक की रखैल है। ब्राण्डन ने कहानी जारी रखा, यह स्पष्ट हो गया है। वह यहां मकान किराये पर लेने आया था। मिसेज डैड्रिक न्यूयार्क में ठहरी हुई थी। हम इस डैड्रिक नाम के आदमी के बारे में अधिक नहीं जानते। हमने जल्दी में थोड़ी-सी जानकारी ही हासिल की है। इतना समय ही नहीं था कि ज्यादा खोजबीन करते। शादी गुप्त रूप से की गई है। वे दोनों आठ सप्ताह पूर्व पेरिस में मिले थे, और शादी कर ली। मिसेज डैड्रिक के पिता वृद्ध मार्शलेण्ड को जब तक वे न्यूयार्क स्थित उसने मकान पर पति-पत्नी बनकर नहीं पहुंचे, तब तक इस विषय में कुछ भी पता नहीं था। मुझे इस बारे में कोई जानकारी नहीं है कि क्यों मिसेज डैड्रिक ने अपने पिता मार्शलेण्ड को अपने होने वाले पति के बारे में अथवा शादी करने के बारे में नहीं बताया, दूसरी बात यह है कि यह हमारा काम नहीं है। लेकिन इससे इस बात का संकेत मिलता है कि डैड्रिक कोई खेल खेल रहा था और वह किसी दूसरी औरत को भी रखे हुए था और वह यह मेरी जेरोम थी। वे यहां पर रात्रि का सुखद आनन्द लेने के लिए मिलना चाहते थे। लेकिन मेरी जेरोम के यहां पहुंचने से पहले ही डैड्रिक का अपहरण हो गया। इसमें सच्चाई है। तुम समझ सकते हो कि वह पुलिस का सामना क्यों नहीं करना चाहती थी, इसलिए उसने रिवाल्वर निकाल ली और तुम्हारे सामने ही वह भाग गई। मैं तुम्हें बताने में कोई अनुभव नहीं करता कि उसके भाग जाने से मुझे खुशी है।'

वह यह जानने के लिए रुका कि शायद मुझे कुछ कहना हो, मेरे पास कहने को बहुत कुछ था, लेकिन मैंने कुछ नहीं कहा। मैंने सोचा जो कुछ वह कह रहा है है सच जैसा लगता है। जो कुछ वह मिला-जुलाकर बता रहा था उसमें कुछ न कुछ सच्चाई जरूर थी।

'यही छोटी-सी बात थी जो मैं तुमसे करना चाहता था मेलोय।' ब्राण्डन ने कहा। उसकी आंखें मेरे चेहरे पर जमी थी। 'डैड्रिक का अपहरण हो गया है। ठीक है, यह एक ऐसी घटना है जिसके बारे में हमें कुछ करना चाहिये लेकिन दूसरी ओर यह हमारा काम नहीं है। तुम एक शब्द भी मेरी जेरोम के बारे में नहीं बता रहे हो, यदि तुम ऐसा करते हो, तुम्हें पछताना पड़ेगा। मैं तुम दोनों को गवाहियों और सबूतों के चक्कर में फंसा दूंगा। यदि तुमने किसी प्रकार की कोई सूचना प्रेम को दी और इस स्त्री के बारे में बताया तो मैं तुम्हें छोड़ने वाला नहीं यह याद रखना। मैं इस केस को ज्यादा बढ़ावा देना नहीं चाहता। मिसेज डैड्रिक मुझसे इस विषय में पूरी तसल्ली कर लेना चाहती है। यद्यपि इस तरह अपने पति को खो देना उसके लिए दुःखद है। लेकिन इस बात को कोई नहीं जानता कि उसका पति उससे धोखा कर रहा है, समझे।'

मैं जानता हूं कि मिसेज डैड्रिक के काफी प्रभावशाली मित्र है। शायद गवर्नर भी उसका घनिष्ठ मित्र हो, जो कि ब्राण्डन को किसी भी प्रकार का नुकसान पहुंचा सकता है। वह इस विषय में न तो गंभीरता से सोच रहा है और न रुचि लेगा, वह केवल अपनी सुरक्षा के प्रयत्न में लगा है।

'अच्छी बात है।' मैं बोला।

'ठीक है, ब्राण्डन अपने पैरों की ओर झुकते हुए बोला, 'अपनी जासूसी को इस केस में मत डालिए अन्यथा तुम्हें पश्चाताप होगा। अब तुम दोनों यहां से चले जाओ और इस केस से दूर रहो। यदि तुमने इस केस में हाथ डालने की कोशिश की तो याद रखना कि तुम पैदा ही नहीं हुए थे।'

'यह नया अनुभव नहीं होगा।' कैरमन ने दरवाजे की ओर चलते हुए कहा, 'कई बार हमारे सामने ऐसी स्थिति आई है।'

'निकल जाओ।' ब्राण्डन चिल्लाया।

□ □

उसी दिन शाम को लगभग दस बजे मैं यह निश्चय करने की कोशिश कर रहा था कि जल्दी हो सो जाऊं या एक स्कॉच की नई बोतल खोलकर रात्रि को और भी सुखद बनाऊँ, तभी टेलीफोन की घंटी बज उठी।

घंटी की आवाज इतनी तेज थी कि उसने मुझे चौंका दिया या शायद मैं इसलिए ज्यादा प्रभावित हुआ कि काफी देर से केबिन में सन्नाटा छाया हुआ था।

मैंने रिसीवर उठा लिया।

'हैलो?'

रिसीवर में हल्की नाच की ध्वनि सुनाई पड़ रही थी जो धीमी और उत्तेजक थी। इसी से मैं अंदाजा लगा सका कि शायद कन्ट्री क्लब से टेलीफोन किया जा रहा है।

'मि. मेलोय' एक औरत की आवाज थी। वह बहुत धीमे-धीमे बोल रही थी लेकिन उसकी आवाज में मिठास थीं।

बोल रहा हूं।'

'मेरा नाम सरीना डैड्रिक है। इस समय मैं कंट्री क्लब में हूं। क्या तुम अभी यहां आ सकते हो? यदि तुम चाहो तो मैं तुम्हें एक काम देना चाहती हूं।'

मुझे इस बात का आश्चर्य हुआ कि यह सुबह तक इंतजार क्यों नहीं कर सकती, लेकिन इस बात से मैं चिन्तित नहीं हुआ। मैं उससे मिलना चाहता था।

'अवश्य, मिसेज डैड्रिक मैं अभी पहुंच रहा हूं। क्या मैं जान सकता हूं कि तुम मुझे किस स्थान पर मिलोगी?'

'मैं अपनी गाड़ी में जहां कारें खड़ी है मिलूंगी। मेरी काली कैडलक गाड़ी है। क्या तुम्हें समय लगेगा?

सिर्फ चौथाई घंटा।'

'इतने समय तक मैं प्रतीक्षा कर सकती हूं। लेकिन अधिक समय तक नहीं। उसकी धीमी आवाज तीखी हो गई थी।

मैने अपना काम शुरु कर है..। मैने कहना शुरु किया लेकिन उधर से लाइन काट दी गई।

अपने आपको शीशे में देखने के लिए में बाथरूम में गया और यह जानकर की में बिना कोई हेर-फेर किये ही ठीक हूँ मैने टाई की गांठ जो ढीली हो गई थी टाईट की। मुझे हैरानी हो रही था की वह मुझसे क्या चाहता हे ? संभव है डेड्रिक के अपहरण के बारे में कोई बात हो।

'मैंने पहली बार ही उसकी आवाज सुनी थी और जो तस्वीर मेरे सामने उभरकर आई वह यह थी, कि वह किसी बात से असंतुष्ट है।

मैंने अपनी व्यूक गाड़ी गैरेज से बाहर निकाली और रोजमोर ऐवेन्यू पर गोल्फ कोर्स के किनारे-किनारे चल पड़ा। जहां एक सनकी जोड़ा चांद की मद्धिम रोशनी में चमकदार बाल से गोल्फ खेलने की कोशिश कर रहा था। मैंने कार को बायीं ओर ग्लेन्डोरा ऐवेन्यू की ओर मोड़ा और कण्ट्री क्लब की जगमगाती रोशनी में भव्य दिख रहे मुख्य द्वार पर पहुंच गया। मैंने इतनी तेजी से ड्राइव किया था कि अभी चौथाई घंटे में चार मिनट शेष थे।

जैसे ही मैं कार ड्राइव करता हुआ ऊंचाई पर पहुंचा मैंने देखा कि स्विमिंग पुल पर पुरुष और महिलाओं के झुण्ड के झुण्ड वहां जमा हो रहे थे। बगीचा पूरी तरह से रोशनी में जगमगा रहा था। गलेन बूज सरेन्डर फूलों से ढंका लता मण्डप में स्विमिंग पूल के नजदीक ही अपनी संगीत ध्वनि छेड़ रहे थे।

कार स्टैण्ड क्लब हाउस के पीछे की ओर था। मैं किनारे के रास्ते से उधर पहुंचा। वहां केवल एक कार खड़ी होने की जगह ही शेष थी। मैंने वहीं कार पार्क की और कार से बाहर आकर देखा कि ऊपर से नीचे तक कारों की कतारें लगी हैं। इन बढ़िया किस्म की कीमती कारों के अम्बार में से अपनी इच्छित काली कैडलक कार को ढूंढ पाना कोई मुश्किल नहीं था। लेकिन वैसे रंग की तो वहां लगभग तीन-सौ कारें थी और लगभग एक तिहाई काली केडलक ही थी।

पार्किंग में रोशनी जल-बुझ रही थी, जो मेरे बायीं ओर की थी। मैं आशान्वित हो उस ओर ही आगे बढ़ा, रोशनी लगातार जल-बुझ रही थी, जब मैं बिल्कुल करीब पहुंच गया तो मैंने देखा रोशनी एक काले रंग की कार ही थी जिसे मैंने दो रात पहले ओसीन एण्ड में देखा था।

मैं चलता हुआ उसी कार के पास पहुंचा और उसके खिड़की से अंदर झांककर देखने लगा।

वह स्टेयरिंग व्हील के पीछे बैठी थी और सिगार पी रही थी। चन्द्रमा की शीतल किन्तु तेज रोशनी सीधी उसके चेहरे पर पड़ रही थी। पहली चीज जिसने मुझे प्रभावित किया वह थी उसके बालों में लगे हीरों की चमक जो जलती आग की तरह चमक रहे थे। चांद की रोशनी में वह और भी अधिक उत्तेजक और आकर्षित लग रही थी। वह सुनहरी तारकशी का लॉकेट, खुला हुआ गाउन पहने थी और उसे देखने से प्रतीत होता था कि वास्तव में वह क्या है। उन हीरों और वस्त्रों से स्वयं ही यह प्रमाणित हो जाता था कि वास्तव में ही वह संसार की चौथे नम्बर की धनाढ्य महिला है। उसका चेहरा बड़ा प्यारा लग रहा था।

जब मैं, उसकी ओर देखकर यह सोच रहा था कि उसकी आंखें कितनी बड़ी-बड़ी और गहरी है, ऐसी आंखों का आकर्षण मैंने शायद पहले कभी नहीं देखा था, तब वह मेरी ओर देख रही थी। जब हम बिना किसी बाधा के एक-दूसरे की ओर देख रहे थे तब थोड़ी देर तक निस्तब्धता छाई रही।

'अभी मेरे बताए समय के अनुसार दो मिनट शेष रहते हैं मिलेन डैड्रिक।' मैंने कहा—' तो भी मैंने तुमसे प्रतीक्षा कराई है इसके लिए मैं शर्मिन्दा हूं। क्या तुम यहीं बात करना चाहती हो अथवा कहीं अन्यत्र।'

'और कहां?'

'गोल्फ कोर्स के समीप ही नदी का किनारा है। मैं समझता हूं वह स्थान बुरा नहीं है और सम्भवतः शांत भी है।

'ठीक है हम वहीं चलेंगे। वह पीछे की सीट पर घूम गई, शायद तुम ड्राइव करोगे।'

मैं स्टेयरिंग व्हील पर जा बैठा और स्विच आन करके स्टार्टर दबा दिया, जैसे ही मैं उन कारों के झुण्ड में से रास्ता बनाता हुआ बाहर निकला मैंने सरसरी दृष्टि से उसकी ओर देखा, वह मुझसे अलग दूर देख रही थी। ऐसा लगता था वह किसी गहरी सोच में डूबी हुई हो, उसका चेहरा हाथी दांत की तरह लग रहा था।

मैंने मुख्य द्वार की ओर से कार निकालकर दायीं ओर कार नदी की ओर जाने वाले रास्ते पर दौड़ने लगी। थोड़ी दूर ड्राइव करने के बाद हम उस स्थान पर जा पहुंचे जिसके बारे में मैंने सोचा था। मैंने कार को धीमा कर दिया तथा नदी में फैली चांदनी के साथ ही किनारे पर इंजन बंद कर दिया। वहां केवल नदी के पानी की कल-कल ध्वनि के अतिरिक्त और कोई आवाज सुनाई नहीं दे रही थी। सर्वत्र नीरवता थी, हमें यहां कोई बाधा नहीं पहुंचा सकता था।

'क्या तुम बाहर आना चाहोगी?' मैंने पूछा। जब से हम क्लब पार्किंग से निकलकर यहां तक पहुंचे वे रास्ते भर चुपचाप रहे थे।यह बात पूछकर मैंने उस चुप्पी को तोड़ा।

वह अपने विचारों में खोई हुई खिड़की से दूसरी ओर देख रही थी। अपने हाथ से बचे हुए सिगार के टुकड़े को नदी में फेंककर उसने अपने सिर को झटका दिया, और संयत हो गई।

'नहीं, हम यहीं बात कर सकते हैं। क्या तुम वही व्यक्ति हो जिसे सोकी मिला था? क्या यह बात ठीक है?'

'हां, क्यों तुम्हें अपने पति की कोई सूचना नहीं मिली है?'

'उन्होंने रात फोन किया था। वे पांच लाख डालर मांगते हैं। उन्होंने मुझे बताया था कि वह बिल्कुल ठीक है और मुझे दुबारा मिलने को उत्सुक है।' वह धीरे-धीरे बिल्कुल शांतिपूर्वक बात कर रही थी। 'रकम अगली रात तक दे दी जानी चाहिये और जितनी जल्दी रकम उन लोगों को मिल जायेगी वे उसे मुक्त कर देंगे।

मैं कुछ नहीं बोला। थोड़ी देर तक चुप रहने के बाद उसने मेरी ओर देखा।

मैं रकम दे देना चाहती हूं, लेकिन रकम किसके द्वारा उनको पहुंचायी जाए उसके लिए मैं चाहती हूं कि तुम इस काम को करो।'

उसके इस प्रकार बातें करने से मुझे भय लगा। अपहरण कर्ताओं के साथ लेन-देन करना खतरनाक काम है। कई बार ऐसा भी हुआ है कि जिस व्यक्ति के द्वारा धन पहुंचाया गया है उसका भी अपहरण हो गया है।

'क्या अब तक तुमने उन लोगों के साथ रकम पहुंचाने के बारे में कोई बातचीत की है?'

उसने अपने सिर को झटका दिया।

'अभी तक इस विषय में प्रारंभिक बातें हुई हैं। रकम बीस डालर के छोटे सिक्कों में होगी। सारी रकम के तीन पार्सल बनाकर तेलिया कागज में लपेटे जाएंगे। अंतिम निर्देश बाद में दूंगी कि रकम कब पहुंचानी होगी।' वह मेरी ओर देखने को मुड़ी। 'तुमको इस काम के लिए घबराना नहीं चाहिये, क्या तुम्हें किसी प्रकार का भय है?'

'यह बात मैं तुम्हें उस समय बता सकता हूं जिस समय मुझे यह मालूम हो जाएगा कि क्या व्यवस्था की गई है।'

'तब क्या तुम समझते हो, यह काम खतरनाक हो सकता है?'

'हो भी सकता है।'

उसने अपना हैंडबैग खोला और उसमें से सिगरेट केस निकाला। और फिर सिगरेट केस मेरी ओर बढ़ाते हुए वह बोली, तुम्हारा विचार है कि वे लोग उसे वापस भेज देंगे?'

इससे पूर्व कि मैं कुछ कहूं मैंने सिगरेट निकालकर अपनी उंगलियों में फंसा ली और उनकी सिगरेट सुलगाई। दोनों प्रकार की संभावनाओं से इंकार नहीं किया जा सकता।'

थोड़ी देर तक हम दोनों चुप खड़े सिगरेट के कश लेते रहे।

'मैं तुमसे सच्चाई जानना चाहती हूं, क्या वे उसे वापस भेज देंगे?' अचानक ही वह बोली।

'मैं इस बारे में कुछ नहीं कह सकता। यह इस बात पर निर्भर करता है कि क्या वह उन्हें जानता-पहचानता है? यदि उन लोगों को पहचानता है तब उसे वापस भेजने का प्रश्न ही नहीं होता।'

लेकिन यदि वह उन लोगों को जानता हो तब?'

'वह उन लोगों पर निर्भर करता है। अपहरण करना और किसी की ब्लैकमेल करना दोनों ही बराबर के अपराध है, मिसेज डैड्रिक! अपहरण कर्ताओं को मौत की सजा भुगतनी होती है। वे इस बात को कभी नहीं चाहेंगे।'

'मैं उसे वापस लाने के लिए सब-कुछ करने को तैयार हूं उसे वापस लाने के लिए मैं उन्हें मुंहमांगी रकम दूंगी। यह मेरा दुर्भाग्य है कि मेरे पास धन है और इसी कारण उसका अपहरण हुआ है। यदि उन लोगों की नजर मेरे धन पर नहीं होती तो शायद उसका अपहरण नहीं होता। उसे वापस लाना ही होगा।'

'मैंने ऐसा कुछ नहीं कहा कि वह वापस नहीं आ सकता।' मेरी अपनी समझ में यह आ रहा था कि इसने अंतिम बार उसे देखा है। 'जो हो में तो यही चाहता हूं कि अपने धन के साथ अधिक समय तक जीवित रहे। अधिकतर अपहरण कर्ता, वापस भेजने की बजाय उस व्यक्ति की हत्या करना ज्यादा अच्छा समझते हैं। क्योंकि वह उनके लिए जीवन-मरण का प्रश्न होता है। पिछले दिनों बहुत सारी ऐसी घटनाएं घटी हैं कि अपहृत व्यक्तियों ने मुक्त होने के बाद पुलिस को अपहरणकर्ताओं के विषय में बता दिया है और पुलिस ने उन्हें पकड़ लिया है।'

'क्या तुमने इस विषय में पुलिस को सूचित करके किसी प्रकार की सलाह अथवा निर्देश लिया है?' मैंने पूछा।

'नहीं, और मैं ऐसा करना भी नहीं चाहती। उस आदमी ने जिसने रात को बात की थी कि मैं जो कुछ भी कर रही हूं अथवा करना चाहूंगी उस पर वे नजर रखे हुए है और यदि मैंने पुलिस को इस बात की जानकारी दी तो वे ली को मार डालेंगे। दूसरी ओर पुलिस निकम्मी है। वे लोग कुछ भी नहीं करेंगे।'

'हमारे पास प्रोग्राम सेट करने का समय है। रकम इस योजना से दी जाए कि पुलिस को तुम्हारे पति की सुरक्षा करने का मौका मिल सके। मैं यह ठीक समझता हूं कि पुलिस को एक अवसर दिया जाए।'

'नहीं। उसने दृढ़ता से कहा, मैंने उन लोगों को वचन दिया है कि कोई चाल नहीं खेलूंगी। यदि मैं ऐसा करती हूं और उन लोगों को मालूम हो जाता है तो वे ली को मार डालेंगे और फिर अपने आपको कभी क्षमा नहीं कर सकूंगी। मुझे धन के जाने की परवाह नहीं है। मैं सिर्फ ली को पाना चाहती हूं।

'तुमको फोन किसने किया था? क्या तुम किसी प्रकार का अंदाजा लगा सकती हो, उसकी आवाज से बात करने के ढंग से? मेरा मतलब है क्या वह शिक्षित था? क्या उसकी आवाज ऐसी थी जिसे तुमने कभी पहले सुना हो? अथवा क्या उसकी आवाज प्रभावशाली थी?'

'मेरा ख्याल है कि यह शायद रूमाल मुंह पर रखकर बोल रहा था। उसकी आवाज बहुत धीमी थी। वह प्रभावशाली ढंग से नहीं बोल रहा था। लेकिन यह सब बातें केवल तुम्हीं को बता रही हूं।

'क्या वह सख्ती से बोल रहा था?'

'ओह, नहीं, उसकी आवाज कोमल और मीठी थी।'

मैं कुछ सोचता हुआ नदी की ओर चलने लगा।संभव है कि वे लोग डैड्रिक को घर से बाहर ले गये हों और उसे मार डाला हो। जो लोग शोफर को मारने में नहीं हिचकिचाए तो वे धन लेने के बाद मुझे मारने में क्यों हिचकिचाएंगे। वह ऐसा काम है जिसे मुझे नहीं करना चाहिये।

वह काफी होशियार थी और उसने यह जान लिया कि मैं क्या सोच रहा हूं।

'यदि तुम इस काम को नहीं कर सकते तो मेरी समझ में नहीं आता कि किसको कहा जाये। यदि तुम्हें इस काम को करने में डर लग रहा हो तो मैं तुम्हारे साथ रहूंगी।'

'ओह, नहीं, यदि मैं इस काम को करूंगा, तो अकेला ही करूंगा।'

'ऐसी बात नहीं है, मैं स्वयं अपनी आंखों से धन दिया जाना देखना चाहती हूं। यदि तुम मेरे साथ नहीं जाओगे तो मैं अकेली ही जाऊंगी।'

मैं उसे देखने के लिए मुड़ा और मुझे उसकी हिम्मत पर आश्चर्य हुआ। हम लगभग तीन सेकंड तक एक-दूसरे की ओर देखते रहे। मैं यह अच्छी तरह समझ गया कि उसके इरादों से कोई हटा नहीं सकता। उसकी आंखों में दृढ़ निश्चय झलक रहा था।

'अच्छा, तब ठीक है, लेकिन मेरे साथ जाकर तुम क्या मालूम करना चाहती हो?' मैंने कहा।

हम कुछ देर तक चुपचाप रहे।

'एक बात है जिसे मैं तुमसे पूछना चाहती हूं। यह गंभीरता से बोली, 'वह औरत कैसी थी जो अपने आपको मेरी सैक्रेटरी बता रही थी?'

'तुम्हारा मतलब है देखने में कैसी थी?'

'हां।'

'वह लगभग तीस वर्ष की आयु की थी, सांवली, देखने में सुन्दर। बढ़िया कपड़े पहने हुए थी। उसे देखकर मुझे लगा था कि यह किसी की सेक्रेट्री जैसी नहीं लगती।'

'क्या वह बहुत खूबसूरत थी?'

'हां काफी सुन्दर थी, और साथ ही चरित्रवान भी। उसने आधुनिक महिलाओं की भांति किसी प्रकार कोई मेकअप नहीं किया हुआ था।'

'उसने मेरे पति का क्रिश्चियन नाम लेकर पुकारा था। क्या यह ठीक है?'

'हां।

उसके चेहरे पर घृणा के भाव उभर आये।

'वह बेवकूफ मोटा पुलिस वाला समझता है कि ली का उसके साथ सम्बन्ध था।' वह बोली और ऐसा प्रतीत हुआ जैसे वह होंठों ही होंठों में कुछ कह रही हो। 'क्या तुम ऐसा समझते हो?'

'इस संबंध में क्या कह सकता हूं।

'मैं तुमसे पूछ रही हूं...क्या तुम ऐसा समझते हो?' उसकी आवाज में सख्ती तथा कटुता थी।

'मैं कुछ नहीं कह सकता क्योंकि मैं तुम्हारे पति के बारे में कुछ भी नहीं जानता। देखने से ऐसा लगता है, लेकिन हो सकता है उनकी मित्रता अभी हाल ही में हुई हो।'

'वह उनसे प्यार नहीं करता था।' उसने इतने धीरे से कहा कि मैं केवल इतना ही सुन सका, 'मैं इसे अच्छी तरह जानती हूं। वह ऐसा कुछ नहीं करेगा। वह किसी अन्य स्त्री को मेरे घर में नहीं लायेगा। वह इस प्रकार का आदमी नहीं है।' वह रुक गई और उसने अपने हाथ अपने मुंह पर रख लिए।

'क्या अब तक पुलिस ने उसे ढूंढ लिया है?'

'नहीं, पुलिस इस बारे में कोशिश नहीं कर रही। उन्हें पक्का विश्वास हो गया है कि वह ली की पत्नी है। उनका कहना है कि उसे न पाना ही ज्यादा अच्छा है। मैं इस बात पर विश्वास नहीं करती। उसे इस बात की जानकारी होनी चाहिये।'

मैंने कुछ नहीं कहा।

काफी देर चुप रहने के बाद वह रूखेपन से बोली, 'क्या तुम मुझे क्लब तक कार ड्राइव करके छोड़ आओगे? मैं नहीं समझती कि अगली रात तक हम कोई बात तय न कर लें। क्या तुम छः बजे मेरे घर आ सकोगे? हम तुम्हारा इंतजार कर सकते हैं। लेकिन हमें उन लोगों को सूचित कर देना चाहिये।'

'ठीक है, मैं आ जाऊंगा।'

मैं क्लब तक शांतिपूर्वक गाड़ी चलाता रहा। जैसे ही मैंने कार खड़ी की उसने उतरकर मेरी ओर अर्थपूर्ण मुस्कान बिखेरी और बोली, तब कल रात ठीक छः बजे।'

मैं उसको क्लब हाउस की ओर जाते हुए देखता रहा। खुशनुमा प्यार की मूर्ति की तरह सुनहरे परिधान में। उसके बालों में लगे हीरे जगमगा रहे थे और उसके हृदय में भय और ईर्ष्या घुमड़ रही थी।

□ □

पुलिस हेडक्वार्टर की पत्थर की सीढ़ियों पर चलकर मैं चौथी मंजिल पर मिफलिन के छोटे से दफ्तर में पहुंचा।

मिफलिन खिड़की के पास बैठा था। उसका हैट उसकी आंखों पर झुका हुआ था और वह निचले होंठ से सिगरेट का टुकड़ा दबाए हुए था। उसकी दृष्टि भेदक थी और उसके लाल चेहरे पर आंखें उसकी विचार शक्ति की परिचायक थी।

जैसे ही मैं दरवाजा खोलकर उसके छोटे से ऑफिस में घुसा उसने प्रसन्नता से कहा, 'तुम? अजीब मजाक है। मैं अभी-अभी तुम्हारे बारे में सोच रहा था। अन्दर आओ ओर आराम से बैठो। मेरे पास सिगरेट नहीं इसलिए उसके बारे में कुछ न कहना।

मैंने सख्त और सीधी पीठ वाली कुर्सी को अपनी ओर खींचा और बैठ गया। हाथ मैंने पीछे पीठ की ओर कर लिए और आराम से बैठ गया।

अपहरण कैसे हो रहे हैं?'

विस्मयकारी।' वह बोला और एक लम्बी सांस भरी, 'उनको रोकने के लिए कुछ नहीं किया जाता। ब्राण्डन का इस विषय में पीछा करना व्यर्थ है। किसी ने उसे बहका दिया है कि यदि वह किसी अपहरण करने वाले को पकड़ लेगा तो चीफ बना दिया जाएगा।'

मैंने अपने कोट की जेब में हाथ डालकर सिगरेट का पैकेट निकाला और एक सिगरेट उसको पेश की।

हमने सिगरेट सुलगाई और दोनों विचारमग्न हो गए।

जेरोम के बारे में कोई जानकारी मिली?'

मिफलिन ने इंकार किया।

'तुम मेरे दिमाग की परीक्षा लेने आए हो या मुझसे जानकारी प्राप्त करने आये हो?'

'नहीं, ऐसी कोई बात नहीं है। मैं यहां कुछ नवीन जानकारी देने आया हूं।'

मिफलिन का चेहरा खिल उठा। उसने मुझ पर गहरी नजर डाली।

'क्या तुमको कुछ मालूम हुआ है?'

'ज्यादा नहीं, यह एक रहस्य है। गत रात्रि को मिसेज डैड्रिक ने मुझे बुलाया था। तुम अंदाजा लगा सकते हो वह क्या चाहती थी।'

'उन लोगों ने उससे फिरौती का धन मांगा होगा और वह चाहती होगी कि धन देने कार्य तुम करो। क्या यह बात ठीक है?'

मैंने स्वीकार किया।

'वह पुलिस को इसकी सूचना देना नहीं चाहती।

वह ऐसा नहीं करेगी।' मिफलिन ने कहा, और वह हमसे आशा करती है कि हम उसके पति को वापस ला देंगे।' उसकी आवाज में कड़वाहट आ गई थी, धन कब देना है?'

'कल रात को। वे उसको टेलीफोन पर अंतिम निर्देश देंगे।' उसकी आवाज में कड़वाहट आ गई थी, 'धन कब देना है?'

'कल रात को। वे उसके टेलीफोन पर अंतिम निर्देश देंगे।'

'ब्राण्डन को बता दिया जाएगा।'

मैंने कंधे उचका दिए।

'यह बात अभी तुम तक ही है। ऐसी कोई बात नहीं है जिसे वह न कर सके। जो व्यक्ति इस कार्य को करेगा वह उससे नाराज हो जायेंगे। तब वे लोग या तो डैड्रिक को मार डालेंगे या वे लोग स्वयं अपने आपको गोली मार लेंगे।'

'मेरा दावा है कि डैड्रिक को वास्तव में मार डाला गया है।'

'लेकिन हम गारण्टी से नहीं कह सकते।'

'अच्छा, मैं उसे बता दूंगा।'

'जो भी कुछ हो मिसेज डैड्रिक को इस बात का पता नहीं चलना चाहिये कि मैं यहां आया था। तुम क्या करोगे-मुझे टेलीफोन पर बता देना।'

'बता दूंगा।' मिफलिन ने कहा। अपनी आंखें बंद करके घूम यथा, यदि वह औरत हमको इस काम को करने के लिए अवसर नहीं देना चाहती तब ब्राण्डन भी क्या कर सकता है। यह

उसके साथ गलत व्यवहार करने को विवश होगा। एक बार फिरौती के लिए धन देने से हमारी परेशानियां बढ़ जाती है। इससे फेडरल ब्यूरो भी प्रभावित होगा।'

'मेरी जेरोमन का पता चला अथवा नहीं?

'ब्राण्डन ने उसे अलग छोड़ दिया है। लेकिन मैंने उसकी कार का पता लगा लिया है। एक पेट्रोल पम्प के व्यक्ति ने उसकी कार का नम्बर नोट किया था। जब वह ओसीन एण्ड से वापस आ रही थी। उस आदमी को कारों का नम्बर याद करता या नोट करना अच्छा लगता है। जब उसने अपहरण के बारे में सुना तब उसने अपनी सूचना में यह बात बताई थी। उसने एक गैरिज से वह कार किराये पर ली थी। हो सकता है तुम्हें उस गैरिज के विषय में पहले से जानकारी हो। कार ल्यूटी फैरिस नामक व्यक्ति से किराये पर ली गई थी। हमने उसके बारे में भी कई जांचें की है लेकिन स्मगलिंग आदि के बारे में उसका कोई हाथ नहीं पाया गया है। वह लॉस एंजिल्स में था। जब मैं उससे मिलने गया था मैंने उसकी पत्नी से बात की थी। उसे इस जेरोमी के बारे में याद था। वह वहां अपहरण की रात्रि से एक रात्रि पूर्व गई थी। लगभग आठ बजे और ल्यूटी से कार किराये पर मांगी थी। उसने बताया था कि उसे दो दिन के लिए कार की आवश्यकता है और उसने इसके लिए पचास डालर किराया अदा किया था। उसने अपना पता आर्चिड होटल का दिया था।'

'फैरिस ने उसको कार किराये पर देने के लिए उसका परिचय क्यों नहीं पूछा? क्या बिना जाने ही उसने कार दे दी थी?'

'वह इस बात को जानकारी क्यों करता! कार का इन्शोरेन्स है।'

'क्या तुमने हवाई अड्डा और रेलवे स्टेशन पर किसी प्रकार की पूछताछ की है कि क्या वह किसी दूसरे शहर से यहां आई थी?'

'हां, की थी। लेकिन इस बारे में कुछ भी पता नहीं चल सका।'

और वह अब यहां से दूर चली गई?'

'यह ऐसा ही है जैसा हमेशा होता आया है।' मिफलिन ने कहां और सिगरेट का कश खींचा, 'अपहरण का मामला बड़ा खराब किस्म का होता है जैसा कि तुम जानते हो। यदि वह आदमी जिसने अपहरण किया हो इस बारे में जान जाये कि जो व्यक्ति फिरौती का धन दे रहा है वह कौन है तो मेरी समझ में तुम संकट में पड़ जाओगे। यदि तुमने इस काम में हाथ डाला। हमारी सारी आशाएं इस जेरोमी पर टिकी हुई है। और मैं उसका पीछा नहीं कर सकता।'

'अच्छा। तुम्हें एक और हत्या का समाचार मिल जाएगा।'

मैंने कड़वाहट भरे स्वर में कहा, 'मुझे इस बारे में कोई आश्चर्य नहीं होगा यदि वे मुझे मार डालें।'

मिफलिन ने गहरी नजर से मुझे देखा।

'इस सप्ताह में मिलने वाली यह सबसे बुरी खबर होगी। हां, इस विषय में दोबारा विचार करना ठीक रहेगा। वे लोग तुम्हारे साथ किस तरह का व्यवहार करते हैं।'

मैंने उसका हाथ दबाया और मौत की भयानकता को हृदय से संजोये मैं उसके ऑफिस से चुपचाप धीरे-धीरे निकल आया।

□ □

'क्या तुमने काम करना निश्चित कर लिया है?' जैक कैरमन ने मुझे 38 प्वाइंट के रिवाल्वर को अपनी डेस्क से निकालकर लोड करते हुए देखकर पूछा। मेरा ख्याल है कि तुम तमाम धन के साथ हमें छोड़ दोगे। मैं साथ-साथ रहूंगा। मैं तुमसे धन लेकर नहीं भागने दूंगा।'

'चुप भी रहो जैक।' प्यूला ने कड़ककर कहा। वह इस बात का भरसक प्रयास कर रही थी कि जो कुछ वह करने जा रही है उसे शांत न होने दे। 'क्या तुम्हारे पास बिल्कुल समझदारी नहीं है?'

'ओह, चुप रहो तुम दोनों।' मैंने उन दोनों की ओर चिल्लाकर कहा, 'तुम दोनों मेरे साथ रहना। अब हमें इस विषय को सीधी तरह समझ लेना चाहिये जैक। उस मकान की पूरी चौकसी की जा रही होगी, इसलिए तुमको छिपकर रहना होगा। इस बात की पुरी जानकारी तुमको होनी चाहिये कि इस किस रास्ते को अपना रहे हैं। हम पांच मिनट तक मकान की जांच करेंगे तब बाद में तुम हमारा पीछा करना। हम आपस में किसी तरह का इशारा नहीं करेंगे। जो कुछ भी तुम करो वह दीखना नहीं चाहिये अन्यथा हमारे ऊपर परेशानी आ सकती है। और हमें शूट भी किया जा सकता है।'

कैरमन ने थूक सटका।

किसी भी परेशानी की हालत में क्या किया जा सकता है?'

'मैंने बताया न कि गोली मारी जा सकती है। किसी भी तरह का मोह त्याग कर गोली मार देना।' मैं कहता गया। मैंने अपनी कलाई पर बंधी घड़ी की ओर देखा और 38 प्वाइंट की रिवाल्वर को अपने कोट की जेब में रखा जो कंधे पर बनी थी। हमें इस काम को सावधानी से करना है। प्यूला, यदि हम दोनों आधी रात तक वापस न आये, या हमारे बारे में कोई खबर न मिले तो तुम बारे में सूचना दे देना।'

'सावधानी से काम लेना विक।' प्यूला ने चिन्तित स्वर में कहा।

मैंने उसके कंधों को थपथपाया।

'मैं तुम्हें बाहर नहीं भेज सकता। तुम्हें अपहरण जैसी मामूली बात से परेशान नहीं होना चाहिये। मुझे भी जाते हुए कुछ नहीं सोचना चाहिये। हम लोग धन कमाने के लिए जा रहे हैं।'

'अच्छा, कोई भी पागलपन का काम मत करना। उसने मुस्कराने की कोशिश करते हुए कहा, 'और उस धनी महिला के साथ मत मिलाना। कहीं उससे सम्बन्ध जोड़ बैठो।

'तुम मुझे कमजोर बना रही हो।' मैंने कहा, 'आओ जैक, अब हमें यहां से बाहर चलना चाहिये।'

हम दोनों कारीडोर से होते हुए लिफ्ट तक पहुंच गए।

'सोचो, क्या हमारे पास ड्रिंक करने का समय है?' जैसे ही हम नीचे पहुंचे कैरमन ने आशान्वित होकर पूछा।

'नहीं, व्हिस्की कार में रखी है। और जैक तुम किसी प्रकार की कोई गलती मत करना। यह बड़ा खतरनाक काम है।'

कैरमन ने सहमति का मुद्रा में कंधे हिलाए।

'यह मेरे लिए काफी मुश्किल काम है।'

वह कूदकर व्यूक गाड़ी में पीछे पालथी मारकर फर्श पर बैठ गया। मैंने उसके ऊपर गलीचा डाल दिया।

'मैं अब हर क्षण सावधान रहना अच्छा समझता हूं।' वह बोला। उसने अपना सिर गलीचे से बाहर निकाल लिया था। कितनी देर में तुम वहां पहुंचोगे? और क्या मुझे इसी तरह ढका रहना पड़ेगा?'

'ओह, तीन-चार घंटे, इससे अधिक नहीं।'

उसने मुझे बताया कि इसमें कलकत्ते की गर्मी जितनी गर्मी का अनुभव हो रहा है।

यह शाम को ठण्डी हो जायेगी। मैंने कठोरता से कहा और कार स्टार्ट कर दी। तुम्हारे पास समय व्यतीत करने के लिए स्कॉच की पूरी बोतल है। सिर्फ सिगरेट मत पीना।'

सिगरेट न पिऊं?' उसकी आवाज धीमी हो गई थी।

'अपनी असम्भावित मौत को रोकने के लिए यह तुम्हारे लिए जरूरी है। यदि उन लोगों में से किसी ने यह जान लिया कि तुम कार में पीछे छिपे हुए हो तो या तो वे तुम्हें उठा ले जायेंगे या गोली मार देंगे।'

इस बात से वह सोच में पड़ गया।

मैं लगभग दो मील तक एक प्राइवेट रास्ते से कार चलाया रहा जिस पर मैं पहली बार ही आया था। मैं सावधानी से गाड़ी को मोड़ रहा था और चला रहा था। और फिर उस मकान के जंगले में एक गज के फासले पर मैदान में कार खड़ी कर दी।

शाम के सूरज की तपन में मकान इतना आकर्षित लग रहा था जितना कि कोई भी ऐसा मकान, जिस पर एक लाख डालर खर्च किया गया हो सुन्दर लग सकता है। बड़ी कैडलक काली कार मुख्य द्वार के सामने खड़ी थी। बीच बगीचे में दो चीनी माली गुलाब के पेड़ों को संवार रहे थे। शायद उन्हें इसी काम के लिए रखा गया था। बहुत बड़ा स्विमिंग पूल सूर्य की रोशनी में चमक रहा था, लेकिन उस समय उसमें कोई स्नान नहीं कर रहा था। आंगन के नीचे घाटीनुमा लाल में छः लाल रंग के हंसावर मेरे सामने खड़े थे।

ओसीन एण्ड के उस मकान में हर चीज थी लेकिन खुशी नहीं थी।

मैंने मकान के सामने देखा। घास के जैसे हरे रंग के परदे खिड़कियों पर लटक रहे थे, क्रीम तथा हरे रंग का छायेदार परदा मुख्य द्वार पर पड़ा था।

काफी देर तक चुप रहने के बाद, मैंने कैरमन से कहा, 'अच्छा कैरमन में अब अंदर जा रहा हूं।' मैंने बड़ी धीमी आवाज में कैरमन से कहा था।

कितना प्यारा चांस मिला है।' कैरमन की आवाज में कटुता थी। वह गलीचे के नीचे से बोल रहा था, 'अपने सभी बंधन तोड़ देना। अपनी व्हिस्की के साथ काफी मात्रा में बर्फ डालना।'

मैं आंगन की ओर से दरवाजे तक गया और अपना अंगूठा घंटी बजाने के लिए दबा दिया। दरवाजे के शीशे के पैनल में से केवल सामने एक बड़ा हाल दिखाई दे रहा था जहां अंधेरा छाया हुआ था। उसके साथ ही एक रास्ता था जो कि मकान के पिछवाड़े तक गया था।

एक दुबले-पतले वृद्ध व्यक्ति ने जो गलियारे की ओर से आया था दरवाजा खोला। उसने मुझे बड़ी नर्म निगाहों से देखा। शायद यह मेरे सूट की कीमतें का अंदाजा लगा रहा था।

मिसेज डैड्रिक ने मुझे बुलाया है।' मैंने कहा।

आपका नाम श्रीमान?'

मेलोय।'

वह दरवाजे में चुप खड़ा रहा।

'क्या आपके पास कार्ड है, जनाब?'

'हां है और मुझे याद आ रहा है कि इन दिनों तुमको मैंने कहीं देखा है।'

'कितने ही प्रेस से आने वाले भद्र लोग मिसेज डैड्रिक से मिलने की कोशिश करते हैं। हमें उनकी जानकारी करने का आदेश दिया गया है श्रीमान।'

मैंने उसे अपना कार्ड नहीं दिखाया था, इसलिए मैंने अपना बिल-फोल्ड निकालकर अपना कार्ड दिखाया जो साधारण था।

वह एक ओर खड़ा हो गया।

'क्या आप प्रतीक्षा करेंगे, श्रीमान?'

मैं उसी कमरे में आग या जहां सौकी को शूट किया गया था। वहां टंगी हुई मैक्सिकन ड्रैस साफ कर दी गई थी। वहां कोई भी मेरा स्वागत करने के लिए नहीं था। न तो वहां बिना छुई हुई व्हिस्की और सोडा था न सिगरेट का अधजला टुकड़ा जो मेज के हरे रंग को जला रहा था।

'क्या तुम मेरे लिए डबल स्कॉच और ढेर सारी बर्फ ला सकते हो।' मैंने उससे कहा।

'अवश्य श्रीमान।'

वह कमरे के दूसरे किनारे पर बनी अलमारी के पास गया और वेग एण्ड हेग की एक बोतल, गिलास और एक टोकरी में बर्फ ले आया।

मैंने सावधानी से उसका मुड़ने का तरीका देखा लेकिन उसकी हड्डियों के चटकने का आवाज को नहीं सुना। वह काफी वृद्ध दिखाई देता था। लेकिन जैसा वह वृद्ध दिखाई देता था। लेकिन जैसा वह वृद्ध था उसकी चाल में भद्दापन नहीं था। उसके ड्रिंक मिलाया। मेरे लिए उसने ज्यादा बड़ा पैग बनाया था।

'यदि आप सावधानीपूर्वक देखभाल करते रहें, तो मैं आपके लिए कुछ और ले आऊँ।'

मैंने एक आरामकुर्सी पर अपने आपको आधा लिटा दिया। ऐसा प्रतीत होता था कि वह मुझे अपने पक्ष में करता जा रहा है। मैंने कुर्सी को बांह पर ड्रिंक रखकर पैर सीधे कर दिए।

‘क्या तुम समझते हो कि मुझे अधिक समय तक प्रतीक्षा करनी होगी।’ मैंने पूछा।

‘मुझे इस बारे में कोई पता नहीं है श्रीमान लेकिन इतना समझता हूं कि वे आपसे तब ही मिल सकती है जब अंधेरा हो जायेगा।’

जिस प्रकार नीचे लान में हंसावर हर क्षण अपनी रोशनी से लोगों की सेवा में तत्पर था ठीक उसी प्रकार वह मेरे सामने हर संभव सेवा करने की मुद्रा में खड़ा था। उसने अपने जीवन के सत्तर साल पूरे कर लिए थे। और यह सच था कि वह पुनः इतनी आयु नहीं पा सकता। लेकिन इतनी उम्र में भी वह चुस्त था और उसकी नीली आंखें हर क्षण चौकन्नी थीं। यद्यपि उसकी चाल में तेजी नहीं थी। तो भी अनुभव के आधार पर वह शीघ्रता से सौंपा गया कार्य जल्दी कर लेता था।

‘हां, मेरा अनुमान भी यही है। तुम ठीक कहते हो। वैसे तो तीन घंटे प्रतीक्षा करना कठिन नहीं है लेकिन अंधेरा होने में काफी समय है। मैंने अपनी जेब से सिगरेट का पैकिट निकाला। इससे पूर्व कि मैं सिगरेट, केस में से सिगरेट निकालकर मुंह से दबाता उसने माचिस जला दी।’

‘मुझे तुम्हारे नाम का पता नहीं चला अभी तक।’

उसकी भूरी भौंहें फैल गई।

‘बैडलॉक श्रीमान।’

‘तुम मिसेज डैड्रिक की सेवा करते हो अथवा मिस्टर मार्शलैण्ड की?’

‘मुझे कुछ समय के लिए मि. मार्शलैण्ड ने मिसेज डैड्रिक की सेवा करने को भेजा है। और सिमेज डैड्रिक की सेवा करके मैं बहुत खुश हूं।’

‘क्या तुम लम्बे समय से इस परिवार के साथ हो?’

वह भद्रता से मुस्कराया।

‘पिछले पचास वर्षों से श्रीमान। मैं बीस साल तक मि. मार्शलैण्ड सीनियर के साथ रहा था और तीस वर्ष से मि. मार्शलैण्ड जूनियर के साथ हूं।’

ऐसा लगता है हम अच्छे मित्र होते जा रहे हैं, इसलिए मैंने पूछा था। क्या तुम मि. हैड्रिक से न्यूयार्क में मिले थे?’

‘ओह, हां श्रीमान् वह कुछ दिन मि. मार्शलैण्ड के साथ ठहरे थे।’

‘मैंने उनको नहीं देखा है। मैंने केवल टेलीफोन पर ही बात की है और मैंने बहुत-सी बातें उनके बारे में सुनी हैं लेकिन उनका कोई चित्र भी देखने को नहीं मिला है। वह देखने में कैसे लगते हैं?’

‘वह लम्बे सांवले और कद्दावर गठीले बदन के भद्र पुरुष है। उनका शारीरिक गठन किसी को भी आकर्षित करने में समर्थ है। मैं नहीं समझता कि मैंने पूरे तौर से उनकी शारीरिक रचना आपको बता दी है वह वास्तव में एक सजीले जवान है।’

‘क्या तुम उन्हें पसन्द करते हो?’

वह झुका हुआ वृद्ध अकड़कर सीधा खड़ा हो गया।

'क्या आप प्रतीक्षा के इस लम्बे समय को बिताने के लिए पत्रिका या कुछ और पसन्द करेंगे? श्रीमान।'

मैं समझ गया कि यह बूढ़ा डैड्रिक के विषय में अधिक जानकारी नहीं देना चाहता अथवा इसे मना कर दिया गया है।

'यह ठीक है, समय बिताने का बहुत ही अच्छा साधन है यह।'

'बहुत अच्छा, श्रीमान, उनके साथ मेरी अधिक घनिष्ठता नहीं रही। जो भी कोई नवीन बात होगी मैं आपको सूचित कर दूंगा।'

वह अपनी कमजोर टांगों से कमरे से बाहर चला गया, और मैं अकेला कमरे में अनेक शंकाओं और बुरे-बुरे विचारों का ताना-बाना बुनता बैठा रहा। मेरे बांये पैर के पास लगभग एक गज के फासले पर सौकी मरा पड़ा था। जब मैं यहां पहले पहल आया था। अंगीठी के ऊपर टेलीफोन रखा था जिससे मि. डैड्रिक ने मुझे अपना अपहरण किये जाने की सम्भावना की सूचना दी थी। ऐसे ही कुछ विचार मेरे दिमाग में आ-जा रहे थे। सहसा मेरी नजरें घूम गईं। मैंने देखा एक छोटा आदमी सफेद सूट और पनामा टाइप का हैट पहने सजा-संवरा दरवाजे में खड़ा मुझे घूर रहा था। मैं अपने विचारों में इतना खोया हुआ था कि मैं उसके आने की आहट तक नहीं सुन सका। मैंने उसका अभिवादन भी नहीं किया। मेरे दिमाग में वही हत्या के विचार घूम रहे थे। वह मुझे अच्छी तरह देखने के लिए आगे बढ़ आया।

'तुमसे परिचय करने और तुम्हारे ख्यालों को भंग करने का मेरा कोई मतलब नहीं है।' वह धीरे-धीरे बड़ी सावधानी और शिष्टता से बोल रहा था। 'मैं नहीं जानता तुम कहां से आये हो?'

वह बात करता-करता कमरे के अंदर चला गया था, मेज के ऊपर उसने अपने पनामा हैट को रख दिया। मैंने अनुमान लगाया कि वह फ्रेन्कलिन मार्शलैण्ड है और सरीना को देखने आया है। वह यहां नहीं थी। उसकी नाक छोटी, पतली और नुकीली थी। मोटी ठोढ़ी, ब्राउन रंग की प्रभावशाली आंखें और सुन्दर चेहरा था।

मैंने उसके स्वागत में कुर्सी से उठना चाहा, लेकिन उसने हाथ हिलाकर मुझे बैठे रहने का इशारा किया कि मैं जहां हूं वहीं बैठा रहूं।

'बैठे रहो।' मैं तुम्हारे साथ व्हिस्की में शिरकत करूंगा।' उसने अपनी कलाई पर बंधी सोने की चेन वाली घड़ी पर नजर डाली। सवा छः बजे से पहले पीने की आदत पसन्द नहीं करता। तुम्हारी क्या राय है?'

'मेरा विचार है कि जीवन में उसूलों का होना बहुत अच्छी बात है, लेकिन कभी-कभी उसूल तोड़ने भी पड़ते हैं जब कोई अन्य व्यक्ति विवश कर दे अथवा अपने नियम से किसी को कोई बाधा पड़े।'

मेरे कहने पर उसने कोई विशेष ध्यान नहीं दिया। ऐसा लगता था कि इस प्रकार की बातें वह पहले भी सुन चुका था।

'तुम्हीं वह आदमी हो जो फिरौती का धन अदा करने को जाने वाला है।' वह बिना कोई अन्य बात पूछे अपनी बात कहता गया।

मैंने स्वीकार किया, वह मेरे सामने की ओर एक आरामकुर्सी खींचकर बैठ गया। वह गिलास लेकर इस ढंग से बैठा था मानो किसी चिड़ियाघर का कोई जानवर हो।

'वह कहती है कि तुम उसके साथ जा रहे हो।'

'उसने ऐसा कहा है ।'

'मैं समझता हूं उसके कहने में और मेरे कहने में कोई अंतर नहीं है।' उसने व्हिस्की सिप की और अपने सफेद जूतों की ओर झुक गया। उसके छोटे-छोटे पैर थे और ऐसा लगता था जैसे वे पैर मैंने पहले भी देखे हों। 'मैं उसके किसी काम में दखल नहीं देता वह जैसा चाहती है करे। हमेशा वृद्ध लोग जवानों को बोर कर देते हैं लेकिन कभी-कभी किसी युवक के सामने कोई समस्या आ जाती है तो वे मददगार भी साबित होते हैं।'

मैंने अनुमान लगाया कि वह पहले स्वयं बात करता है तब मुझसे कहता है। इसलिए मैंने कुछ नहीं कहा।

थोड़ी देर के लिए वह चुप हो गया। मैंने समय काटने के लिए एक और सिगरेट जला ली और उसकी अगली बात शुरू होने का इंतजार करने लगा।

इसी बीच मैंने देखा दोनों चाइनीज बागवानों ने दिन भर का काम समाप्त कर लिया था और अब उस बगीचे में बनी छतरी के नीचे बैठे सुस्ता रहे थे और आपस में हंसी-मजाक करके श्रम की थकान दूर कर रहे थे।

'क्या तुम रिवाल्वर लाए हो?' अचानक मार्शलैण्ड ने पूछा।

'हां, लेकिन मैं उसे प्रयोग में लाना ठीक नहीं समझता।'

'मैं समझता हूं इसकी आवश्यकता नहीं पड़ेगी। क्या तुम ऐसा नहीं समझते कि वह छोटा-सा ही सही लेकिन खतरा मोल ले रही है? क्या तुमको ऐसा नहीं लगता?'

'वास्तव में आप ठीक कहते हैं।'

'उसने आधी व्हिस्की समाप्त कर दी थी।' मैं उसके काम में ज्यादा बाधा देना नहीं चाहता।' उसने कहा, 'वे लोग बहुत बड़ी मांग कर रहे हैं। पांच लाख बहुत बड़ी रकम होती है।'

वह मुझसे यह आशा करता था कि इस विषय में मैं कुछ कहूं इसलिए मैं बोला, 'हां रकम बहुत बड़ी है और इसमें खतरा भी उतना ही ज्यादा है।'

'मैं इस विषय में ऐसी ही कल्पना करता हूं। क्या तुम समझते हो वे लोग वे लोग समझौते के दूसरे पहलू का पालन करेंगे?'

'मैं इस बारे में कुछ नहीं जानता। मैंने इस विषय में मिसेज डैड्रिक से विस्तार में जानना चाहा था, लेकिन वह उन लोगों को नहीं जानती।'

'हां, उसने मुझे बताया था। तुम वास्तव में ठीक कह रहे हो। मैंने पिछले दिनों कई अपहरण के केसों के बारे में पढ़ा है। यह उन तमाम अपहरण की वारदातों में से उच्च्च कोटि का प्रतीत होता है।'

अचानक ही मुझे महसूस हुआ कि मार्शलैण्ड की बात में काफी सच्चाई है। उसकी आंखों में अनुभव का ढेर भरा हुआ है।

मैंने उसकी आंखों में देखते हुए कहा, 'यह बात अपहरणकर्ताओं पर निर्भर करती है।'

'मुझे ऐसा महसूस हो रहा है कि हम उसे दोबारा अब नहीं देख पायेंगे।' वह धीरे से अपने पैरों की ओर झुका। और फिर उसने एकदम कमरे में चारों ओर दृष्टि घुमाई जैसे वह किसी चीज को खो बैठा हो। 'वास्तव में मैंने उससे इस विषय में अभी तक कोई बात नहीं की है। मुझे इसमें किसी प्रकार का कोई आश्चर्य नहीं होगा, यदि उन लोगों ने उसे मार डाला हो। तुम सोचते हो?'

'यह संभव है।'

'उसके जीवित होने से ज्यादा शायद?'

'मुझे इस बारे में पूरी-पूरी आशंका है।'

उसने सहमति प्रकट की। वह मेरे कथन से संतुष्ट था।

उसने एक दीर्घ निःश्वास छोड़ी और कमरे में बाहर चला गया।

□ □

मेरी हाथ की घड़ी में जब रात्रि के ग्यारह बज गए तब टेलीफोन की घंटी बजी। पूरे पांच घंटे प्रतीक्षा करनी पड़ी थी इससे मुझे बड़ी कोफ्त हो रही थी और गुस्सा आ रहा था। यदि मेरा अपना कोई केस होता तो मैं बड़ी अच्छी तरह उत्तर देता, लेकिन एक तो दूसरे का मामला और उसी का घर, विवशता थी।

मैंने यह लम्बे पांच घंटे सोफे के ऊपर बैठकर खिड़की से बाहर की ओर ऊपर-नीचे देखते रहकर और लगातार धूम्रपान करके व्यतीत किये थे। मैंने वैडलॉक को केवल एक बार ही कुछ मिनटों के लिए देखा था जब वह मेरे लिए पहिए वाली ट्राली पर रात का खाना लाया था। लेकिन उसके पास मुझसे कहने को कोई बात नहीं थी इसलिए वह चला गया था और खाना भी मैंने स्वयं ही परोसा था।

मैं ठीक आठ बजे कमरे से बाहर कैरमन से एक शब्द कहने आया था, और मैंने थोड़ा-सा खाना कार के दरवाजे से अंदर डाल दिया था। मैंने एक मिनट से अधिक उससे बातचीत नहीं की थी। मुझे भय था कि कोई व्यक्ति जो मकान की चौकसी कर रहा होगा, वह कहीं हमारी बातचीत न सुन ले। यदि कहीं ऐसा हो गया तो बहुत बुरी घटना होने की सम्भावना बन जाएगी।

अब इतनी देर की प्रतीक्षा के बाद वह समय आ गया था जब कुछ होने जा रहा था। जो भी बात हो डैड्रिक से मुझे कुछ लेना-देना नहीं था। मैं तो इतनी लम्बी प्रतीक्षा से ऊब गया था। मेरा ख्याल है सरीना भी इसी प्रकार सोचती होगी। वह कठिन-से-कठिन कार्य करने को तत्पर रहती थी।

थोड़ी देर के बाद मैंने किसी के पैरों की आहट सुनी और मैं हाल में आ गया।

सरीना, काला सलैक्स और एक छोटा फर का कोट पहने जल्दी-जल्दी सीढ़ियां उतर कर आई। उसके पीछे वैडलॉक था जो तीन तेलिया कागज में लपेटे गए पार्सल को उठाए हुए था।

वह सफेद और बीमार जैसी दिख रही थी। उसे देखने से स्वतः ही ज्ञात हो जाता था कि इतनी लम्बी प्रतीक्षा का समय उसने कितनी बेचैनी और शंका-आशंकाओं के बीच बिताया था।

'मोन्ट वरडे मिनिंग कैम्प जाना है। क्या तुमको इस स्थान के विषय में जानकारी है?' उसने बड़े दुख के साथ धीमी आवाज में कहा।

'हां, यह सेन डायगो हाईवे पर है। यदि रास्ते में यातायात हलका हुआ तब हम वहां बीस मिनट में पहुंच जायेंगे।'

फ्रेन्किन मार्शलैण्ड चुपचाप खड़ा था।

'वहां कहां है?' उसने पूछा।

'मोन्ट वरडे मिनिंग कैम्प में, सिल्वर का पुराना कारखाना है जो सेन डायगो हाइवे पर स्थित है।' मैंने उसे बताया, 'यह स्थान उन लोगों के लिए अच्छा है।' मैंने सरीना के सफेद पड़ गए चेहरे की ओर देखा। उसके होंठ कांप रहे थे। 'आपके पति के बारे में कोई और सूचना, मिसेज डैड्रिक?'

'वह-वह धन अदा हो जाने के तीन घण्टे बाद मुक्त कर दिया जाएगा। वे लोग हमको टेलीफोन पर बता देंगे कि हम उनसे कहां मिल सकते हैं।'

मार्शलैण्ड और मैं आश्चर्य से उछल पड़े।

सरीना ने मेरी बांह कसकर थाम ली।

'क्या तुम समझते हो कि वे झूठ बोल रहे हैं? यदि हमने धन दे दिया तब हमारा तो उन पर कोई दबाव नहीं रह जाएगा।'

'तुम उन पर किसी प्रकार का दबाव नहीं डाल सकतीं मिसेज डैड्रिक। यह अपहरण का मामला बड़ा खतरनाक कार्य हैं। तुम सभी तरह उनके दबाव में हो, और तुमको उन पर विश्वास करना पड़ेगा।'

'क्या यह ठीक नहीं रहेगा कि तुम मि. मेलोय पर धन अदा करने का कार्य सौंप दो, और अगली सूचना तक तुम यहीं रहो?' मार्शलैण्ड ने पूछा।

'नहीं।'

वह उसकी ओर नहीं देख रही थी।

'सरीना, धैर्य से काम लो। ऐसा अवसर भी आ सकता है कि वे लोग तुम्हारा भी अपहरण कर लें। मुझे विश्वास है कि मि. मेलोय इस कार्य के लिए उपयुक्त व्यक्ति हैं।'

वह उसकी ओर मुड़ी और बड़ी घृणा और क्रोध से उसकी ओर देखने लगी।

'मैं इसके साथ जा रही हूं। मुझे रुक जाने के बारे में तुम बार-बार मत कहो।' वह जोर से चिल्लाई, 'मुझे और धीरज मत बंधाओ। मैं जानती हूं कि तुम नहीं चाहते कि ली पुनः जीवित अवस्था में लौटकर आ जाये। मैं जानती हूं तुम उससे घृणा करते हो। मैं अच्छी तरह समझती हूं कि उसके अपहरण कर लिए जाने से तुम्हें भारी खुशी हुई है लेकिन मैं उसे वापस लाऊंगी। मैं उसे वापस लेकर ही आऊंगी।'

'तुम मुझे गाली दे रही हो...।' मार्शलैण्ड के चेहरे पर सहसा चमक आ गई। उसकी आंखें सख्त और कुद्ध हो गईं।

वह उसकी ओर ध्यान न देती हुई मेरी ओर मुड़ी।

'क्या तुम मेरे साथ आ रहे हो?'

'जब भी तुम तैयार हो जाओ, मिसेज डैड्रिक।'

'तब धन लो और जाओ।'

यह तेज कदमों से दरवाजे की ओर बढ़ गई, धक्का देकर उसने दरवाजा खोला और बाहर आंगन में आ गई।

वैडलॉक ने मुझे वे तीनों पैकेट दे दिए।

'उसकी देख-रेख रखना, श्रीमान।' वह बोला।

मैं उसकी ओर मुस्करा दिया।

'तुम विश्वास रखो।'

मार्शलैण्ड बिना मेरी ओर देखे दूर चला गया।

'वह बहुत अस्त-व्यस्त हो गई है, श्रीमान।' वैडलॉक बड़बड़ाया वह बहुत ही अस्त-व्यस्त दिखाई दे रहा था।

मैं तेजी से आंगन की ओर चल दिया और सीढ़ियां उतरकर बाहर खड़ी कैडलक कार की ओर बढ़ गया।

'मैं ड्राइव करूंगा।' मैंने कहा और पैकिटों को कार के पिछले भाग में डाल दिया। 'मैं एक क्षण में अभी आया, मुझे अपनी रिवाल्वर लेना है।'

मैं उसको कार में बैठा छोड़कर अपनी ब्यूक गाड़ी की ओर दौड़कर गया।

'मोन्ट बरडे मिनिंग कैम्प।' मैंने कहा, 'हमारे जाने के पांच मिनट बाद हमारा पीछा करना—और चौकन्ने रहना, जैक।'

गलीचे के अंदर कुलबुलाहट हुई लेकिन मैंने उसकी प्रतीक्षा नहीं की। मैं वापस कैडलक कार पर आ गया और उछलकर स्टेयरिंग व्हील पर जा बैठा। सरीना एक कोने में सिकुड़ी बैठी थी और रो रही थी।

वह लगातार चुपचाप रो रही थी। और इतनी तेजी से ड्राइव किया जितना बिना किसी खतरे के ड्राइव किया जा सकता था। मैंने उसकी कोई चिन्ता नहीं की।

जब हम आर्चिड बुलबर्ड के साथ-साथ जा रहे थे मैंने उससे कहा, 'स्वयं को काबू में रखना ज्यादा अच्छा रहेगा। तुमने अभी तक यह नहीं बताया कि उन लोगों ने तुमसे क्या कहा है। यदि हमने किसी प्रकार का कोई गलत मोड़ ले लिया तो हम उसे वापस लाने में समर्थ नहीं हो सकेंगे। वे हमसे कहीं ज्यादा चौकन्ने होंगे। जब तुम स्वस्थ होकर सावधानी से, मुझे सारी बात बताओ कि उन्होंने क्या कहा है?'

उसे स्वयं पर काबू पाने में कुछ क्षण लगे और इतने समय में ही हम लोग मोन्ट बरडे एवेन्यू पर जा पहुंचे। यही स्थान उसने मुझे बताया था।

'उन्होंने मुझे बताया है कि धन पुरानी मीनार के सामने एक रोड की छत पर रख दिया जाए। मैं उस स्थान के बारे में नहीं जानती। क्या तुमको जानकारी है?'

'मुझे जानकारी है, तब क्या करना होगा?'

'प्रत्येक पार्सल को एक-एक फुट के अंतर से रखना है, एक कतार में। जब हम पार्सल रख दें तब तुरन्त ही वह स्थान छोड़कर चले जायें।'

'यह कठिन है।'

उसे कंपकंपी आ गई।

'क्या वे फोन पर तुम्हारे पति को नहीं लाये थे?'

'नहीं, वे ऐसा क्यों करते?'

'कभी-कभी ऐसे लोग इस तरह करते हैं।'

'मैंने भी उन लोगों को मि. डैड्रिक को फोन पर बुलाने के लिए नहीं कहा था।'

'क्या, अब की बार जिस आदमी ने तुमसे बात की थी, यह वही आदमी था जिसने इससे पहले बात की थी?'

'मेरा अनुमान है वही था।'

'वह भर्राई आवाज थी।'

'हां।'

'तब ठीक है, अब सुनो हमें क्या करना है। मैं मुख्य द्वार पर कार खड़ी कर दूंगा। तुम कार में ही बैठी रहना। मैं धन ले जाऊंगा और बताए गये शेड की छत पर रख आऊंगा, तुम मेरे ऊपर नजर जमाए रखना कि मैं क्या कर रहा हूं। मैं वापस सीधा कार में आकर बैठ जाऊंगा और तुम कार ड्राइव कर देना। जैसे ही बेंचर एवेन्यू शुरू हो तुम कार की गति धीमी कर देना मैं कार से उतर जाऊंगा। तुम कार लेकर वापस मकान पर चली जाना।'

'तुम रास्ते में क्यों उतरना चाहते हो?'

'मैं उनको देखना चाहता हूं।'

'नहीं।' उसने जोर से मेरा बाजू पकड़ लिया। 'क्या तुम यह चाहते हो कि वे उसकी हत्या कर दें?' हम धन छोड़कर जा रहे हैं और जैसा उन लोगों ने निर्देश दिया है उसी के अनुसार काम करेंगे। तुमने मुझसे वायदा किया है।'

'अच्छा, ठीक है यह तुम्हारा अपना धन है। यदि उन लोगों ने तुम्हारे साथ दोहरी चाल चली तो तुम्हारे पास उनको पकड़ने का कोई रास्ता नहीं रहेगा, यह समझ लो। मैं इस बात की गारंटी देता हूं कि मुझे कोई नहीं देख पायेगा।'

'नहीं।' उसने दोहराया, 'मैं उन्हें कोई ऐसा अवसर नहीं देना चाहती जिससे कोई विपत्ति आ सके।'

मैंने कार को सेन डाइगो हाईवे की ओर मोड़ दिया।

'ठीक है, लेकिन यह गलत तरीका होगा।'

उसने कोई उत्तर नहीं दिया।

हाईवे पर ट्रैफिक बहुत ज्यादा था। मुझे उसको पार कर धूल भरे रास्ते पर आने में कई मिनट लग गये। हम उस पगडण्डी पर उछलकर सामने की ओर जा रहे थे। दुर्भाग्य से वहां गहरा

अंधेरा था। कार की हैड लाइट में इधर-उधर झाड़ियां और कूड़े करकट के ढेर दिखाई दे रहे थे। हाईवे से कुछ सौ गज की दूरी पर ही घना अंधेरा और सुनसान दिखाई पड़ रहा था।

मेरे ठीक सामने ही मुख्य द्वार था। केवल एक लकड़ी का दरवाजा ही उसका आधार स्तम्भ था। मैं द्वार के समीप पहुंच गया था। हैड लाइट की रोशनी में वह शाफ्ट सीधी दिखाई दे रही थी।

हमने शेड देख लिया, वह सात फीट से ज्यादा ऊंचा नहीं था। चारों ओर गंदगी फैली हुई थी। शायद कभी यहां टाइम कीपर इस मीनार की चैकिंग के लिए बैठता होगा।

'अच्छा, वह यही स्थान है। अब तुम यहीं प्रतीक्षा करो। यदि कोई गड़बड़ दिखाई दे तब कार लेकर भाग जाना।'

वह शेड की ओर इस तरह देख रही थी मानो डैड्रिक उसमें से निकलकर बाहर आने वाला हो। उसका मुंह ऐसा दिख रहा था मानो बर्फ का ढक्कन हो। वह भय के मारे सफेद हो गई थी।

मैं बाहर आ गया और दरवाजा खोलकर मैंने उन तीनों पैकिटों को उठा लिया। उनको एक बांह में थामकर अपना 38 प्वाइंट का रिवाल्वर सैट करके सैड की ओर चल दिया।

सिवाय हाईवे पर आने वाले वाहनों की आवाज के यहां सर्वत्र नीरवता छाई हुई थी। कोई हलचल नहीं थी। न कोई बंदूक लेकर मेरे ऊपर झपटा। शेड का रास्ता लम्बा होता मालूम दे रहा था। यदि कोई मुझे निशाना बनाना चाहता तो बड़े आराम से बना सकता था, क्योंकि कार की हैडलाइट इधर मेरे ऊपर होकर आगे तक जा रही थी। जब मैं उस स्थान पर पहुंच गया तो मुझे खुशी हुई। जैसे ही मैं आधे खुले दरवाजे के अंदर घुसा मैंने अपना रिवाल्वर हाथ में ले लिया।

सिर्फ एक टूटी हुई कुर्सी, बहुत सारी धूल और जमीन पर बिखरे कागजों ने मेरा स्वागत किया। कार की हैडलाइट दरवाजे से होकर अंदर दो भागों में बंटकर दीवार को छू रही थी।

उस तमाम धन को उस शेड की छत पर रख देने की मेरी कतई इच्छा नहीं थी। मैं महसूस कर रहा था कि इस धन को सरीना दुबारा अब नहीं देख सकेगी और न डैड्रिक को यह धन देकर खरीद ही सकेगी। लेकिन मैं तो किराये का आदमी थी और उस धन को वहां रख देने के लिए ही आया था, सो मैंने उस धूल भरी छत पर तीनों पैकेट कतार में रख दिए। इस बात का विशेष ध्यान रखा कि उसमें एक फुट का फासला बना रहे जैसा कि उसने मुझे निर्देश दिया था। वहां करने को और कुछ नहीं था। मेरी बड़ी इच्छा थी कि वहीं पर कहीं छिप जाऊं और देखूं कि आगे क्या होता है। लेकिन यह मेरी भूल होगी और डैड्रिक की मौत का कारण बन जाएगी। वह ठीक कहती थी उन लोगों के निर्देशानुसार कार्य करने पर ही उसकी आशा टिकी थी।

मैं चलकर कार तक आया। मुझे इसमें कोई आश्चर्य नहीं होगा यदि वे लोग छिपकर हमारी चौकसी कर रहे हों, क्योंकि वहां उस रास्ते में छिपने के लिए अनेक स्थान थे।

मैंने कार का दरवाजा खोला और उछलकर स्टेयरिंग व्हील पर जा बैठा।

वह पुनः रोने लगी।

'यदि तुमको उन लोगों की बात का यकीन हैं और तुम मुझे चौकसी नहीं करने देना चाहती तो मैं तुम्हें वापस लिए चलता हूं।' मैंने बिना उसकी ओर देखे ही कहा।

'मुझे वापस ले चलो।' उसने भर्राई आवाज में कहा, 'और जहां से लाये हो वहीं छोड़ दो।'

जैसे ही मैंने द्वार की ओर से कार ड्राइव की, मुझे पुराने रेलवे स्लीपरों के एक खंभे के पीछे एक आकृति का आभास हुआ। मैंने समझा यह कैरमन होगा, यद्यपि यह कोई आवश्यक नहीं था। यदि यह कैरमन है तो शायद वह कुछ देख सकेगा। मैंने सरीना की ओर देखा, लेकिन वह अपने रूमाल के साथ व्यस्त थी और उसने किसी बात पर ध्यान नहीं दिया।

अनेक ख्यालों में डूबता-उतरता मैं ओसीन एण्ड पहुंच गया।

□ □

हाथ की घड़ी ने सवा बताया, मैं अकेला कमरे में बैठा था। और व्हिस्की और सोडा को हाथ से हिला रहा था। दीवार पर मेक्सिकन लिबास टंगा हुआ था, जिस पर सोने और चांदी की कढ़ाई की हुई थी।

सरीना ऊपर कहीं थी।

हम ढाई घण्टे से प्रतीक्षा कर रहे थे।

अचानक ही पीछे की ओर से सीटी की जैसी आवाज सुनाई दी और किसी ने मेरी व्हिस्की छलका दी।

'लूसी तुम नरवस हो गये हो।' कैरमन ने अंदर आकर कहा, 'क्या यह व्हिस्की है जिसे तुमने गिरा दिया?'

'यहां और बहुत है। स्वयं सेवा करो। और जितनी जी चाहे पियो।'

'मैं अपनी सेवा अपने आप कर सकता हूं।' कैरमन ने कहा और ट्राली की ओर चला गया। उसने अपने लिए एक बड़ा पैग बनाते हुए कहा, 'आज की रात आराम से सोने के लिए है।'

'सोने के बारे में मत सोचो, यह बताओ कि क्या तुमने वहां किसी को देखा था?'

वह मेरे सामने एक आरामकुर्सी पर लेट-सा गया।

'नहीं, अन्त तक मैं उन्हें नहीं देख सका, लेकिन मैंने धन जाते हुए देखा है।'

'तो भी तुम ले जाने वाले को नहीं देख सके?'

उसने अपना सिर नकारात्मक ढंग से हिलाया।

'वह आदमी बड़ा चालाक था। वह छिपा हुआ था। मैं समझता हूं कि वह पीछे की ओर किसी शहतीर के पीछे जो ऊपर वाले शहतीर को सहारा दिये हुए खड़ा था, उसके पास समुद्र में मछली पकड़ने वाली लम्बी छड़ थी। जिसके आगे हुक लगा हुआ था। उसने उस छड़ को पैकिटों के ऊपर डालकर हुक से पैकिटों को धीरे-धीरे सरकाकर उतारा होगा। छत के ऊपर और इधर-उधर इतना घना अंधेरा था कि मैं कुछ भी नहीं देख सका। मात्र अनुमान ही लगाया जा सकता है। इस बात का तुम अंदाजा लगा सकते हो कि वह आदमी कितना चतुर हो सकता हैं।'

'हां, वह चतुर रहा होगा, क्या उसने तुम्हें देख लिया था?'

'इसकी कोई सम्भावना नहीं है।'

'इतना निश्चयपूर्वक मत कहो, मैंने तुम्हें देखा था।'

'मैं शर्त लगाकर कह सकता हूं कि तुमने मुझे नहीं देखा होगा। क्योंकि जब तक तुम वहां से वापस आ गए तब तक तो मैं वहां पहुंचा ही नहीं था। मैंने तुम्हारी कार की पीछे की रोशनी देखी थी। और जब मैं वहां मेन गेट पर पहुंचा था तो रैडइन्डियन की तरह धीरे-धीरे रेंगते हुए अंदर गया था।

'अच्छा, जब मैं उस स्थान को छोड़ रहा था, मैंने किसी को देखा था।'

'निश्चय ही, वह मैं नहीं रहा होऊंगा।'

मैं याद करने की कोशिश करने लगा कि मैंने किस प्रकार की आकृति को उस अंधेरे में देखा था।

मैं उस आकृति को देखकर कैरमन समझा था। इसका अर्थ यह हुआ कि वह व्यक्ति लम्बा, पतला और चौड़े कंधों वाला था। अधिकतर कैरमन से मिलता-जुलता होना चाहिये।

वह गैंग का ही एक सदस्य रहा होगा, मुझे ऐसा लगता है कि मैंने उसे अच्छी तरह पहचान लिया है। मैंने अपनी कलाई पर बंधी घड़ी को देखा। अगले पन्द्रह मिनट भी जा चुके थे। अब बताये गए समय के अनुसार केवल चौथाई घंटा शेष था। इसके बाद हमें कुछ मालूम होने की आशा थी।

कैरमन की आंखें सूजी हुई-सी लग रही थीं।

'मैं थकावट अनुभव कर रहा हूं। प्रतीक्षा के उन लम्बे पांच घंटों ने मुझे मार डाला है। तुम क्या समझते हो कि वे लोग उसे छोड़ देंगे?'

'मैं इस बारे में कुछ नहीं कह सकता, मैंने उन लोगों को ऐसा करते नहीं देखा। यह उसका भाग्य ही होगा कि वे लोग उसे छोड़ दें।'

'यदि वह वापस नहीं आता है तो ब्राण्डन इसे अपनाने की कोशिश करेगा।' कैरमन ने जम्हाई लेते हुए कहा। 'वह इसे पाने के लिए अपना हाथ बढ़ाएंगा।'

'यह इस औरत की जिम्मेदारी है।'

'लेकिन हमने भी तो सहायता दी है, हम अछूते नहीं रहेंगे। ब्राण्डन उसे डरायेगा, धमकायेगा और हो सकता है वह हमारे खिलाफ भी काम करे।'

'अच्छा, जैसा वह चाहे करने दो।' मैंने कहा। 'ट्राली पर जाकर एक और ड्रिन्क बना लो।' मैंने बोतल की ओर हाथ का इशारा किया ही था कि तभी फ्रेंकलिन मार्शलैण्ड चुपचाप कमरे के अंदर आया।

'तो तुम सुरक्षित वापस आ गए हो।' वह बोला, 'मुझे बड़ी चिन्ता हो रही थी।' उसने कैरमन की ओर परिचय पाने की दृष्टि से देखा।

मैंने उन दोनों का परिचय करा दिया।

इतनी लम्बी अवधि की उबाऊ प्रतीक्षा के बाद, मार्शलैण्ड ने कहा, 'अब समय आ गया है जबकि वे लोग पुनः हमसे सम्पर्क स्थापित करेंगे।'

'तीन घंटे के दिए गए समय में अब केवल पांच मिनट ही शेष रह गए हैं।' मैंने कहा और कैरमन को दूसरा पैग देकर सोफे पर वापस लौट गया, 'यदि वे उसे छोड़ देते हैं तो वे इतना जरूर चाहेंगे कि जब तक वे शहर से बाहर न चले जाएं हमें कुछ मालूम नहीं होना चाहिये।'

वह मेरी ओर आधा झुक गया था।

'मुझे ऐसा प्रतीत नहीं होता कि वे लोग उसे मुक्त कर देंगे।' वह बोला। 'यदि अगले आधे घंटे में हमें कोई सूचना नहीं मिलती है तो मेरी राय है कि हमें पुलिस को सूचित कर देना चाहिये।'

'यह तुम्हारे अपने ऊपर निर्भर करता है।' मैंने कहा, 'लेकिन जैसा कि हमने इतनी लम्बी अवधि तक प्रतीक्षा की है, मेरा विचार है कि हमें सुबह तक और प्रतीक्षा करनी चाहिये। अब किसी भी प्रकार का कोई भी कदम उसके लिए खतरनाक सिद्ध हो सकता है।'

'मैं समझता हूं वह मार डाला गया है।'

मैं थकावट महसूस कर रहा था, और इस व्यर्थ की बातचीत को बंद करना चाहता था।

'तुम इतनी अधिक घृणा मि. ली डैड्रिक से क्यों करते हो मि. मार्शलैण्ड?' मैंने पूछा।

वह बिना इस प्रश्न का उत्तर दिये कमरे से बाहर चला गया। वह तीन चार मिनट बाद पुनः अंदर आकर दरवाजे में खड़ा हो गया।

'मैं इस बात को अच्छी तरह जानता हूं कि मेरी बेटी क्या है।' वह बोला, 'उसके वापस आने की प्रतीक्षा में वह कितनी कड़ी तपस्या कर रही है।' उसने दरवाजे को धकेलकर मुझे सम्बोधित किया, उस आदमी ने मेरी बेटी से धन के लालच में ही शादी की है। ऐसे आदमी हमेशा मक्कार साबित होते हैं मि. मेलोय।'

फिर वह कमरे से बाहर चला गया और हम उनके कदमों की आहट नीचे सीढ़ियों पर सुनते रहे।

कैरमन ने लम्बी सांस छोड़ी।

'क्या उसने इस औरत के साथ धन के लालच में शादी की है।' उसने नशे में पूछा।

'मैं इस बारे में कुछ नहीं जानता।' मैंने अपनी घड़ी की ओर देखा। अब पांच मिनट और अधिक हो गये थे।'

'क्या यह अधिक उबाऊ समय नहीं लग रहा है?'

'हम प्रतीक्षा करने के सिवाय और क्या कर सकते हैं।' मैंने अपने पैर सोफे पर रख लिए।' मैं इस लड़की को अच्छा समझता हूं। हो सकता है धोखा खा गई हो। लेकिन उसका हृदय बड़ा संवेदनशील दिखाई देता है।'

बैरमन घुरघुराया और उसने अपनी आंखें बंद कर लीं।

घड़ी की टिकटिक के साथ समय गुजरता गया। हम ऊंघने लगे और फिर गहरी नींद सो गये।

प्रातःकाल सूर्य की प्रथम रश्मि ने मुझे जगाया। मैं हड़बड़ाकर उठा और घड़ी में समय देखा, इस समय सात बजने में केवल पन्द्रह मिनट ही शेष थे। कैरमन अभी तक गहरी नींद में सो रहा था। बगीचे के सिरे पर समुद्र के फेन के टकराने की प्राकृतिक, धीमी ध्वनि के सिवाय और किसी प्रकार की आवाज नहीं आ रही थी।

मैंने सोफे पर फैले अपने पैरों को उठाया और टहलता हुआ आंगन में आ गया।

दोनों चाइनीज माली बगीचे में छतरी के नीचे अपना काम कर रहे थे। बालकनी में सरीना डैड्रिक काली स्लैक्स और छोटे फेर के कोट को पहने समुद्र की ओर मुंह किए बैठी थी। उसका सफेद पड़ गया चेहरा खोया-खोया दिखाई दे रहा था। वह इस तरह से देख रही थी जिससे साफ प्रतीत होता था कि न तो किसी ने उसे टेलीफोन ही किया है और न ही उसे मुक्त करके वापस भेजा है।

मैं चुपचाप उसे अपने ख्यालों में खोया हुआ छोड़कर लॉज में आ गया।

□ □

अगले चार दिनों में आर्चिड शहर अपनी शांति खोकर पागलखाने जैसी उत्तेजना और क्षोभ से भर गया था। सारे शहर में हलचल मची हुई थी।

अपहरण की खबर सारे शहर में फैल गई थी और लोगों को अपहरणकर्ताओं द्वारा प्राप्त की गई पांच लाख डालर की बड़ी धनराशि के बारे में मालूम हो गया था। साथ ही साथ यह भी मालूम हो गया था कि अपहरणकर्ताओं ने रकम हथियाने के बाद भी अपहृत व्यक्ति को मुक्त नहीं दिया है। देश से बाहर उत्तर में दूर सैन फ्रान्सिस्को तक तथा दक्षिण में लांस एंजिल्स तक यह खबर फैल गई थी।

पहले कुछ ही घंटों में ब्राण्डन ने अपने ढंग से इस केस को हल करने की व्यवस्था की। उसने सारे शहर में फेडरल एजेन्टों का जाल फैला दिया और कई तरह के आदेश जारी कर दिये।

स्टेट की सेना, हवाई अड्डा, टेलीफोन, रेडियो तथा अन्य सभी प्रसारणों के माध्यम से इसके लिए निर्देश दिए जाने लगे। सभी लोग अपनी-अपनी ड्यूटी पर तैनात हो गये।

मैंने और कैरमन ने घंटों पुलिस हैडक्वार्टर में पूछताछ और जानकारी दिलाने में बिताये। सबसे पहले तो बैगनी रंग के चेहरे वाले ब्राण्डन ने प्रश्न और क्रास प्रश्न पूछे। उसके बाद कई फेडरल एजेन्टों ने चुभते हुए प्रश्नों की बौछार की। और बात का बतंगड़ बनाने की कोशिश की।

हम बुरी तरह संकट में पड़ गये थे। हमारे चेहरे पर शिकन आ गई थी। गर्दन फूल गई थी। उनको इस विषय में संकेत देते-देते हमारे गले का थूक सूख गया था। लेकिन हमारे पास कोई निशान ही नहीं था जिसे हम बताते।

मैं अपनी गली में दस कदम भी नहीं चल सकता था। घर से निकलते ही कोई न कोई प्रेस-रिपोर्टर अथवा कैमरा मेरे सामने आ जाता था। कैरमन ने बताया कि एक व्यक्ति जिसका रंग बरसाती सूर्य के जैसा दिखाई देता है। उसके घुंघराले बाल और आंखें जंगलियों जैसी हैं। वह अधिक जानकारी प्राप्त करने का बहुत इच्छुक है।

ओसीन एण्ड का बाहरी दरवाजा बंद कर दिया गया था। और टेलीफोन के तार काट दिये गये थे। उस भवन में मौत का जैसा सन्नाटा छा गया था। जहां रोशनी में जगमगाता वह मकान भव्य दिखाई देता था अब वहां गहरा सन्नाटा छा गया था। और एक अफवाह फैल गई थी कि सरीना डैड्रिक गंभीर रूप से बीमार हो गई है।

तमाम दिन हवाई अड्डे से लेकर शहर की हर सड़क और गली में जांच की जाती थी। हर संदेह और सम्भावना की पुष्टि की जा रही थी। घर-घर जाकर तलाशी और जांच जारी था। जिन-जिन लोगों पर पुलिस का संदेह जाता था अथवा जिन लोगों को पुलिस संदेह की दृष्टि से देखती थी उनसे प्रश्नोत्तरों की झड़ी लगी हुई थी। पूरब में स्थित केरल गेवल्स जिले तक पुलिस छानबीन कर रही थी।

अपहरणकर्ताओं की हर संभव खोज पुलिस फेडरल एजेन्ट द्वारा तथा अन्य साधनों द्वारा की गई। किन्तु न तो अपहरणकर्ताओं का पता चला और न ही डैड्रिक का।

पांचवें दिन सरीना ने अपना कार्य शुरू किया और केस को अपने तरीके से हल करने का प्रयास किया। उसकी ओर से अखबारों और रेडियो पर घोषणा की गई कि जो व्यक्ति अपहरणकर्ताओं को पकड़वाएगा अथवा उनके विषय में कोई जानकारी देगा, उसका पच्चीस हजार डालर इनाम दिया जाएगा। और एक हजार डालर उस व्यक्ति को दिये जायेंगे जो अपहरण के विषय में जानकारी देगा।

इस घोषणा ने सारे शहर के लोगों में हलचल पैदा कर दी। सिवाय उन लोगों के जो पहले ही ज्यादा धनी थे अथवा ऐसे लोग जो आर्चिड शहर में आनन्द मनाने बाहर से आए थे और अस्थाई रूप से शहर में रह रहे थे।

उस घटना के बाद की यह छठी रात थी, जब मैं अपने छोटे से केबिन में अकेला बैठा था और सोच रहा था कि मुझे जल्दी से जाना चाहिये।

मेरा केबिन समुद्र की ओर खुलता था। जहां से समुद्र लगभग एक मील के अंतर पर था। जिसमें एक बरामदा, एक बड़ा रहने का कमरा, दो बैडरूम और एक बाथरूम था। बाथरूम इतना छोटा था जितने में एक बिल्ली ही स्नान कर सके।

उस स्थान का महत्व मेरे लिए इतना ही था कि वह शोरगुल से अलग एकान्त में था। वहां पर किसी के रेडियो तक की आवाज सुनाई नहीं देती थी। स्नान करते समय मजे से गाया जा सकता था क्योंकि आवाज खिड़की से बाहर नहीं जा सकती थी। लेकिन क्यों यह जगह इतनी अलग-थलग थी, इसलिए जिस किसी व्यक्ति को मुझसे विचार-विमर्श करना होता था आसानी से वहां आ-जा सकता था। यदि कोई परेशानी आ जाए तो सहायता के लिए चिल्लाना भी बेकार था।

मैं ताले में चाबी डालकर घुमा ही रहा था कि मैंने अपने पीछे किसी के कदमों की आहट सुनी। साधारणतः मैं इस प्रकार की आवाज को बड़ी सावधानी से सुनता हूं, और जानकारी करना चाहता हूं। किन्तु गत पांच दिनों से घट रही घटनाओं और लोगों द्वारा बार-बार टोकने की वजह से मैंने उस ओर ज्यादा ध्यान नहीं दिया। मैंने अपने पीछे की ओर घूमकर देखा कि एक छायावृत्ति मेरे ठीक सामने खड़ी थी।

तभी मेरा दायां हाथ यंत्रवत रिवाल्वर निकालने के लिए जेब की ओर बढ़ा। लेकिन वह आधा रास्ता ही तय कर पाया था कि मैंने देखा मुझसे भेंट करने आने वाली एक महिला थी।

मैंने रात की गर्म हवा में अपना मुक्का घुमाकर कहा, 'क्या तुमको इस प्रकार आकर मुझे भयभीत करना चाहिये?'

'क्या आपका नाम मेलोय है?'

मैंने अपने सामने खड़ी दुबली-पतली आकृति को देखा। बरामदे की छत की वजह से वहां इतना ज्यादा अंधेरा था कि इससे अधिक मैं नहीं देख सका। लेकिन इतना जरूर समझ गया कि वह बुरी तरह घबराई हुई है।

'तुम कौन हो?'

'मैं तुमसे बात करना चाहती हूं। हमें ऐसी जगह पर चलना चाहिये जहां थोड़ी देर बैठ सकें।'

जब मैं उसे साथ लेकर मुख्य कमरे में जा रहा था मैंने उसकी भर्राई आवाज से अंदाजा लगाया कि वह बहुत ही दयनीय स्थिति में है। हम अंधेरे में खड़े थे, बिल्कुल सटे हुए, जब मैंने रोशनी करने के लिए स्विच दबाया। कमरे में रोशनी होने पर मैंने उसकी ब्राउन रंग की चौड़ी-चौड़ी आंखों में झांककर बहुत सारे प्रश्नों के उत्तर पा लिए और बहुत सारे प्रश्न मेरे सामने आ खड़े हुए। मैंने उसे बैठने का इशारा किया।

वह लगभग बीस-पच्चीस साल की थी। उसका रंग सांवला था। उसके चमकदार बाल दो भागों में चेहरे पर फैले हुए थे। वह बड़ी स्मार्ट और सुन्दर लग रही थी। वह अपने होंठों पर लाल रंग की लिपिस्टिक लगाए हुए थी। उसकी आंखों में कामुकता स्पष्ट झलक रही थी। जो किसी भी आदमी को टकटकी लगाकर उसकी ओर देखने के लिए विवश करने में समर्थ थी। लेकिन ऐसे लोग सिवाय आश्चर्य से देखने के और कुछ नहीं कर सकते थे। वह हरे रंग की कीमती स्लैक्स पहने हुए थी।

'हैलो।' मैंने कहा और उसको सम्बोधित करके बोला, 'मैं ही हूं जिससे तुम बात करना चाहती हो?'

'यदि तुम्हारा नाम मेलोय है, तब मैं तुमसे मिलने आई हूं।' वह बोली और अंगीठी की ओर से मेरी तरफ आई। वह मेरे सामने आकर खड़ी हो गई। उसके हाथ उसकी पेंट की जेब में गहराई तक नीचे गये हुए थे। उसकी आंखें मेरे मुंह पर कुछ खोज रही थीं। 'मुझे एक पेरली ने आपके पास भेजा है।'

'क्यों?' मैंने कहा और पैनी दृष्टि से उसको देखने लगा। मैं हैरान था कि वह कौन है, वह ठीक तो है न?

'नहीं, वह परेशानी में है।' लड़की ने कहा। उसने जेब से लकी स्ट्राइक का पैकिट निकाला और उसमें से एक सिगरेट निकालकर अपने होंठों में दबा ली। फिर माचिस जलाई और सिगरेट का कश खींचकर बोली, 'वह डैड्रिक के अपहरण के केस में पकड़ लिया गया है।'

वह थोड़ी देर के लिए रुक गई। रसोई में रखे रेफ्रिजरेटर की गुर्राहट सुनाई दे रही थी।

वह लड़की लगातार टकटकी लगाकर मेरी ओर देख रही थी। यद्यपि वह सिगरेट का कश लगा रही थी तो भी उसकी गर्दन और आंखें स्थिर थीं।

‘पेरली?’ मैंने कहा।

‘हां।’ उसने स्वीकार किया, ‘उसने कहा था कि तुम बहुत होशियार व्यक्ति हो। तुम्हें अपनी योग्यता का परिचय देने का चांस मिल रहा है।’

‘उन्होंने उसे कब पकड़ा है?’

‘एक घंटे पूर्व।’ वह अपने कंधों को उचकाकर घड़ी देखकर बोली, ‘ठीक एक घंटा और पांच मिनट पहले ही वे लोग उसे ले गए हैं।’

‘क्या वे लोग फेडरल के थे?’

उसने अपना सिर हिलाकर मना किया।

‘एक गोल चेहरे वाला, बढ़िया ड्रेस पहने, मोटा-सा कठोर व्यक्ति था। उसके साथ दो अन्य व्यक्ति बाहर कार के पास खड़े थे।’

‘क्या वह ब्राण्डन था? छोटा, मोटा और सफेद बालों वाला?’

‘इससे तो ब्राण्डन ही प्रतीत होता है। वह कौन है?’

‘पुलिस कप्तान।’

उसने सिगरेट का कश लिया और अपने नाखूनों को देखने लगी।

‘मैं नहीं जानती कि पुलिस कप्तान ने उसे गिरफ्तार किया है।’ वह अंगीठी की ओर से घूमी और दीवान पर जा बैठी।

‘निक ने कहा था कि तुम मि. मेलोय के पास जाओ, वही मुझे इस केस से मुक्त करा सकता है। क्या तुम इस काम को कर सकते हो?’

‘मैं इस बारे में कुछ भी नहीं कह सकता। मैं उसके बारे में कुछ जानकारी करने के बाद ही बता सकता हूं कि मैं इस सिलसिले में क्या कर सकता हूं। और कुछ कर भी सकता हूं अथवा नहीं। वह मुझसे क्या करने की अपेक्षा रखता है?’

‘उसने मुझे कुछ नहीं बताया। वह थोड़ा-सा बड़बड़ाया था। मैंने इससे पूर्व कभी निक को बड़बड़ाते नहीं सुना था। जब उन लोगों ने बंदूक को ढूंढ लिया तब उसने मुझे पास आने को कहा।

मैं एक अलमारी के पास गया और स्कॉच की एक बोतल और दो गिलास निकालकर मेज पर रख दिये। मैंने रेफ्रिजरेटर से एक जग भरकर बर्फ का पानी निकाला।

‘हमें शुरू कर देना चाहिये। मैं जल्दी काम करने में विश्वास करता हूं। तुम बिना मिलाए नीट व्हिस्की पियोगी या पानी मिलाकर?’

‘क्या तुम्हारे जैसा समझदार व्यक्ति भी इस बात को नहीं सोच सकता कि ठीक इसी समय वे लोग उसकी पिटाई कर रहे होंगे। और जबकि पुलिस उसके साथ ऐसा व्यवहार कर रही होगी, पीने की इच्छा कैसे हो सकती है।’

मैंने अपने लिए ड्रिंक तैयार किया और बैठ गया।

‘तुम्हें शायद मालूम नहीं है कि हमारे दुःखी होने से उसे कोई मदद नहीं मिलेगी।’

वह उछलकर खड़ी हो गई और तीन-चार बार कमरे में इधर से उधर गई और मुड़कर पुनः दीवान पर बैठ गई।

'तुम कौन हो?' मैंने पूछा, 'और तुम्हारा पेरली से क्या सम्बन्ध है?'

'मेरा नाम टरेस्का है। मैं निक की गर्लफ्रेन्ड हूं।'

'ठीक है, अब हमको इस विषय पर एक दृष्टि डालनी चाहिये। मुझे सारी बातें विस्तार से बताओ लेकिन जल्दी-जल्दी।'

'निक और मैं सिनेमा देखने जा रहे थे। उसे देर हो गई थी इसलिए मैंने उसे फोन किया था और उसने बताया था कि वह जल्दी ही आ रहा है, लेकिन वह नहीं आया तब मैं ही उसके पास गई। जब मैं लिफ्ट में सवार हुई तब उसमें तीन व्यक्ति और थे। मैं जान गई थी कि वे लोग पुलिस के लोग हैं। हम चौथी मंजिल पर पहुंचे मैंने उन्हें आगे जाने दिया। जब वे लोग कोने की ओर मुड़ गये तब मैं आगे बढ़ी। वे लोग निक के दरवाजे के बाहर खड़े थे। उनमें से दो के हाथों में बंदूकें थीं। मैंने उनकी ओर देखा उन्होंने मेरी ओर ध्यान नहीं दिया। मोटे पुलिस के आदमी ने दरवाजे को धक्का मारा। मैंने अनुमान लगाया कि निक ने सोचा होगा कि मैं हूं। जैसे ही दरवाजा खुला और निक यह जाने कि कौन है, वह उसके ऊपर झपट पड़ा और निक को थप्पड़ मारने लगा। फिर उन लोगों ने तलाशी लेनी शुरू कर दी। सामने का दरवाजा भिड़ा था बंद नहीं था। मैंने अंदर झांककर देखा, निक दीवार के पास खड़ा था और उनकी चीजों को अस्त-व्यस्त करते देख रहा था। उसने मेरी ओर देखा और मुझे इशारा किया कि मैं उस रास्ते से अलग हट जाऊं। मैं वहीं खड़ी उन लोगों को घूरती रही, तभी उन लोगों को सोफे के नीचे एक बंदूक मिल गई। ब्राण्डन फुर्ती में आ गया। उसने कहा कि यह वही बंदूक है जिससे डैड्रिक का शोफर मारा गया था। निक तभी लड़खड़ा गया था। निक और मैं साथ-साथ ताश खेला करते थे इसलिए हम होंठों-ही-होंठों में बात कर सकते थे। इस कला ने उस समय बड़ी मदद की, उसने मुझे तुम्हारे पास आने को कहा। मैंने उन लोगों को उस पर चिल्लाते हुए छोड़ दिया और यहां से चली आई।'

'ब्राण्डन को किस तरह मालूम हुआ कि उसी बंदूक से डैड्रिक के शोफर को गोली मारी गई थी?' मैंने पूछा।

उसने अपना सिर हिला दिया।

'मैं नहीं जानती।'

'फिर क्या हुआ?'

'मैं गली के दूसरी ओर ठहरकर प्रतीक्षा करने लगी। लगभग आधे घंटे बाद वे उसको लेकर बाहर आये। वह भयभीत-सा चल रहा था। उसके मुंह और कपड़ों पर खून लगा हुआ था, फिर वे उसको पुलिस की कार में ले गये। और मैं तुम्हारे पास चली आई।'

मैं थोड़ी देर तक चुपचाप बैठा रहा।

क्या तुम्हें अपहरण के बारे में कोई जानकारी है?'

उसकी ब्राउन रंग की आंखें मेरी आंखों से मिल गई।

'सिर्फ उतना ही जितना कि अखबारों में पढ़ा है।'

'और कुछ नहीं।'

'नहीं।'

'क्या उसे जानकारी है?'

'नहीं, वह इस प्रकार काम में कभी हाथ नहीं डालता। यह ठीक है कि हम ताश खेलने में चालाकी से काम लेते हैं। लेकिन यह इतना ही है कि जितना हम चाहें या करें।'

'क्या वह कभी पहले भी पकड़ा गया था?'

उसकी आंखें सख्त हो गई थीं।

'क्या वह उससे पूर्व भी कभी पकड़ा गया था?' ठीक-ठीक बताओ, 'क्या उसका कोई पुलिस में रिकार्ड है?'

'मेरा अनुमान है कि रिकार्ड है। वह दो साल तक सैनफ्रांसिस्को में रहा था। जहां उसने चार माह जेल में बिताए थे।'

'इससे पहले की कोई और बात?'

'क्या तुम बहुत सारी बातें जानना चाहते हो?'

'मैं उसका पूरा रिकार्ड जानना चाहता हूं, यह बहुत महत्वपूर्ण है।'

'छः मास, एक साल और दो साल, आठ साल पहले वह जेल में रह चुका है।'

'जुआ खेलने में ही?'

उसने स्वीकार किया।

'क्या उसने कभी किसी को इस बंदूक से चोट पहुंचाई थी?'

'ऐसी कोई शिकायत आज तक नहीं मिली।'

'क्या तुमको अपहरण के विषय में पूर्ण विश्वास है कि उसमें इसका हाथ नहीं है। क्या तुम समझती हो कि वह तुम्हें बिना बताये भी इस काम को कर सकता है?'

'वह ऐसा नहीं करेगा। यह उसकी लाइन नहीं है। क्या तुम यह भी नहीं समझ सकते?'

मैंने उसकी बात पर यकीन करने का निश्चय कर लिया।

'ठीक है, मैं देखूंगा कि क्या किया जा सकता है।' मैं टेलीफोन पर गया और एक नम्बर डायल किया। थोड़ी देर के बाद एक पुलिस कर्मचारी की आवाज आईद्व यह मि. फ्रैन्कन का निवास स्थान है।'

'क्या मि. फ्रैन्कन अंदर है? मैं विक मेलोय बोल रहा हूं।'

'हां श्रीमान्, मैं आपको सीधा मिला रहा हूं।'

काफी देर के बाद मैकन ने रिसीवर उठाया, हैलो विक, क्या बात है?'

'अब से लगभग एक घंटा पहले, ब्राण्डन दो आदमियों को लेकर जैफर्सन ऐवेन्यू पर स्थित एक मकान से निक परेली नाम के एक आदमी को पकड़ लाया है। उन्होंने उसके कमरे की तलाशी ली तो वहां उन्हें एक बंदूक मिली है। ब्राण्डन का कहना है कि वह वहीं बंदूक है जिससे भी डैड्रिक के अपहरण के केस में गिरफ्तार किया है। मैं चाहता हूं कि आप विशेषज्ञ द्वारा उस

बंदूक की जांच करा लें। साथ ही मैं यह भी चाहता हूं कि आप स्वयं हैडक्वार्टर जाकर उसे देखें और जानकारी करें। वे लोग उसके साथ मार-पीट कर रहे हैं, मैं चाहता हूं कि इसे रोक दिया जाए। क्या आप इतना कार्य कर सकेंगे?'

'क्या उसने अपहरण में किसी प्रकार का भाग लिया था?'

'मुझे नहीं मालूम। यह लड़की जिसने मुझे यह सूचना दी है, उसने बताया है कि अपहरण करने में उसका कोई हाथ नहीं है। मुझे भी यह गढ़ी हुई कहानी प्रतीत होती है। ब्राण्डन को यह किस तरह मालूम हुआ कि इसी बंदूक से शोफर को मारा गया था। हो सकता है उसने उसे खरीदा हो। उसकी कोई भी योजना रही हो। ब्राण्डन द्वारा प्रथम दृष्टि में ही यह कह देना कि यह वही बंदूक है जिससे शोफर को गोली मारी गई थी। कुछ ठीक नहीं लगता।'

'तुम ऐसी कोई बात कैसे कह सकते हो।' कैन्फन की आवाज कही थी।

'पुराने रिकार्ड के अनुसार मैं यह कह सकता हूं। यह तो ब्राण्डन की आदत है कि किसी को भयभीत करके वह छोटी-छोटी ही बात का बतंगड़ बना देता है। यदि उसने इस किस में भी यही किया और केस को तोड़ा-मरोड़ा तो मैं उसमें अपना पैर जरूर फंसाऊंगा।'

'यह परली कौन है, और तुम्हारा इससे क्या सम्बन्ध है?'

'यह एक पता-चोर है। इसका इस विषय में रिकार्ड भी है।'

'तब उसकी मदद नहीं की जा सकती।' उससे तुम्हारा क्या सम्बन्ध है?' फ्रैन्कन ने पूछा।

'उसने एक समय मेरे साथ भलाई का काम किया था। इस काम को मेरा व्यक्तिगत कार्य समझो। मैं चाहता हूं कि तुम सीधे हैड क्वार्टर जाओ और उसके साथ हो रही मार-पीट को रोको।'

थोड़ी देर तक दोनों ओर शांति छाई रही फिर वह बोला, 'मैं इतनी जल्दी तो उसे नहीं बचा सकता।' फिर वह जरा रुककर बोला, मुझे विश्वास नहीं है कि इस केस को अपने हाथ में ले सकूंगा। क्योंकि ब्राण्डन ने उस बंदूक के बारे में काफी मसाला तैयार कर लिया होगा।'

'हो सकता है उसने काफी तैयारी कर ली हो, लेकिन यह कोई प्वाइंट नहीं है। तुम उसको मुक्त कराने नहीं जा रहे, बल्कि उसके पुराने रिकार्ड को ध्यान में रखते हुए उसकी मार-पीट रोकने जा रहे हो। क्या तुम समझ रहे हो?'

'अच्छा ठीक है विक, मैं वहां जाऊंगा और उसको देखूंगा। लेकिन मैं तुम्हें चेतावनी देता हूं कि यदि मेरी समझ में उसने अपराध किया होगा, तब मैं वापस आ जाऊंगा। क्योंकि उस बारे में काफी प्रचार हो रहा है और उसको बचाने की कोशिश करके मैं बदनामी मोल नहीं लेना चाहता, इससे मेरे व्यवसाय पर असर पड़ेगा।'

'मेरा विचार है कि यह पूर्व नियोजित योजना है। जो भी हो तुम उसे देखने जाओ और इस बारे में ज्यादा चिन्ता मत करो कि ब्राण्डन ने उस बंदूक के लिए क्या-क्या मसाला एकत्रित कर लिया होगा। मैं इस काम को अपने हाथ में लेने जा रहा हूं।

'अच्छा, ठीक है, मैं देखता हूं कि इस विषय में मैं क्या कर सकता हूं। यह अच्छा होगा कि तुम सुबह मुझसे मेरे ऑफिस में मिलो।'

'मैं आज रात तुमको फोन पर मिलूंगा।

इससे पूर्व कि वह इन्कार करे मैंने रिसीवर रख दिया।

मेरा मुझे घूर कर देख रही थी, उसकी आंखों में आश्चर्य मिश्रित चमक थी।

'किससे बात कर रहे थे?'

'जस्टिन फ्रेन्कन से। पेस्फिक कोस्ट का प्रसिद्ध तथा चतुर क्राइम का वकील है। वह यदि उसे विश्वास हो गया कि ऐरली को झूठा फंसाया जा रहा है, तो वह उसे मुक्त कराने की भरसक कोशिश करेगा।'

'क्या वह यहां जा रहा है?'

'वह जाएगा और ब्राण्डन को मार-पीट करने से रोकेगा।'

उसने दूसरी सिगरेट जला ली, उसके हाथ अभी तक कांप रहे थे।

'मेरा अनुमान है कि निक या जान गया था कि क्या होने वाला है तभी उसने मुझे तुहारे पास आने के लिए संकेत दिया था।'

मैंने अपना डिनर समाप्त किया और उठ खड़ा हुआ।

'मैं तुमको कहां पहुंचा दूं?'

'245 मोन्ट वेरडे एवेन्यू। यह एक छोटी-सी हरे रंग की झोंपड़ी हैं जो बायें हाथ की ओर स्थित है, मैं वहां अकेली ही रहती हूं।'

जब मैं उसका पता लिख रहा था वह कह रही थी, इस काम को करने का कुछ रुपया तुम्हें मिल जाएगा, क्या तुम विश्वास कर सकते हो?'

'मैंने पेरली को वचन दिया था कि किसी भी आवश्यकता के समय में, मैं उसकी मदद करूंगा और वह समय आ गया है। रुपयों की बात रहने दो।'

'धन्यवाद।'

'इसकी जरूरत नहीं है। उसने एक बार मेरे पेट में छुरा भोंकने से रोका था। अब देखो, मैं क्या कर सकता हूं। मैं यहां से सीधा पुलिस हैडक्वार्टर जा रहा हूं। उसके लिए तो मैं अब कुछ कर नहीं सकता। जो कुछ उसके साथ हो चुका है तो भी जो कुछ बन सकेगा करूंगा। मेरे लिए दिए गये वचन को निभाने का समय आ गया है।'

'तुम्हारा मतलब है वे लोग तुमको उससे बातचीत करने देंगे।'

'मैं नहीं कह नहीं सकता, होमी माइड लैफ्टीनेन्ट मेरा मित्र है शायद वह कोई मदद कर सकें।'

ठीक तभी उसकी आंखों से कटुता गायब हो गई और वेदना झलक आई।

'उसे मेरा प्यार करना।' वह बोली।

□ □

जिस समय में प्रिन्सेज स्ट्रीट और सैन्ट्रल एवेन्यू पहुंचा, तब तक पेरली के पकड़े जाने की खबर चारों ओर फैल चुकी थी।

मुझे पुलिस हैडक्वार्टर से पांच सौ गज की दूरी पर ही रोक दिया गया। जैसे ही मैंने मुड़ने की कोशिश की एक पुलिस वाले ने हाथ के इशारे से मुझे वापस जाने को कहा। तीन अन्य पुलिस के आदमी दूसरी अन्य कारों को आगे आने से रोक रहे थे।

पुलिस हैडक्वार्टर पर लोगों की भीड़ जमा होती जा रही थी। जैसे लोगों को इस बात का पता चला कि डैड्रिक के अपहरण से सम्बन्धित व्यक्ति को पुलिस ने पकड़ लिया है, लोग हैडक्वार्टर की ओर दौड़ पड़े। वे उस व्यक्ति को देखना चाहते थे।

जब तक मैं नीचे आर्चिट बुलवर्ड की ओर ड्राइव करूं, भीड़ प्रिन्सेज स्ट्रीट की दीवार से जा लगी थी।

मैंने कार खड़ी कर दी और पैदल पीछे की ओर चल दिया। पुलिस हैडक्वार्टर के सामने लोग भारी संख्या में खड़े थे और हर क्षण बढ़ते ही जा रहे थे। लोग पसीना-पसीना हो रहे थे, उन्हें रोकने की पुलिस द्वारा की रही कोशिशें नाकाम होती जा रही थी।

ब्राण्डन की स्पेशल पुलिस लड़ाकू दस्ता दरवाजे में खड़ा था और दरवाजे पर लोहे के सीकचों वाला शटर गिरा हुआ था। मैं जानता था कि वहां से आगे निकलकर जाना कठिन होगा।

मैंने ड्रग-स्टोर के साथ वाला रास्ता अपनाया। ड्रग स्टोर में रात की ड्यूटी देने वाले एक क्लर्क के सिवाय और कोई नहीं था वह सफेद कोट पहने दरवाजे के रास्ते में खड़ा था और जिज्ञासा से भीड़ को देख रहा था।

मैं एक फोन करना चाहता हूं।' मैंने कहा। वह अनिच्छा से मुड़ा और वापस स्टोर में आ गया।

कुछ उत्तेजित-सा होंठ बुदबुदाता हुआ वह बोला, 'वे लोग कह रहे हैं कि ब्राण्डन ने अपहरणकर्ता को गिरफ्तार कर लिया है। सोचो, अब वह पच्चीस हजार डालर का मालिक बन जाएगा। मैं सोचता हूं कि उसके स्थान पर मैं स्वयं होता तो कितना अच्छा होता। मैं उस रकम को कितनी अच्छी तरह खर्च करके जिन्दगी आराम से बिताता।'

मैं उसकी ओर देखकर मुस्कराया और टेलीफोन बूथ में घुस गया। मैंने आपरेटर को पुलिस हैडक्वार्टर से सम्बन्ध स्थापित करने को कहा।

'मैं नहीं कर सकती।' टेलीफोन आपरेटर बोली, 'हर लाइन इस समय जाम है। मैं उनको मिलाने की पिछले बीस मिनट से कोशिश कर रही हूं। यहां क्या हो रहा है?'

'कुछ सिपाही अपने-अपने बटन तोड़ने में लगे हैं और तमाम फोर्स लड़ाई के मैदान में गई है।' कहकर मैंने रिसीवर टांग दिया।

मैं शांत और ठंडक भरे स्टोर में वापस आ गया। क्लर्क भी स्टूल पर खड़े होकर भीड़ को देख रहा था। अब लोग स्टोर की खिड़की के पास भी जमा हो गए थे।ऐसा लग रहा था कि अब मुझे बाहर निकलने में भी भारी परेशानी उठानी पड़ेगी।

'फीडर आ गया है।' उसने मुझे बताया ओर निःश्वास छोड़ी। 'वह ब्राण्डन बड़ा चतुर आदमी है। बहुत बढ़िया पुलिस कप्तान हमें मिला है।'

'मैं यहां से बाहर किस तरह जा सकता हूं?' मैंने दरवाजे पर खड़ी भीड़ को देखते हुए कहा। मैं धैर्य खोता जा रहा था।

'तुम बाहर नहीं जा सकोगे, एक स्टूल घसीट लो। तुम्हें इससे बढ़िया दृश्य देखने को नहीं मिलेगा।'

'दृश्य, कैसा दृश्य?'

वह नीचे मेरी ओर को झुका।

'संभव है वे लोग उसे बाहर लाएं, हो सकता है मिसेज डैड्रिक उसे देखने के लिए नीचे आएं। कुछ भी हो सकता है। मेरी इच्छा थी कि मेरी लड़की यहां होती,वह इसे बहुत पसन्द करती।'

'क्या यहां से बाहर जाने के लिए पीछे से कोई रास्ता है?'

'उस दरवाजे से होकर। यह तुम्हें सीधा आर्चिड वुलवर्ड के अंदर ले आएगा।'

'धन्यवाद।'

जैसे ही मैंने धक्का देकर दरवाजा खोला, भीड़ पीछे की ओर हटी। तभी खिड़की के शीशे भीड़ के धक्कों में टूट गए जिनके टूटने की स्पष्ट आवाज मैंने सुनी।

मैं यह देखने के लिए नहीं रुका कि क्या नुकसान हुआ है। पीछे की ओर का गलियारा मुझे एक अंधेरे रास्ते से आर्चिड बुलवर्ड तक ले गयी।

मिफलिन वैस्टवुड एवेन्यू स्थित अपने छोटे मकान में रहता था। उसके साथ उसकी पत्नी, दो बच्चे, एक वॉक्सर कुत्ता, दो सफेद बिल्लियां भी साथ रहती थी। अपनी पुलिस की ड्यूटी खत्म करने के बाद वह अधिकतर घर पर ही रहता था। इस प्रकार की अफवाह ब्राण्डन द्वारा फैला गई थी कि वह अपनी पत्नी से डरता है।

मैंने यह निश्चय किया कि बाहर रहकर उसकी प्रतीक्षा की जाए। और चाहे बारिश आए या तूफान उससे मिलकर ही जाऊंगा। इसलिए मैं बाहर आ गया और उसके घर के मुख्य के सामने पहुंचकर रुक गया।

मेरी घड़ी में दस बजकर बीस मिनट हो गये थे। मुझे इस बात का कोई पता नहीं था कि उसकी ड्यूटी कब समाप्त होगी। लेकिन जो कुछ हैडक्वार्टर में हो रहा था उससे ऐसा ही प्रतीत होता था कि वह देर से ही घर लौटेगा।

मैंने सिगरेट निकाल ली और लम्बे और इंतजार की तैयारी करने लगा। उसके मकान के नीचे कमरे में रोशनी हो रही थी। और थोड़ी-थोड़ी देर बाद एक औरत की परछाई खिड़की में से दिखाई दे जाती थी। जब ग्यारह बजने में पन्द्रह मिनट शेष थे, कमरे की रोशनी हो गई। थोड़ी देर के बाद वह भी बंद हो गई और मकान गहरे अंधकार में डूब गया।

मैंने अपनी आंखें बंद कर लीं और मेरली के बारे में सोचने लगा। मैं किसी भी प्रकार की झूठ-मूठ बातें नहीं सोचना चाहता था जब तक कि सच्चाई का पता न चल जाए। शायद फ्रेन्कन ठीक ही कहता था कि ब्राण्डन ने बन्दूक के बारे में अच्छी योजना बना ली होगी, जो घेरली के यहां पाई गई थी। मैं शर्त लगाकर कह सकता हूं कि किसी ने अवश्य पुलिस को सूचना दी होगी।

ऐसा कोई व्यक्ति जिसकी नजर पच्चीस हजार डालर की भारी रकम पर टिकी हो, वह कोई भी झूठी कहानी गढ़कर किसी भी व्यक्ति को फंसा सकता है।

एक कार ऊपर पहाड़ी पर आती दिखाई दी। कुछ ही देर में उसकी हैडलाइट मेरे ऊपर घड़ी और कार मेरे पास आकर ठहर गई।

मैंने अपना सिर आशान्वित होकर खिड़की के अंदर डाला। यह मिफलिन ही था, ठीक है। वह खिड़की से बाहर झांकरहा था। उसका चेहरा गुस्से से तमतमा रहा था।

'हटाओ इस लोहे के भद्दे ढेर को और उठाकर समुद्र में फेंक दो।' वह कड़ुवाहट से बोला, 'तुम मेरा रास्ता क्यों रोक रहे हो?'

'हैलो, टिम।' मैंने कहा और अपनी व्यूक कार से बाहर आ गया।

वह मेरी और मुड़ा।

'तुम यहां क्या कर रहे हो?'

मैंने उसकी कार का दरवाजा खोला और लुढ़कता हुआ उसकी कार की पीछे की सीट पर बैठ गया।

'मैं अकेले में आपसे मिलना चाहता था, इसलिए मैंने सोचा कि आपके घर पर ही चला जाए।'

'छोड़ो इस बात को, मैंने आज काफी श्रम किया है और अब थक गया हूं। मैं अब सोना चाहता हूं।'

इसे थोड़ी देर स्थगित ही रहने दो, मुझे यह बताओ कि ब्राण्डन ने परली को क्यों पकड़ा है?'

'इसका मतलब है कि तुमको भी पता चल गया है। क्या तुम उसे जानते हो?' मिफलिन गुर्राया, 'सुबह के अखबार में सारी बात पढ़ लेना। इस समय मुझे तंग मत करो। मैंने जो कुछ करना था कर दिया है। मैं उसे एक रात हवालात में रखना चाहता हूं।'

'मैं उसे जानता हूं टिम, वह मेरा मित्र है। परली ने डैड्रिक का अपहरण नहीं किया है। यह उसकी लाइन नहीं है।'

मैंने उसे एक सिगरेट दी और जलायी।

'क्या तुम उसे अपहरणकर्ता समझते हो?'

'मैं नहीं कह सकता, हो सकता है, लेकिन शायद नहीं। क्या तुमने ही इस बारे में फ्रेन्कन को भेजा था।'

'हां, क्या वह गया था?'

'क्या तुम्हारा ख्याल है कि कोई भी उसे बाहर ला सकता है? वह जेल जाएगा। मैं समझता हूं कि वहां पेरली सुरक्षित रहेगा, क्योंकि वे लोग तो उसके साथ मार-पीट करेंगे।'

मैं चुपचाप उसके चेहरे की ओर देखता रहा।

'मैं सोचता हूं कि यह कितना बड़ा मजाक है। जो भी हो, ब्राण्डन से किसी ने बातचीत की थी। उस आदमी ने यह नहीं बताया कि वह कौन है। इसका मतलब यह हुआ कि उसे कोई इनाम

नहीं मिल सकता। मेरी समझ में यह नहीं आता कि कोई आदमी इनाम की इतनी भारी रकम को क्यों लेना नहीं चाहता, जब तक कि वह स्वयं उस मामले में फंसा न हो। उसने ब्राण्डन को बताया था कि वह सीधा पेरली वाले भाग में जाए, वहां उसे एक बंदूक सोफे के नीचे मिल जाएगी जिससे डेड्रिक के शोफर को गोली मारी गई थी। और भी अन्य सूचनाएं दीं जिससे पेरली इस अपहरण के मामले में बुरी तरह फंस गया है। ब्राण्डन ने यह जानने की कोशिश भी की कि वह आदमी कौन है लेकिन उस आदमी ने टेलीफोन डिस्कनैक्ट कर दिया था। हमने पता लगाया कि फोन कहां से किया गया है तो पता चला कि वह कोरल गेवल्स से किया गया था लेकिन वह काफी दूर था। हम जल्दी ही वहां नहीं पहुंच सकते थे।'

'हो सकता है वह व्यक्ति पेरली का दुश्मन हो।'

'हो सकता है ओर यह भी संभव है कि अपहरणकर्ताओं में से वह एक रहा हो। मैं नहीं जानता जो भी हो, ब्राण्डन को स्वयं भी यह बात जंची नहीं है। जानते हो उसे वहां क्या मिला?'

'वहां उसे बंदूक मिली है।'

'वह तो मिली ही, उसे वहां तीन तेलिया रैपर भी मिले हैं। इसके अलावा एक लाख डालर जो बीस-बीस डालर के सिक्कों में थे तथा एक मछली पकड़ने का कांटा जो शायद रोड़ की छत से पार्सल उतारने के काम में प्रयोग किया गया था, मिला है।'

मैंने धीरे से सीटी बजाई।

'इन चीजों को उसने कहां पाया?'

'रकम तो एक सूटकेस में थी जो एक अलमारी में रखा था, तेलिया रैपर एक दराज के पीछे और मछली पकड़ने का कांटा पलंग के नीचे मिला था।

इससे तो ऐसा लगता है जैसे वह आदमी परेली के भाग को भली प्रकार जानता हो। क्या ब्राण्डन नहीं देख सकता कि यह एक योजनापूर्वक किया गया काम है?'

'देखो, ब्राण्डन उस हर आदमी की तलाश में है जो इस शहर में रह रहे हैं और जिनका चरित्र संदिग्ध है। पेरली का पुलिस के पास रिकार्ड है। उसी का यह इनाम उसे मिल रहा है।'

'क्या पेरली को देखने से उसका सम्बन्ध अपहरणकर्ताओं से मालूम पड़ता है?'

'उसमें कई सूराख हैं। उसका कहना है कि वह ताश खेलता है और अपहरण की रात को यह जू वैटिलो के एक डेल्मोनिको बार के एक कमरे में ताश खेल रहा था। हमने जू से बातचीत की। उसने बताया था कि पेरली उसके साथ साढ़े नौ बजे तक रात को ताश खेलता रहा था। जू को समय इसलिए याद है क्योंकि पेरली जीत रहा था और अचानक ही उसने कहा था कि वह अब और नहीं खेलेगा, उसे कोई जरूरी काम है। जू उस पर दबाव डाल रहा था कि वह अभी और खेले क्योंकि वह अपनी खोई हुई रकम निकालना चााहता था। पेरली इस बात पर राजी हो गया कि वह साढ़े दस बजे तक ही खेलेगा। और अपहरण जैसा कि तुम्हें याद होगा दस मिनट पर हुआ था।'

'क्या कोई ऐसा व्यक्ति है जिसने पेरली को जाते देखा हो?'

मिलफिन ने अपने को झटका दिया।

‘वह पिछले रास्ते से गया था।’

‘अच्छा, उस बैटिलो जैसे आदमी का कौन विश्वास करेगा?’

‘ब्राण्डन करता है। वह उस हर आदमी का विश्वास करता है जो शहर से बदमाशों को भगाने में मदद करता हो। मुझे इस धन राशि से संदेह होता है कि विक, हर चीज एक योजना का अंग प्रतीत होती है लेकिन जब हम उस धन राशि पर आते हैं तो शक में पड़ जाते हैं। एक लाख डालर की राशि कम नहीं होती, जबकि सिर्फ दो डालर ही उसको फंसाने के लिए काफी होते। कोई भी व्यक्ति इतनी बड़ी रकम कैसे फेंक सकता है?’

‘इसमें भी कारण है कि ऐसा क्यों किया गया। अपहरणकर्ता ध्यान पेरली पर दी जाएगा, जैसा कि तुम सोच रहे हो।’

‘यह तो रुपये को फेंकना हुआ। मैंने अब तक ऐसा किसी भी आदमी को नहीं देखा जिसने इतनी बड़ी रकम यूं ही बर्बाद की हो।

‘यह इसलिए है कि तुमको बहुत कम वेतन मिलता है। इस शहर के बहुत से लोग एक लाख डालर को कुछ नहीं समझते।

‘ज्यूरियों को भी कम वेतन मिलता है, वे भी इस बात पर विश्वास नहीं करेंगे।’

मैंने अपने हाथ की सिगरेट का टुकड़ा खिड़की से बाहर फेंक दिया। ‘तुम ठीक कहते हो, वास्तव में यही बात है कि वह किस हालत में हैं?’

पेरली? इतना बुरा नहीं है, मैं समझता हूं कि यदि फ्रैन्कन अंदर न आ जाता तो उसकी हड्डियां तोड़ दी जाती। वे दोनों आदमी, मैकग्रों और हार्टसैल उनका काम ही यही है।’

‘क्या ये लोग मुझे उसमें एक बार मिलने देंगे? क्या उसमें मिलने का कोई अवसर है?’

‘कोई आशा नहीं है। वह ब्राण्डन का खास कैदी हे।’

मैंने एक सिगरेट जला ली थी और पैकेट उसको बढ़ा दिया।

‘मैं नहीं समझता कि उसने ऐसा किया हो, टिम।’

‘ठीक है तुम अकेले ही होगे जब जूरी के सामने जाना पड़ेगा। सुबह के अखबार को पढ़ने तक प्रतीक्षा करो। जैसे-जैसे वह उससे बात करता जाएगा वह फंसता जायेगा। उसकी बचाने का केवल एक ही तरीका है कि असली अपहरणकर्ता की खोज की जाए और उसे पकड़ा जाए।’

‘मैं उसकी मुक्ति के लिए हर संभव कोशिश करूंगा। अब ब्राण्डन क्या करेगा?’

‘कुछ नहीं, जैसे ही वह निश्चय कर लेगा, केस को बंद कर देगा। उसने पेरली को पकड़ ही लिया है और तमाम गवाहियां तैयार कर ली है। सब कुछ उसने तैयार कर लिया है।’

मैंने कार का दरवाजा खोला और बाहर आ गया।

‘अच्छा, अंत में मुझे ही मामला साफ करना पड़ेगा। मैं इस विषय में खोजबीन शुरू कर रहा हूं।’

‘मेरी शुभकामनाएं तुम्हारे साथ है।’ मिफलिन ने कहा। लेकिन वह बहुत ही कठिन काम है, तुम कहां-कहां तलाश करोगे और काम की शुरुआत कहां से करोगे?’

'मैं सबसे पहले मेरी जेरोम से शुरू करूंगा। मुझे आभास होता है कि वह इस विषय में ज्यादा जानती है।'

'हो सकता है, लेकिन मुझे इसमें संदेह है। यदि अपहरण करने में उसका हाथ होता तो पुनः उस मकान में वापस नहीं जाती।'

'संभव है वह कोई चीज कमरे में छोड़ गई हो और उसे लेने वापस आई हो। उसे यह मालूम नहीं था कि में वहां होऊंगा। उन चाइनीज गालियों को भी इसमें कोई जानकारी नहीं थी। लेकिन मैं उसकी जानकारी करने जरूर जाऊंगा।

'ओ. के. यदि मेरे लिए कोई काम हो तो बताना। मेरा अपना भी यही विचार है कि पेरली को फंसाया गया हे। और उसके लिए सबसे बड़े दुर्भाग्य की बात यह है कि उसका पुलिस से रिकार्ड है।

धन्यवाद टिम। शायद मुझे आपकी जरूरत पड़ेगी।'

मैं उछल कर व्यूक गाड़ी में बैठ गया और उसकी ओर हाथ हिलाकर विदा लेकर सेन्ट्रल एवेन्यू की ओर तेजी से दौड़ गया। आधे रास्ते पहुंचकर मैंने एक काल-बाक्स में जाकर जस्टिस फ्रेन्कन का नम्बर डायल किया।

उसने टेलीफोन पर स्वयं ही उत्तर दिया।

'तुमने उसके बारे में क्या किया, जस्टिस?'

'मैं नहीं समझता कि उसने ऐसा किया है।' फ्रैन्कन ने कहा, लेकिन इसका मतलब यह नहीं है कि मैं उसको इस केस से मुक्त करा सकता हूं। मुझे उसके छूट जाने की कोई आशा नहीं है, लेकिन मैं कोशिश करूंगा। उसके खिलाफ योजना बनाकर साजिश की गई है। अब गवाहियां तैयार की जा रही है। उसके साथ सबसे बड़ी दिक्कत यह है कि इतनी बड़ी रकम उसके यहां पाई गई। अब तुम सुबह ऑफिस में दस बजे के करीब आओ तभी विस्तार से इस मामले पर विचार करेंगे कि क्या किया जा सकता है। हम हर पहलू से इस केस पर विचार करेंगे। ठीक है?'

'मैं आ जाऊंगा।' मैंने कहा।

'बहुत ज्यादा आशा नहीं है विक, में कहना नहीं चाहता कि ऐसा लग रहा है कि उसका भाग्य विपरीत हे।'

'अभी से क्या कहा जा सकता है। मैंने कहा और रिसीवर टांग दिया।

□□

जस्टिस फ्रैन्कन, दुबला-पतला लेकिन छरछरा व्यक्ति था। उसकी आंखें गहरी काली थीं और नाक छोटी और चपटी। वह पैस्फिक कोस्ट का एक चतुर वकील था, लेकिन दिखने में वह ऐसा नहीं लगता था। उसके पास जितने मुवक्किलों की लिस्ट थी, समूचे देश में उतनी बड़ी लिस्ट किसी अन्य वकील के पास नहीं थी।

फ्रैन्कन अपने आफिस् में कुर्सी पर बैठा था। उसने अपने एक टांग कुर्सी के हत्थे पर रख ली थी और आधा जला हुआ सिगार उसके मुंह में लगा था।

प्यूला, कैरमन और मैं उसकी डैस्क के चारों ओर घेरा बनाये बैठे थे। फ्रैन्कन ने बताया था कि पेरली के बारे में बीसियों कहानियां गढ़ी जा रही है और कोई ऐसा रास्ता नहीं दिखाई देता कि उसे बचाया जा सके।

ऑफिस में थोड़ी देर के लिए शांति छा गई थी।

उसने अपनी टांग कुर्सी से नीचे उतारी और हमारी ओर देखते हुए बोला—

'तुमने मुझे अभी तक ऐसी कोई बात नहीं बताई जिससे यह सिद्ध हो सके कि पेरली ने सौकी का खून नहीं किया अथवा डैड्रिक का अपहरण नहीं किया।' वह बोला, पेरली के विरुद्ध कई बातें है। एक तो पुलिस के पास उसका पुराना रिकार्ड है; दूसरे उसके घर पर हथियार मिला है। पुलिस उसके सौकी की हत्या के जुर्म से फंसायेगी लेकिन यदि मान लो उनकी डैड्रिक की लाश मिल गई तब दो दो-दो हत्यायें उसके सिर पर थोपी जा सकती है। जहां तक मेरा सवाल है, मैं केवल हवाई बातें करने के और क्या कर सकता हूं।'

उसने सिगार का अन्तिम कश खींचा और उसे ऐश-ट्रे में डाल दिया।

'अब हमको यह देखना चाहिये कि पुलिस ने उसके यहां से क्या पाया। पुलिस को उसके निवास एक बंदूक मिली। यदि मैंने बहुत श्रम किया तो मैं जूरी को यह बता सकता हूं कि वह एक योजना बनाई गई थी। मछली का कांटा भी निकाला जा सकता है लेकिन रकम के बारे में किसी को भी विश्वास नहीं आएगा कि वह भी उसी योजना का अंग है। एक लाख डालर की रकम बहुत बड़ी होती है। हम इस बात पर सहमत है, मैं अकेला ही नहीं, हम सब?'

'मैंने स्वीकार किया।

'ठीक है, अच्छा एक बात तो यह रही कि हम रकम के बारे में कुछ नहीं कर सकते। तेलिया रैपर की योजना का अंग हो सकते हैं, लेकिन यदि एक बार ज्यूरी के दिमाग में यह बात बैठ गई कि धन का पाया जाना योजना का अंग नहीं हो सकता, तब कोई कारण ही नहीं रह जाता जो बंदूक, तेलिया रैपर या काटे कोयोजना के अंग मान लिया जाए। और इसी से केस बिगड़ जाता है। तुम इस बात को समझ रहे हो या नहीं।

'हां लेकिन ठीक उसी तरह धन की योजना का अंग नहीं समझ सकते। क्या तुम ज्यूरी को इस बात नहीं समझा सकते कि पांच लाख की रकम में से, क्या अपने बचाव के लिए अपहरणकर्ता एक लाख भी खर्च नहीं कर सकते यही योजना थी।'

फ्रैन्कन ने सिर को झटका दिया।

'मैं ऐसा नहीं समझता, ऐसा समझना खतरे से खाली नहीं है। यदि पेरली का चरित्र अच्छा होता तो भी सोचा जाता लेकिन उसका रिकार्ड पुलिस के पास है। और दूसरी बात यह है कि बंदूक पर उसकी उंगलियों के निशान है।'

'मैंने यह सुना है, लेकिन मैं इस बात पर विश्वास नहीं करता।

फ्रैन्कन ने अस्वीकार करते हुए सिर हिलाया।

'यह सच्चाई है, मैंने स्वयं देखा है।'

'लेकिन परली ने बंदूक को छुआ नहीं है।'

'उसने बताया था कि ब्राण्डन ने बन्दूक उसके हाथ में देकर यह पूछा था कि क्या वह इसको पहचान सकता है। उसने बंदूक को पकड़ा, ठीक है लेकिन उसने तब उसको पकड़ा था जबकि वह यहां पाई गई थी।'

'लेकिन तुम ब्राण्डन के खिलाफ इस बात को सिद्ध नहीं कर सकते? यह तो पेरली का कहना है जो कि पुलिस कप्तान के खिलाफ है। ऐसा तो सभी अभियुक्त कहते है। क्या तुम समझते हो इस बात का कोई आदमी विश्वास करेगा?'

थोड़ी देर तक वहां खामोशी छाई रही, तब उसने कहना शुरू किया, 'इसलिए तुम समझ गये होगे कि यह कितना कठिन मामला है। मुझे कुछ तथ्य मिलने चाहिये जिन्हें लेकर मैं अदालत में जाऊं, यदि कोई तथ्य मेरे पास नहीं होगा तब मैं अदालत में जाकर क्या करूंगा। इस केस को हल करने के लिए कुछ तथ्य एकत्रित करने होंगे और यह काम तुमको करना है।'

'मैं कुछ न कुछ अवश्य करूंगा। मैंने कहा, इस केस की असलियत का पता लगाने के लिए इसकी शुरू से छानबीन करनी पड़ेगी। जहां से यह मामला शुरू होता है। मेरे दिमाग में एक विचार आया है कि यह काम किसी अपहरण करने वाले गैंग का नहीं है। मुझे सीधी तरह से किसी एक को चुनना पड़ेगा। लेकिन ऐसे लोगों का एक बड़ा समूह है जो प्रतिदिन बढ़ता जा रहा है।'

'मैं तुमसे सहमत नहीं हूं।' फ्रैन्कन ने मेरी ओर घूमकर कहा।

'सुनो फ्रैन्कन, मार्शलैण्ड की लड़की ने बताया था कि डैड्रिक के खो जाने से उसका पिता खुश है। मैं मालूम करना चाहता हूं कि ऐसा क्यों है? वह छोटे कद का सीधा आदमी लगता है, लेकिन यदि कोई व्यक्ति उसकी आंखों में झांककर देखे तो उसे यह समझते देर नहीं लगेगी कि उसकी आंखें खतरनाक है। उन दोनों ने गुप्त रूप से शादी की थी, क्यों? मान लो कि यदि मार्शलैण्ड का हाथ अपहरण के पीछे हो तो। यह समझता है कि डैड्रिक ने धन के लालच में उसकी बेटी के साथ शादी की है तब? और उसने सोचा हो कि डैड्रिक का अपहरण कराया जाय? में यह नहीं कहता कि ऐसा हुआ है, लेकिन यह एक विचार है। कल्पना करो कि यह लड़की मेरी जेरोम डैड्रिक को पहले से जानती हो? तुम समझते हो मेरा क्या मतलब है। यदि यह अपहरण का साधारण मामला है और अपहरण करने वालों का कहीं का भी, कोई गैंग है तब हम पागल है। लेकिन यदि यह अपहरण का मामला आन्तिक है तो। यदि मार्शलैंड इसके पीछे है तब हम इसका भेद आसानी से खोल देंगे।'

फ्रैन्कन को अब इस विषय में रुचि आ रही थी।

'तुम्हें किसी बात का पता चल सकता है विक, यह व्यर्थ की कोशिश है।'

'एक ही चीज है जिसे अभी तक मैंने पाया है। मैं मेरी जेरोम का पीछा करने जा रहा हूं। वह सबसे पहले ऐक्मी गैरिज में देखी गई थी और मैं वहीं से उसकी तलाश करने जा रहा हूं। यदि मैं उसको गैरिज से सीधा ओसीन एण्ड तक डैड्रिक के अपहरण वाली रात तक ले आता हूं, तब इस तरह कोई न कोई सूत्र हाथ लग जाएगा। मैं यह भी मालूम करने जा रहा हूं कि सौकी का गत जीवन कैसा था। अभी तक उसके बारे में किसी को कोई चिन्ता नहीं है। और फिर डैड्रिक स्वयं का नम्बर आता है। मैं जैक को सीधा पैरिस भेज रहा हूं, जो यह मालूम करने की पूरी कोशिश

करेगा कि डैड्रिक कौन था और क्या करता था। इन तमाम कामों में काफी समय नष्ट हो जायेगा, लेकिन हमारे पास सिर्फ यही एक उपाय है। हमें जमीन में बहुत ज्यादा खोदना पड़ेगा, वहां कुछ मिल भी सकता है और नहीं भी। यदि हम इन मुद्दों पर कार्य नहीं करते है तो हमें कुछ भी मालूम नहीं हो सकता, यदि इतना कुछ करने पर भी हमें कुछ ज्ञात नहीं होता है, तब वह बहुत बुरी बात होगी।'

'मैं समझता हूं कि मेरी जेरोम वाली लाइन खोज करने के लिए उत्तम है। 'फ्रेन्कन ने कहा, और फिर अपनी नाक को आगे की ओर खींचते हुए बोला, 'लेकिन सौकी को छेड़ने में मुझे कोई लाभ दिखाई नहीं दे रहा है।'

'यह इसलिए है कि अब तक सौकी की ओर किसी का ध्यान नहीं गया है। वह भी आदमी था, मैं कोई भी अवसर खोना नहीं चाहता। मैं इसको बर्दाश्त नहीं कर सकता।'

'अच्छा ठीक है, लेकिन इसमें ज्यादा समय नष्ट नहीं करना चाहिये। तुम नहीं जानते यदि पेरली का कोई दुश्मन होगा तब वह तुम्हारा भी दुश्मन बन जायेगा। कोई उससे घृणा करने वाला हो सकता है और हो सकता है कि यह जाल उसी का फैलाया हुआ हो।'

'हां, मैंयह भी सोच रहा हूं। केवल एक आदमी ऐसा है जो इस काम को कर सकता है। जैफ बैरत नाम का एक अदनाम आदमी पेरली के दूसरी ओर रहता है।' मैंने फ्रैंकन को अपने और बैरत के बारे में सारी बात बताई और बताया कि पेरली ने किस तरह मेरे जीवन की रक्षा की थी।'

'क्या ब्राण्डन को इस बात की जानकारी है?' फ्रैन्कन ने पूछा।

'नहीं, लेकिन यदि वह जान भी जाता तो भी वह अपना विचार नहीं बदलता। मैं बैरत के बारे में भी जानकारी करूंगा। मछली पकड़ने के कांटे को तुम आसानी से नहीं निकाल सकते। किसी ने उनको पेरली के भाग में रखा होगा, मुझे आशा है कि उसे ऐसा करते हुए किसी ने जरूर देखा होगा। अच्छा अब मैं चलता हूं। जैसे ही मुझे किसी बात का पता चलेगा, मैं तुमको बता दूंगा।' मैंने कहा और उठकर खड़ा हो गया।

'जल्दी ही भलाई है। फ्रैन्कन ने कहा।

बाहर कारीडोर में आते ही कैरमन ने कहा, 'मेरे पेरिस जाने के बारे में क्या रहा?'

'हां, मैं सीधे रास्ते से जाना चाहता हूं। प्यूला तुमको विस्तार से सब कुछ बता देगी। तुम्हें खर्च करने के लिए रुपया मिला जाएगा। पेरिस की यात्रा करने से कोई ऐतराज तो नहीं है?'

कैरमन ने अपनी आंखें घुमाकर स्वीकार करने का संकेत किया।

'मैं जरूर जाऊंगा।' वह बोला, 'यह एक अच्छा काम है और मैंने फ्रैंच औरतों के बारे में बहुत कुछ सुना हे।'

'इसका मतलब है कि तुम काम करने नहीं बल्कि फ्रैंच औरतों के चक्कर लगाने जा रहे हो।' प्यूला गुस्से में बोली।

□□

बैन्डिक्स डोमोस्टिक ऐजेंसी की एग्जीक्यूटिव डायरेक्टर मिसेज मार्था बैन्डिक्स, मेरी ऑफिस की पड़ोसिन थी। वह विशाल हृदय वाली महिला थी। उसके बाल पुरुषों की तरह के कटे हुए थे और उसकी हंसी ऐसी थी जैसे बारह बोर की बंदूक की गोली की आवाज।

जैसे ही मैं अपने ऑफिस से बाहर निकला, वह भी अपने ऑफिस से बाहर आ रही थी और जैसे ही उसने मुझे देखा, उसने आवाज लगाई।

"हैलो विक, तुम कहां छिपे रहते हो? इन दिनों दिखाई नहीं दिये।'

मैं स्वयं भी उससे बात करने का विचार कर रहा था। मैं उसकी ओर बढ़ गया।

'मैं तुमसे कुछ बातें करना चाहता हूं, मार्था, क्या तुम थोड़ी देर के लिए अकेले में मिल सकती हो?'

उसने अपनी पहिए जितनी घड़ी पर नजर डाली और बताया कि उसे किसी काम की जल्दी नहीं है। उसने अपने ऑफिस का दरवाजा खोल दिया।

'अंदर आ जाइये, क्या मैं समझूं कि तुम मेरे दिमाग की परीक्षा लेना चाहते हो?' मैंने तुमको समय दिया था, लेकिन चलो वह कोई आवश्यक नहीं था।'

वह ऑफिस के बीच से होकर आगे बढ़ी जहां एक पीले रंग के चेहरे वाली लड़की खुशनुमा खरगोश की तरह टाइपराइटर के साथ बैठी थी, उसने मुस्कराकर स्वागत किया।

मार्था के उससे कहा, यदि मि. मेनीर्स का फोन आये, तो उसको बता देना कि में चली गई हूं।' और फिर वह अपने क्रीम तथा हरे रंग के ऑफिस में दाखिल हो गई।

मैं उसके पीछे-पीछे अंदर चला गया और दरवाजा बंद कर दिया।

ताली घुमा दो। मार्था ने कहा। उसकी आवाज धीमी थी। वह इसलिए धीरे बोली थी कि कारीडोर में सुनाई न पड़े। मेरे पास एक 69 बैट की बोतल है, उसे खोलती हूं, लेकिन मैं यह नहीं चाहती कि कोई इस बात को जाने कि मैं ऑफिस में भी पीती हूं।' उसने बोतल निकाली और मैं एक बाजू वाली कुर्सी पर बैठ गया।

'तुम ठीक रास्ते पर किस तरह आती हो, कोई नहीं जानता?'

'तुम कैसी बातें करते हो?' मार्था बोली और मेरी ओर गुर्राकर देखने लगी। फिर उसने तीन इंच लम्बा एक चाकू मेरे सामने मेज पर डाल दिया और बोली, 'इससे पहले अपना गला साफ कर लो तब बोलना।'

'एक समय था मार्था, जब मैं यह विश्वास नहीं करता था कि तुम एक सभ्य महिला हो, अब तुम्हारी बात सुनकर लगता है मैं गलत था। मैंने गिलास उठायाऔर गले में उड़ेल दिया।

'अपना शक मिटा लो।' वह मुस्कराई और अपना गिलास उठाकर सिप करने लगी, 'अच्छा छोड़ो इन बातों को, यह बताओ कि तुम मुझसे क्यों मिलना चाहते थे और इस समय तुम क्या चाहते हो?'

'मैं एक टोआ सौकी नाम के आदमी के बारे में जानकारी प्राप्त करना चाहता हूं, जो फिलिपाइन का रहने वाला है और सरीना डैड्रिक का शोफर है। उसने न्यूयार्क में उसे नौकर रखा

था। मुझे इस बात से बड़ी खुशी होगी यदि तुम्हारा न्यूयार्क स्थित ऑफिस इस बारे में सही-सही सूचना दे।'

मार्था ने इसे अपना अपमान समझा।

'भले आदमी, हम इस रंग के आदमियों की जानकारी करने का काम अपने हाथ में नहीं लेते। तुमको भी इस मामले में अपनी टांग नहीं फंसानी चाहिये।'

मैंने उसे समझाया कि मैं इस केस में फंस चुका हूं। मैं सोच रहा हूं कि इस सौकी का पता किस तरह निकालूं?'

मार्था, कागज काटने वाला चाकू अपने बालों में घुमाने लगी, वह कुछ सोच रही थी।

'आशा है मैं तुम्हारे लिए यह काम कर सकती हूं।' उसने थोड़ा-सा मुस्कराकर कहा, 'स्याड सिलवर नाम की एक एजेंसी न्यूयार्क में है और वहां मेरा एक मित्र है। मैं उससे पूछूंगी। यदि वह इस काम को अपने हाथ में ले ले तो उसे क्या लाभ होगा?'

'एक सौ ब्यूक्स।'

मार्था की आंखें फैल गई।

'क्यों, सिर्फ सौ ब्यूक्स में वह आदमी उसकी मां के पास कैसे चला जाएगा?'

मैंने उसे बताया कि मैं उसको उसकी मां के पास भेजना नहीं चाहता बल्कि में सिर्फ सौकी के बारे में जानना चाहता हूं कि उसका कैसा चरित्र था।

'यह तुमको मालूम हो जायेगा।' मार्था बोली, 'वह आदमी बाल की खाल भी नोंच सकता है, ठीक है।'

'ठीक है, धन्यवाद मार्था। तुम सदा मेरी मददगार रही हो। मैं नहीं जानता कि तुम्हारे बिना मैं क्या करूंगा?'

मार्था मुस्कराई।

'मुझे यह बताओ विक, तुम उस काली आंखों वाली प्यारी-प्यारी लड़की के साथ कब शादी कर रहे हो? जो तुम्हारे ऑफिस में है।'

यदि तुम्हारा आशय प्यूला से है, तो में उसके साथ शादी नहीं कर रहा हूं। मैं तुमसे आशा करूंगा कि हम जब भी मिलें इस निराशाजनक विषय पर बात न करे। मैंने तुम्हें पहले भी बताया था कि वह इस टाइप की लड़की नहीं है।'

उसने बहुत जोर से ठहाका लगाया, उसकी आवाज खिड़की से बाहर तक गूंजती चली गई।

'तुम उससे पहले पूछ तो लो।' वह बोली, बिना शादीशुदा औरत के समान कोई जानवर है इस दुनिया में? जिन लोगों की शादी नहीं होती उनको पूछा भी नहीं जाता।'

□ □

मैंने अपनी व्यूक कार जेफरसन एवेन्यू स्थित उस मकान के सामने खड़ी की और टहलता हुआ उसके रिसेप्शन हाल में घुस गया।

वही गेसी नाम की लड़की ठीक उसी टेलीफोन के सामने बैठी कोई पत्रिका पढ़ रही थी। जब मैं पहली बार वहां आया था सब भी वह इसी तरह कोई पत्रिका पढ़ रही थी। मैक्सी वहीं बाउन्सर खंभे के पीछे से निकालकर मुझे घूरकर देखने लगा।

'हैलो।' मैंने कहा और उसकी ओर देखकर मुस्कराया। हम कहां बातचीत करेंगे?'

उसकी छोटी आंखें मेरे चेहरे पर जम गई। उसने मुझे आश्चर्य से देखा।

'हम किस विषय पर बात करेंगे?' यह गुर्राया। उसकी मूंछें फैल गई थी। 'मेरे पास तुमसे बात करने के लिए समय नहीं है, मैं बहुत व्यस्त हूं।'

वह लालची टाइप का तो था ही, इसलिए मैंने अपना बटुआ निकालकर दस डालर उसकी ओर बढ़ा दिए।

'हमें कहीं एकांत में चलकर बातें करनी है।' मैंने कहा।

उसने दस डालर के नोट को अच्छी तरह देखा और अपनी जेब में रख लिया। तब उसने काउन्टर पर बैठी लड़की की ओर देखकर कहा—

'सुनो मैं नीचे जा रहा हूं, किसी को ऊपर मत जाने देना।'

ग्रेसी ने अपनी आंखें पत्रिका से नहीं उठाई। केवल सिर हिलाकर यह संकेत किया कि वह समझ गई है।

मैक्सी लिफ्ट की ओर चल दिया, मैं उसके पीछे था। थोड़ी देर में ही हम दोनों नीचे की ओर जा रहे थे।

वह संकरे रास्ते से होता हुआ ऑफिसनुमा एक कमरे में पहुंचा जहां दो कुर्सियां और एक डैस्क थी। अंगीठी के ऊपर जैक डेम्पसे का फोटो टंगा था।

वह डैस्क के पीछे बैठ गया, उसकी नजर बराबर अपनी जेब पर थी, जिसमें मेरे दिये हुए दस डालर थे।

'हां, किस बारे में बात करनी है?' उसने पूछा।

पेरली के बारे में।'

उसने अपनी नाक कोट की आस्तीन से रगड़ी और बड़े गौर से मेरी ओर देखकर बोला, 'वह नर्क में गया है, अब कभी वापस नहीं आयेगा।'

'वह वापस क्यों नहीं आयेगा?'

'इस शहर के हर पुलिस के आदमी ने पेरली के बारे में मुझसे बात की है। मैंने उनको कुछ नहीं बताया है।'

'मुझे इस बात से कोई मतलब नहीं है कि तुमने उनको कुछ कहा है या नहीं। मैं पुलिस की तरह तुमसे कोई प्रश्न नहीं पूछना चाहता।'

'अच्छा ठीक है, यदि मेरे समय की कीमत मुझे मिलेगी तब मैं तुम्हारी बात का उत्तर देने को तैयार हूं।'

'मैंने सिगरेट निकालकर जलाई और डिब्बी वहीं रख दी।

'क्या,तुम्हें विश्वास है कि पेरली ने डैड्रिक का अपहरण किया है।'

'उसकी छोटी आंखों में चमक आ गई। इससे प्रतीत होता था कि यह बात उसे स्वीकार नहीं है।

'इस विषय में मैं क्या सोच सकता हूं?'

'बहुत कुछ, देखो, हमें समय नष्ट नहीं करना चाहिये। यदि तुम प्रश्नों का उत्तर देना नहीं चाहते तो हमें चलना चाहिये। मैं किसी और को तलाश करूंगा जो कुछ बता सके।'

हम दोनों ने एक दूसरे की ओर देखा, उसकी आंखों से यह झलक रहा था कि वह इसे बिजनेस बनाना चाहता है।

'बीयर मंगाओ, जिसे पीने के बाद आराम से बातें की जा सकती है। वह बोला।

'वह दो केन बीयर की ले आया और चाकू से उसे खोलकर सामने मेज पर सजा दिया।

'शुभ दिन।'

'शुभ रात्रि।'

हम साथ-साथ बीयर पीने लगे।

'मैं इस बात पर यकीन नहीं करता, यह उसकी लाइन नहीं है।' वह बोला।

केन के तले से डैस्क भीग गई थी, मैंने उसे साफ किया और कहां, 'मैं उसकी सहायता करना चाहता हूं, यदि में कर सका तो। उसको फंसाने के लिए जो जाल फैलाया गया है, इस बारे में यदि तुम मुझे थोड़ी-सी जानकारी दे दो तो मैं उसके लिए कुछ कर सकता हूं।'

'वह बुरा आदमी नहीं है, वह एक खर्चीला और हमेशा खुश रहने वाला नौजवान है। लड़कियों के लिए बहुत ही अच्छा मित्र था। तुमने उस लड़की को देखा है?'

मैंने कहा, 'हां, मैंने देखा है।'

उसने एक आंख बंद की और फिर खोल ली।

'बहुत अच्छी लड़की है वह। क्या तुमने उसे कभी मछली पकड़ने का कांटा लाते देखा है।'

मैंने कहा, 'हां, मैंने देखा है।'

उसने एक आंख बंद की और फिर खोल ली।

'बहुत अच्छी लड़की है वह। क्या तुमने उसे कभी मछली पकड़ने का कांटा लाते देखा है।'

उसने अपने सिर को झटका।

'बहुत अच्छी लड़की है वह। क्या तुमने उसे कभी मछली पकड़ने का कांटा लाते देखा है।'

उसने अपने सिर को झटका।

'नहीं, और मैं यह भी जानता हूं कि उसके पास कोई कांटा कभी नहीं रहा। मैंने उस लड़की से भी पूछा था जो उसका कमरा साफ करती है। उसने बताया था कि उसने किसी मछली के कांटे को वहां कभी नहीं देखा।'

'क्या उसने पलंग के नीचे देखा था?'

वह उसके नीचे भी सफाई करती हे।

'पुलिस ने पिछली रात उसे वहां पाया है। क्या उसने परसों सुबह कमरा साफ किया था?'

उसने स्वीकार किया।

कितने बजे?'

'वह देर से आई थी। पेरली साढ़े बारह बजे से पहले कही नहीं जाता। उसने तब तक सफाई शुरू नहीं की थी।'

पुलिस ने उसको कितने बजे पाया था?'

साढ़े सात बजे।'

'इसने यह निष्कर्ष निकला कि किसी को डेढ़ बजे दोपहर बाद से साढ़े सात बजे के बीच उसको वहां रखा। क्या यह ठीक नहीं है?'

'यदि किसी ने उसे यहां रखा है तो ठीक ही है।'

'अच्छा, हम कोई इल्जाम लगा रहे है। इस अवधि के बीच पेरली ने अथवा किसी अन्य ने वह मछली पकड़ने का कांटा वहां रखा। अब तो ठीक है न?'

उसको इसमें कोई गलती मालूम नहीं हुई।

'हां।'

'क्या वहां पहुंचने के लिए मुख्य द्वार के अलावा भी कोई रास्ता है।'

'पीछे की ओर गली में से है।'

'क्या उसमें से कोई वहां पहुंच सकता है?'

'नहीं।'

'निश्चय?'

'हां, मुझे विश्वास है। तुम मुख्य द्वार से आये थे। तुमने लाबी पार करने के बाद उस रास्ते को देखा होगा।'

पिछली रात एक बजकर तीस मिनट से साढ़े सात बजे तक तुम कहां थे?'

'सिनेमा देखने गया था।'

तुम्हारा मतलब है कि तुम कल दोपहर बाद और शाम को वहां नहीं थे।

'मैं सिनेमा देखने गया था।'

'क्या तुम्हारी छुट्टी थी?'

'हां।'

'तुम्हारे बदले रिसेप्शन पर किसकी ड्यूटी थी।'

'ग्रेसी लेहमन की। आज उसकी छुट्टी है।'

'क्या पुलिस ने उससे कुछ पूछा था।'

'वे ऐसा क्यों करते?'

'क्या वे उस कांटे के बारे में जानना नहीं चाहते थे? मेरा मतलब है कि वह पेरली के कमरे में कैसे आया?'

'उन्हें इस बात की क्या जरूरत है?'

मैंने थोड़ी-सी बीयर ली, वह वास्तव में ठीक कहता है। उन्होंने पेरली के कमरे में उस कांटे को पाया, बस यही उनके लिए काफी है। वे इस परेशानी में क्यों पड़े कि वह वहां कैसे आया और कहां से आया।

'क्या उस कांटे को लाते समय ग्रेसी लाने वाले को देख सकती है?'

'यदि कोई लाया होगा तो, उसने जरूर देखा होगा।'

'वह कहीं जा भी तो सकती है, अपने हाथ धोने या और किसी काम से?'

मैक्सी ने अपने सिर को झटका।

रिसेप्शन हाल को एक सेकंड के लिए भी खाली नहीं छोड़ा जाता। यह इस मकान का नियम है। उसके लिए रिटायरिंग रूम स्विच बोर्ड के पीछे ही है। यदि वह किसी समय वहां जाती है तो कनेक्शन काट जाती है। यह निश्चय है कि यदि उस कांटे को कोई लाता तो हम निश्चय ही उसे देख लेते।'

'इससे यह सिद्ध हुआ कि पेरली या अन्य कोई उसे लाया और उसने उसे देखा हे।'

'यह ठीक है।'

मैंने बीयर की केन को सरका दिया और एक दूसरी सिगरेट जला ली। मुझे आश्चर्य होता जा रहा था।

'अन्य कोई प्रश्न।' मैक्सी ने पूछा, वह मदद कर रहा था।

'अच्छा, इस विषय में ज्यादा अच्छी तरह से ग्रेसी से पूछा जा सकता है। और उसे मालूम भी होगा।'

'वह कल यहां होगी। उससे मालूम कर लेना।'

'वह कहां रहती है?'

'मैं तुमको उसका पता सकता, यह नियम के विरुद्ध है।'

मैंने बीयर की केन को जैक डैम्प के फोटोग्राफ की ओर सरका दिया और उठकर खड़ा हो गया।

'मैं शर्त लगा सकता हूं कि उस कांटे को यहां जैक बैरत ही लाया है।'

वह अपनी केन से पी रहा था। और बीयर इधर-उधर गिर रही थी। मैंने उसको पीछे से पकड़ा। मैंने सोचा कि अपने पैसे के बदले में कोई चीज तो हासिल करूं।

'बेरत।' वह हड़बड़ा गया। तुम किसके बारे में बात कर रहे हो?'

'बैरत पेरली से घृणा करता है। वह आदमी जिसने उस कांटे को पेरली के यहां रखा। बैरत पेरली के दूसरी ओर रहता है और वह एक नम्बर का बदमाश है। अदालत के सामने नहीं, बल्कि मेरे सामने तो सच बोलो।'

मेक्सी एक क्षण चुप रहा फिर सिर हिलाकर बोला, 'हो सकता है।'

ग्रेसी से पूछने में समय नष्ट मत करो। यदि तुम कुछ मालूम करना ही चाहते हो तो बैरत के बारे में जानकारी करो।' वह धीमी आवाज से बोला। 'वह लड़की उसके प्रति काफी आकर्षित है।'

अब शायद मैं अपने पैसे की कीमत पर रहा था।

बैरत इस तरह की लड़की को क्यों चाहेगा?' मैंने पूछा।

यदि बिल्डिंग जिस आदमी की है उस आदमी का यह निर्देश है कि रात को यदि कोई औरत किसी से मिलने सूचना उसे दी जाए और उस औरत की अच्छी तरह जांच कर ली जाए। ग्रेसी हर दूसरे सप्ताह रात की शिफ्ट में आती है। बैरत से मिलने आने वाली किसी भी औरत को न चैक किया जाता है और न उसकी सूचना दी जाती है। यह उसे पांच ब्यूक्स एक सप्ताह के उसके लिए देता है।'

मैक्सी ने अपनी बीयर समाप्त की। अपने कपड़ों को झाड़ा और खड़ा हो गया।

'अच्छा अब मैं अपने काम पर वापस जाता हूं।'

'बैठ जाओ, मैंने तुमको पूरे दस डालर दिये हैं अभी मुझे कुछ और बताओ।'

'तुम्हें मेरा रेट मालूम है। दस डालर और तो तब मैं बैठूंगा और तुम्हारे प्रश्नों का उत्तर दूंगा।'

'पांच।'

'दस।'

'साढ़े सात।'

'हम आठ पर राजी हो गये।

मैंने उसको आठ डालर दिए और वह बैठ गया।

'वह नशेबाज औरत है। बैरत उसको नशा कराता है। तुम कुछ भी नहीं मालूम कर सकते।'

'मुझे उसका पता बताओ।'

अतिरिक्त धन ने उसके सब नियमों को तोड़ दिया।

274 फैलमैन स्ट्रीट। यह वेश्याओं का मकान है।

में उठ खड़ा हुआ।

'यदि कोई तुमसे पूछे तो मेरी इस मुलाकात के बारे में कुछ नहीं बताना। हमने एक दूसरे से कोई मुलाकात नहीं की।'

मैक्सी ने स्वीकार किया।

'तुम इस बारे में चिन्ता मत करो। मैं इतना पागल नहीं हूं कि ऐसे मित्र को खो दूं।'

मैं उसको बैठा हुआ छोड़कर चला आया।

□ □

274 जैफर्सन स्ट्रीट में प्रवेश करते ही एक तम्बाकू की दुकान थी और एक निम्न स्तर का कैफे। एक गंदी ब्रास प्लेट दरवाजे पर टंगी थी जिस पर लिखा था बिजनेस करने वाली महिलाओं के कमरे, नो सर्विस, नो ऐनीमन्स, नो मैन। एक ऐसा कार्ड जिस पर कई गंदे अंगूठों के निशान लगे थे। नीचे लिखा था—

नो वेकेन्सीज (कोई खाली नहीं है)।

मैंने 274 नम्बर मकान के दरवाजे को खोला। वहां गैलरी में अंधेरा और बदबू भरी थी। मैं ऊपर गया और नाम पड़ता गया। वहां कई नाम लिखे हुए थे। न्यूनतम, डाउन्स, वैलीज। लगभग तीन दर्जन नामों के बीच में मैंने मिस सेमी का नाम पड़ा मिस गैसी रूम नम्बर 23 फ्लोर 2।

जैसे ही में दो नम्बर फ्लोर पर पहुंचा मुझे दुबला-पतला आदमी जिसके चेहरे पर सख्ती थी और जो सीढ़ियों की ओर आ रहा था मिला। वह एक फ्लेनेल का सूट, सफेद फैल्ट हैट और धूप का चश्मा पहने हुए था। जब उसने मुझे देखा तो वह नर्वस जैसा हो गया। फिर कुछ सोचता हुआ सीढ़ियां उतरने लगा।

न आदमी और न जानवर।' मैंने धीरे से कहा।

उस आदमी ने मुड़कर मेरी और देखा और चला गया।

मैंने अपने सिर को झटक दिया।

कमरा नम्बर 23 आधा रास्ता तय करने के बाद सीधे हाथ की ओर था। मुझे आश्चर्य हो रहा था कि मैं उससे क्या कहने जा रहा हूं। क्या मैक्सी ने मुझे जो बताया था सच था? क्या इस लड़की से पेरली को बचाने में मदद मिल सकती है। अब यह इस बात पर निर्भर करता है कि वह बैरत के बारे में कुछ बताती है अथवा नहीं।

जैसे ही में उस दरवाजे को खटखटाने वाला था, तभी पीछे से किसी के खांसने की आवाज आई। मैंने मुड़कर पीछे की ओर देखा। मेरे पीछे एक दरवाजा खुला हुआ था और एक औरत दरवाजे में खड़ी-खड़ी मेरी ओर देख रही थी और मुस्करा रही थी।

'हैलो।' वह बोली, 'क्या किसी की तलाश है?'

'हां, हां और मैंने उसे ढूंढ लिया है।'

'उसके साथ क्या लोगे? क्यों व्यर्थ परेशान होते हो। वह ठीक नहीं है। मैं सब तरह तैयार हूं।'

मैंने अपना हैट उतार कर उसको सैल्यूट किया।

'मैडम में किसी ओर कारण से यहां आया हूं। फिर कमी तुम्हारे पास आऊंगा। हमारी इस मुलाकात को तुम याद रखना और मैं भी याद रखूंगा।'

उसकी मुस्कराहट गायब हो गई और उसकी हरी आंखों में कठोरता आ गई।

'जाओ नर्क में।' वह बोली और दरवाजा बंद कर लिया।

मैंने ग्रेसी के दरवाजे को खटखटाया। लेकिन किसी ने उसे नहीं खोला। मैंने दोबारा खटखटाया, इस बार जोर से। लेकिन किसी ने दरवाजा नहीं खोला।

मैंने दायीं बायीं ओर देखा और दरवाजे को धकेला। वह खुला हुआ था।

मैंने कमरे में देखा। काफी बड़ा कमरा था। एक पलंग, दो बाजू वाली कुर्सियां और एक ड्रेसिंग टेबल थी। जिस पर आदमकद का शीशा लगा था। वहां कोई नहीं था। पलंग की चादर गंदी हो रही थी। ऐसा प्रतीत होता था कि लगभग छः मास से उसे बदला नहीं गया है। शीशे पर धूल जमी थी और ऐश ट्रे कालीन पर पड़ा था। कमरा साफ नहीं था।

पलंग के सिरहाने की ओर एक अन्य दरवाजा था। मैं उसकी ओर बढ़ा, शायद ग्रेसी उसके अंदर हो। मैंने उसे खटखटबया, किन्तु कोई उत्तर नहीं मिला। मैंने दरवाजे को धक्का दिया वह खुल गया। मैंने उसमें झांककर देखा, शायद वहां कोई हो। मैंने पुनः मुड़कर बैडरूम देखा और दरवाजा बंद कर दिया।

जैसे ही मैंने उस दरवाजे को खोला, ऐसा लगा कि उसके पीछे कोई भारी चीज है। मेरा दिल जोर-जोर से धड़कने लगा था। वह बाथरूम था। तौलिया टंगी थी। साबुन रखा था और टूथपेस्ट।

मैंने समझा वह दरवाजे के पीछे होगी।

मैं बाथरूम में घुस गया। वह वहीं थी। दरवाजे के एक हुक में उल्टी लटक रही थी। उसके गले को उसी के गाउन से कस कर बांधा गया था।

मैंने उसका सिर छुआ।

वह ठंडा, सख्त और बेजान था।

□ □

मैंने कारीडोर में ऊपर-नीचे देखा। मुझे कोई दिखाई नहीं दिया। दूर से आती हुई धीमी आवाजें यह संकेत दे रही थीं कि सब अपने-अपने दैनिक कार्य में लगे हैं। उनको सिवाय पलंग पर आनन्द लेने के और कोई काम ही नहीं था।

मैं बड़ी सावधानी से कमरा नं. 23 से बाहर आया और दरवाजा बंद कर दिया। मैंने अपना हैट उतारकर रूमाल से पसीना पोंछा। और एक सिगरेट निकालकर सुलगाई। और एक लम्बा कश खींचकर अपने को स्वस्थ किया। इससे मुझे कुछ ताजगी मिली लेकिन ज्यादा नहीं।

मैं जहां खड़ा था सामने के दरवाजे पर उंगली के नाखून से धीरे-धीरे दो बार खटखटाया। दरवाजा लगभग आठ इंच खुला और मिस डैड्रन ने मेरी ओर झांककर देखा। ऐसा प्रतीत होता था जैसे अनिच्छापूर्वक मेरी ओर देख रही हो।

'आइये।'

उसकी बड़ी-बड़ी हरी आंखें मेरी ओर आश्चर्य से घूर रही थीं।

मैंने सोचा क्रिसमस नष्ट करना व्यर्थ है। उससे इस तरह बात की जाए जो उसकी समझ में आ जाए और वह मेरी बातों का उत्तर देने के लिए राजी हो जाये।

'मैं तुमसे थोड़ा समय खरीदना चाहता हूं।' मैंने कहा और कार्ड उसके आगे कर दिया। 'बीस डालर प्रति दस मिनट के हिसाब से मैं अदा करूंगा।'

मैं समझता था कि यदि मैं बिना कुछ खर्च किये कोई बात करता हूं तो वह कुछ भी बताने या बात करने को राजी नहीं होगी, इसलिए लालच देना आवश्यक था।

उसने मेरा कार्ड पड़ा। लेकिन उसके ऊपर मेरे कार्ड का कोई ज्यादा असर पढ़ा हो ऐसा मुझे नहीं लगा। हां, मेरे द्वारा प्रस्तावित रकम से वह बहुत प्रभावित हुई।

उसने दरवाजे को थोड़ा और खोला और मेरा कार्ड मुझे वापस कर दिया।

'पहले मुझे रुपया दिखाओ।'

एक मामूली और साफ बात थी। मैंने सोचा वह औरत ज्यादा घुमा फिराकर बात करने के बजाय मतलब की ही बात करना ज्यादा ठीक समझती है। मैं भी यही चाहता हूं कि समय व्यर्थ नष्ट किया जाए।

मैंने अपना बटुआ निकाला और उसमें से दस-दस डालर के दो नोट हवा में लहरा दिये। मैंने रुपया उसको दिया नहीं सिर्फ उसे दिखाया।

उसकी आंखों के भाव एकदम से बदल गये। और जिस तरह बच्चा पैसे की ओर लालच भरी दृष्टि से देखता है, ठीक वैसे ही वह देखने लगी।

'अंदर आइए। मुझे इस बात की कोई परवाह नहीं है कि आप कौन है। लेकिन धन के बदले में मैं अपना समय आपको बेच सकती हूं। मैं यह जानकारी आपको अवश्य दूंगी जिसकी आप मुझसे अपेक्षा रखते हैं।

मैं उसके कमरे के अंदर आ गया। वह 23 नम्बर कमरे से थोड़ा-सा बड़ा लग रहा था। उसमें सफाई थी और आरामदायक लग रहा था। वहां एक दीवान, एक सोफा, दो कुर्सियां, लाल-पीले रंगों के दो चीनी गलीचे तथा खिड़की पर परदा टंगा था। सब मिलाकर विलासिता से परिपूर्ण था कमरा।

मैंने अपना हैट उतारकर एक मेज पर रख दिया और कहा 'मुझे विश्वास है कि जो कुछ मैं जानकारी प्राप्त करना चाहता हूं तुम्हें पूरा ज्ञान होगा।'

उसने अपने गोरे हाथ से बैठने के लिए इशारा किया जिसके नाखूनों पर गहरे लाल रंग को पालिश लगी हुई थी।

'पहले मुझे आधा पैसा दे दीजिये। इसका मतलब यह नहीं है कि मैं तुम्हारा विश्वास नहीं कर रही। लेकिन सौदेबाजी में पेशगी जरूरी होती है और दोनों के लिए लाभदायक भी। वह उसूल की बात है। तुम कॉफी लेना चाहोगे अथवा व्हिस्की?'

मैंने दस डालर एक एक नोट उसकी ओर बढ़ा दिया। मैं यह विचार करने लगा कि यह केस मेरे लिए महंगा साबित हो रहा है। मैं इस केस में आज सुबह से ही धन खर्च कर रहा था।

उसने नोट लिया और अपनी ब्रेसरी में छिपा लिया।

मैंने उसको स्कॉच लाने को कहा। उसने एक बोतल और गिलास लाकर रख दिया और मुझे स्वयं ही तैयार करके लेने को कहा।

'मुझे थोड़ा समय काफी पीने के लिए दीजिये।' वह बोली।

जैसे ही वह कॉफी लेने अंदर गई, मैंने दो पैग बनाकर पी लिए।

वह सोफे पर इस ढंग से बैठ गई कि मैं न चाहने पर भी उसकी गोल और मांसल जांघों को साफ देख सकूं। मुझे प्रीााावित करने के लिए जान-बूझकर वह ऐसा कर रही थी।

'क्या तुम प्राइवेट जासूस हो?' उसने मीठी मुस्कान से मेरी ओर देखते हुए पूछा।

'ऐसा हो कुछ समझ लो, ज्यादा नहीं थोड़ा बहुत।'

'मैं इस बात को सभी समझ गई थी जब मैंने तुम्हें देखा था कि तुम ग्राहक नहीं हो सकतो। लेकिन तुम्हारी आंखें बड़ी प्यारी हैं। क्या तुम बिल्कुल भी मजाक करना पसन्द नहीं करते?'

मैं कुछ कहने ही जा रहा था कि उसने हाथ के इशारे से मुझे रोक दिया और मित्रता पूर्वक मुस्कराई।

'इस बात को भूल जाओ कि मेरा अकेली का ही अपहरण करके यहां लाया गया है। और भी तमाम है, जो यहां मौजूद हैं। हां, तो जब तुमने दरवाजा खटखटाया था तब मैंने समझा कि कोई ग्राहक होगा। लेकिन तुम्हें देखने के बाद मैं अधिक धन प्राप्त करने की इच्छा नहीं करती। अच्छा, अब बताओ तुम मुझसे क्या चाहते हो?'

मैंने तीसरा पैग बनाया।

'मेरी जांच का आधार तुम नहीं गेसी लेहमन है। क्या तुम उसको जानती हो?'

मिस डैड्रन का चेहरा कड़ा हो गया।

वह लगभग चिल्ला पड़ी, तुमको उसके बारे में जानकारी करने के लिए धन का अपव्यय नहीं करना चाहिये।'

स्कॉच ने मुझे स्वस्थ बना दिया था। वास्तव में उसे पीने के बाद मैं हर बात पर ठीक से विचार कर सकता था।

'मैं अपने किसी मुवक्किल की मदद कर रहा हूं जिसे पुलिस ने मुसीबत में डाल दिया है। ग्रेसी उसको बचा सकती है और उससे मेरा कोई अन्य प्रयोजन नहीं है।'

'अच्छा, तो उसी के पास जाकर उससे पता करो। मेरे पास क्यों आये हो?

'मुझे यकीन है कि अब वह मेरी कोई मदद नहीं कर सकती, वह मर चुकी है।'

वह एक सुनकर भौंचक्की रह गई और कॉफी का प्याला छलक गया। जिससे थोड़ी-सी कॉफी उसके घुटने पर गिर पड़ी। उसने प्याला मेज पर रख दिया और रूमाल से अपना घुटना साफ किया।

'क्या तुमको इस प्रकार की बात करनी चाहिये? मैंने तो जो कुछ कहां था उसे देखकर ही कहा था। वह कहती गई।' क्या तुम्हारा मतलब है कि वास्तव में ही वह मर गई है?'

'वह मर गई है, ठीक बात है। मैंने उसे अभी-अभी देखा है। वह बाथरूम में किवाड़ के पीछे लटक रही है।

उसने एक लम्बी सांस ली।

'वह बिल्कुल पागल थी। लेकिन मैं ऐसा नहीं समझती थी कि वह इस प्रकार मर जाएगी। उसके साथ सबसे बड़ी परेशानी यह थी कि वह बिना नशे के नहीं रह सकती थी।'

'मेरा भी यही अनुमान है। मुझे उसके कमरे में काफी गंध मिली थी। मैंने अपना सिगरेट केस निकालकर उसकी ओर बढ़ाया और एक सिगरेट स्वयं सुलगाई।

उसने एक सिगरेट ले ली और थोड़ी-सी व्हिस्की अपनी कॉफी में मिलाकर पीने लगी।

'अब हमें मतलब की बात करनी चाहिये।' वह बोली, 'मैं इस प्रकार की बातों को सुनना पसन्द नहीं करती।'

'क्या तुमने उसे पिछली रात देखा था?' मैंने पूछा।

'हां, मैं हमेशा ही उसे देखती रहती हूं।'

'कब?'

'जब मैं खाना खाने जा रही थी तब वह आ रही थी। और हम दुबारा फिर सीढ़ियों पर मिले थे जब में वापस आ रही थी। यह शायद वापस जा रही थी जब मैं खाना खाकर लौटी थी।'

'उस समय कितने बजे होंगे?'

मिस डैड्रन कुछ विचार करने लगी, मुझे देर हो गई थी। लगभग साढ़े तीन बजे होंगे। मेरा अनुमान है। पूरे विश्वास से मैं नहीं कह सकती। लेकिन इतना जरूर है कि काफी देर हो गई थी।'

'वह अकेली थी?'

उसने अपना सिर हिलाया।

'ओह, नहीं उसके साथ एक आदमी था। हो सकता है कोई ग्राहक हो। मेरी समक्ष में नहीं आता कोई उस गंदी औरत से क्या हासिल करता होगा?'

'ओह, अब मुझे इस तरह की बात नहीं करनी चाहिये। अब तो यह मर चुकी है।'

'वह आदमी दिखने में कैसा लगता था?'

'उससे कहीं ज्यादा अच्छा। ऐसा आदमी जो उससे बड़ा दिखाई देता था। जैसे क्लर्क कगेवल। देखने में वैसा नहीं बल्कि स्टाइल में।'

'वह किस तरह के कपड़े पहने था?'

'वह फ्लेनेल सूट, सफेद फैल्ट हैट और हाथ की छपाई की टाई पहने था। वह बड़े-बड़े शीशों वाला धूप का चश्मा लगाए था। मैंने अनुमान लगाया था कि वह उसी तरह का उसका कोई मित्र होगा। चालबाज लोग ऐसे ही होते हैं।

मैं कुर्सी के सिरे पर बैठ गया। ऐसी शक्ल के बारे में जानकर बड़ी कठिनाइयों से अपने को रोक रहा था।

'क्या उसके पतली और छोटी-छोटी मूंछें भी थीं और उसका चेहरा पतला था।

'हां, वह ऐसा ही था। क्या तुम उसे जानते हो?'

'मैं जब यहां आया था तब मैंने उसको सीढ़ियों पर दौड़ते देखा था। वह जा रहा था।'

'आज सुबह?' उसकी आंखें चौड़ी हो गई। लेकिन यदि वह मर गई....?'

'हां वह कुछ समय पूर्व मर गई है। मेरा अनुमान है उसे मरे आठ घंटे बीत चुके हैं।'

'तुम्हारा मतलब है कि वह बाथरूम में गई थी जबकि वह आदमी दूसरे कमरे में था। और उसने स्वयं को बाथरूम की किवाड़ में लटका लिया।'

'मैंने उस आदमी को बीस मिनट पहले सीढ़ियों पर आते देखा था। और वह लगभग आठ घंटे पूर्व मर चुकी थी। ऐसा कह सकती हो कि लगभग चार बजे सुबह। वास्तव में वह जब मरी वह आदमी उसके कमरे में था। वह उसे छोड़कर चला गया और चार बजे से पहले फिर किसी कारणवश यहां आया।

'यह ऐसा कर सकता है। क्या नहीं कर सकता जी?'

मुझे उस व्यक्ति की बिना शेव बनाई हुई ठोढ़ी की याद आई। यदि वह रात्रि में ही उसे छोड़ गया था, सब उसने आज सुबह यहां आने से पहले शेव क्यों नहीं बनाई? इस बात का यह निश्चयात्मक उत्तर था। मुझे ऐसा लगता है कि उसने रात गेसी के कमरे में ही बिताई थी।

'यह एक आवश्यक बात है। मुझे इस बारे में जानकारी करनी होगी।

मैं उठकर खड़ा हो गया।

'यह लो दस डालर जिनका मैंने वायदा किया था। इस मदद के लिए धन्यवाद। मेरी बात को गुप्त रखना और इस बात का ध्यान रखना कि उससे मिलने कौन आता है।'

'ओफ्फोह, मैं इस विषय में चुप कैसे रह सकती हूं जबकि वह मर चुकी है।

'यदि तुमने कुछ भी किसी को कहा तो तुमको पुलिस पकड़ कर ले जाएगी और तुम्हारे साथ वैसी ही बर्ताव करेगी जैसा कि वह अभियुक्तों के साथ करती है। इसलिए तुम्हें इस विषय में चुप ही रहना चाहिये।'

'क्या तुम पुलिस को सूचित नहीं करोगे?'

मैंने अपना सिर हिलाया।

'मैं इस तरह की बातों में अपना समय नष्ट नहीं करना चाहता। तुम्हें आश्चर्य होगा कि कितनी जल्दी कोई किसी को भूल जाता है। वह हमेशा ही ऐसा करते हैं। मैंने एक और दस डालर का नोट निकाला और उसको देते हुए कहा, 'अगर कोई तुमसे इस बारे में कुछ पूछे तो मुझे अलग ही रखना। उनको उसी आदमी के बारे में बताना। लेकिन तब तक चुप रहना जब तक कि कोई तुमसे कुछ न पूछे।'

उसने नोट लेकर अपनी ब्रेसरी में रख लिया।

मैं तुम्हें इस मामले में बाहर ही रखूंगी।

मैंने उनको सोफे पर बैठा हुआ ही छोड़ा और बाहर आ गया। वह बड़ी खुश दिखाई दे रही थी और साथ-साथ चिन्तित थी।

कारीडोर में आकर मैंने इधर-उधर झांका और जब इस बात से संतुष्ट हो गया कि मुझे किसी ने नहीं देखा है तब कमरा नम्बर 23 के अंदर चला गया। मैंने दरवाजे को जल्दी से बंद कर दिया।'

मैं उसमें कुछ प्रमाण ढूंढ़ने लगा जिससे पता चले कि उसने वहां रात बिताई है। मुझे नहीं मालूम कि मैं क्या देख रहा था लेकिन ऐसा ही कुछ ढूंढ रहा था।

सबसे पहले मैंने पलंग का निरीक्षण किया। तकिए पर दो काले बात थे। ग्रेसी औरत थी और उसने तकिए पर सिर रखकर आराम किया होगा। लेकिन इस बात से यह सिद्ध नहीं होता था कि आदमी कमरे में सारी रात रुका था। लेकिन इससे इतना जरूर पता चलता था कि वह वहां आया था।

मैंने कमरे में गौर से गहरी नजर डाली। रसोई में दो आलमारियां थी। एक में कप सामर और बड़ी प्लेटें थीं, और दूसरी से जग और खाना बनाने के अन्य बर्तन थे। एक कप और सामर जग

में पड़ी थी। वह आलमारी में होना चाहिये था। इससे मुझे लगा कि किसी ने आज सुबह कॉफी बनाकर पी हे।

ग्रेसी ने आज सुबह कॉफी नहीं बनाई होगी यह निश्चय था। यदि वह पतला आदमी इसलिए वापस आया था कि वह कुछ भूल गया था तो उसी ने अपने लिए स्वयं कॉफी बनाई होगी, इस पर मैं विश्वास नहीं करूंगा। लेकिन यदि उसने यहां पूरी रात बिताई तो उसके जान से पहले कॉफी बनाई होगी। और उसे जानकारी होगी कि ग्रेसी बाथरूम में भरी हुई लटक रही है। इस बात को सोचकर मैं यह समझा कि यह सोने से पहले ही जानता था कि वह मर चुकी है। और उसका खून ठंडा पड़ चुका है।

तब अचानक ही मेरे दिमाग में बिजली-सी कौंध गई। यह आत्महत्या नहीं बल्कि कत्ल का मामला है।

□□

वहां गैलरी के अंधेरे भाग में एक काल-बाक्स था। मैंने दरवाजा खोला और अंदर जाकर पुलिस हैडक्वार्टर का नम्बर डायल किया।

मैंने माउथपीस पर अपना रूमाल डाल दिया ताकि कोई मेरी आवाज न पहचान सके।

थोड़ी देर के बाद उधर से आवाज आई, 'पुलिस हैडक्वार्टर से सार्जेंट हार्कर बोल रहा हूं।'

'मुझे लेफ्टीनेण्ट मिफलिन से मिलाओ।' मैंने कहा। मैं माउथपीस से हटकर बोल रहा था। मैं अपनी आवाज को हैमलेट के पिता की जैसी बना रहा था।

'आप कौन है?'

'हैरी टूमैन। मैंने कहा, जल्दी करो। तुम इस बात को नहीं समझ सकते कि समय कितना कीमती होता है।'

'ठरिये। सार्जेंट बोला। मैंने सुना कि उसने कमरे में किसी को पुकारा, 'क्या लेफ्टीनेण्ट अंदर है? एक आदमी उनको पूछ रहा है। बताओ कि उसका नाम हैरी डूमैन है। यह उनका कोई सम्बन्धी है। मैंने ऐसा ही कुछ सुना।

तब लेफ्टीनेण्ट मिफलिन टेलीफोन पर आया। 'लेफ्टीनेण्ट आफ पुलिस बोल रहा हूं। तुम कौन हो?'

'मैं फिलमेन स्ट्रीट के कमरा नम्बर 23 के बारे में रिपोर्ट कर रहा हूं। यदि तुम अंदर आकर देखोगे तो तुमको यहां एक लाश मिलेगी। लेकिन उसको आत्महत्या का केस मत समझ लेना, साथ ही उस मरने वाली औरत की जांच जरूर करा लेना। इससे बहुत कुछ बातें मालूम हो जायेगी।

'तुम कौन बोल रहे हो। लेफ्टीनेण्ट ने जानना चाहा।

मैंने उसके पैन की आवाज सुनी वह पता लिख रहा था।

मैं यह बताना जरूरी नहीं समझाता। मैंने कहा, और रिसीवर रख दिया।

मैंने अपना रूमाल वापस अपनी जेब में रख लिया और चुपचाप सामने के दरवाजे की ओर चल दिया।

मुझे तीन मिनट का समय लगा होगा ज्यादा नहीं, कि पुलिस उतनी देर में वहां पहुंच गई।

जैसे ही मैंने अपनी व्यूक गाड़ी का दरवाजा खोला, एक लड़का दौड़ता हुआ आया और बोला, 'ऐ मिस्टर, क्या तुम कोरल रो की ओर जा रहे हो? यह बड़ा जरूरी है। तुमको उधर ही जाना चाहिये।

मैंने इंजन चालू किया ही था कि सामने वाले शीशे से पुलिस गाड़ी आती हुई दिखाई दी।

'ऐसा करने को किसने कहा है?'

'किसी आदमी ने मुझे यह बात आपको बताने के लिए एक डालर दिया है। उसने कहा था कि आपको बता दूं कि यह बहुत आवश्यक है और तुम इस बात को जानते हो।'

वह भागता हुआ सड़क के दूसरी ओर चला गया। मेरे पास इतना समय नहीं था कि मैं उसका पीछा करता। मैं ऐसा करना चाहता तो था लेकिन जरूरत इस बात की थी कि जितना जल्दी हो सके मुझे 274 जेफसर्न स्ट्रीट से बाहर हो जाना चाहिये, यदि सिफलिन आ गया तो मुझे व्यर्थ के सवालों का उत्तर देना पड़ेगा और मेरा काफी समय नष्ट हो जाएगा। मैंने अपनी कार बैंच रोड की ओर दौड़ा दी।

मैंने कोरल रो के बारे में कभी नहीं सुना था, लेकिन हो सकता है कि वह कोरल गेव्लीज के आसपास कहीं हो। मैंने उसी रास्ते को अपनाया।

बैच रोड के सिरे पर पहुंचकर मैंने बायीं ओर का रास्ता लिया जो समुद्र तट की ओर जाना था। मैंने एक खाली स्थान पर गाड़ी को रोक दिया, वहां पर एक और कोयलों के ढेर और दूसरी ओर तेल के ड्राम लगे थे।

कोरल गेव्लेज कोई घूमने की जगह नहीं है जब तक कि घूमने वाले के पास बंदूक न हो। यहां कोई भी अकेला व्यक्ति सुरक्षित नहीं समझा जा सकता।

जैसे ही में अपनी व्यूक गाड़ी से बाहर निकला मैंने इधर-उधर देखा। छोटी-छोटी नावें यात्रियों को सैर करा रही थी या इधर से उस ओर ले जा रही थीं।

मैंने एक आदमी के पास जाकर पूछा, 'क्या तुम मुझे कोरल रो पहुंचा सकते हो?'

'तुम्हारे पीछे यती की बार है, वहां जाकर पूछा।' वह कटुता से बोला।

मुझे याद आया कि वहां तो मैं एक या दो बार आया हूं जब कैरमन मेरे साथ था। बार देखा हुआ है।यह उन स्थानों में से है जहां जो चाहो और जब चाहो मिल सकता है।

'धन्यवाद।' मैंने कहा और उसी ओर चल दिया।

वह घाटी के ऊपर बनी हुई लकड़ी की बिल्डिंग थी। उसकी दीवार पर ऊंचाई की ओर एक नोटिस लगा था जिस पर लिखा था, लीडिंग टू कोरल रो।'

जब मैं घाटी के साथ-साथ चल रहा था तब अनेकों विचार शंकाए, आशकाएं मेरे मस्तिष्क में उथल-पुथल कर रही थी। ऊंची-ऊंची दीवारों ने सूरज की रोशनी को रोक लिया था। घाटी के दूसरे सिरे पर अंधेरा रास्ता था। गंध भरी हवा और निःस्तब्ध वातावरण।

मैंने किसी भी आवश्यकता के समय के साथी अपने रिवाल्वर को निकालकर अपने हाथों में ले लिया और अंधेरे में आगे बढ़ने लगा।

घाटी के अंतिम छोर पर और कोरल रो था। अंधेरा भरा आंगन जिसमें तीन ओर अंधेरा छाया हुआ था। किसी समय किसी ने इसे गोदाम बनाया होगा। इस समय वह चूहों के बिल के अलावा और कुछ दिखाई नहीं दे रहा था।

मेरे दिमाग में विचारों का बवन्डर था, मैं सोच रहा था कि अब यह मेरे ऊपर निर्भर करता है कि मैं वहां जाऊं या न जाऊं, मैंने एक सिगरेट निकाली और बिल्डिंग की ओर देखने लगा। वहां इतना अंधेरा था जितना कि हम्बर्ग के अंदर रहता है। मेरे पास टार्च नहीं थी। रास्ता ऊबड़-खाबड़ था और यह असंभव था कि कोई बिना आवाज किए वहां चल सके। लेकिन मैंने वहां जाने का ही निश्चय किया, देखें वहां क्या है।

अपनी सिगरेट फेंककर मैं उसे टूटे हुए गिरने को हो रहे दरवाजे को मार कर गया। उसके नीचे दबकर मरना मेरे लिये ठीक उसी तरह का होता जैसे कोई मुर्गी किसी कार के नीचे आ गए जाते समय मेरा दिल जोर-जोर से धड़क रहा था। लेकिन मैं सीधा चला गया और एक।

गलियारे के अंतिम सिरे पर एक दरवाजा खुला हुआ था, मैंने उसमें झांककर देखा, वहां अंधेरे के अतिरिक्त कुछ भी नहीं था। मुझे अंदर जाने की कोई जल्दी नहीं थी। वहां बहुत घना अंधेरा था।

मैंने बड़ी सावधानी से दो कदम अंदर की ओर रखे और दरवाजे से एक ओर को हो गया क्योंकि हो सकता है वहां कोई छुपा हो, मैं तो उसे नहीं देख सकता था, लेकिन वह मुझे देख सकता था या मेरी आहट से समझ सकता था कि मैं कहां पर हूं।

अचानक ही एक तख्ता टूटकर मेरे सामने आ गिरा। मैंने जल्दी से अपने आपको दूसरी ओर हटा दिया।

कोई बड़ी सख्त चीज मेरे कंधे पर आकर लगी। मैंने अपना सिर झुका लिया और जब तक वह मुझे लम्बी नींद में खुला सके मैं बच निकला।

मैं अपने पैरों पर घुटनों के बल गिरा था। उस आकृति ने मेरे मुंह को छूने की कोशिश की और मेरा गला पकड़ लिया। वह आकृति दुबली-पतली थी, लेकिन उसकी उंगलियां बड़ी मजबूत थी और ठंडी थी।

मैंने अपना मुंह अपने कालर से सटा लिया था इसलिए वह पूरी तरह से मेरा गला नहीं दबा सकता था। मेरे हाथों में उसका कोट आ गया। मैंने एक जोरदार झटका दिया और दूर जा गिरा। लेकिन जब तक मैं सावधान होऊं उसने फिर मेरी गर्दन पकड़ ली। अब की बार मैं पूरी तरह समझ गया कि वह कौन हो सकता है।

लेकिन इस बार वह एक लड़की से मुकाबला नहीं कर रहा था, यथार्थ में उसी ने ग्रेसी को गला घोटकर मारा था और उलटा लटका दिया था जिसने मालूम पड़े कि उसने आत्महत्या कर ली है। लेकिन इस बार वह मेरा सामना कर रहा था।

मैंने उसका अंगूठा पकड़कर मरोड़कर दोहरा कर दिया। मैंने उसको दर्द से आह भरते सुना। उसने झटककर अपना हाथ मेरे गले से हटा लिया। मैंने तुरन्त मुड़कर उसके सिर में दोनों हाथों से चोट मारी। जिससे वह झुक जैसा गया क्योंकि मेरा दूसरा वार हवा में ही गया।

मैं आधा उठा हुआ था और फर्श पर हाथ टिकाए था। घना अंधेरा होने के कारण मैं समझा कि वह मेरी ओर आ रहा है, मैं भी उसी ओर बढ़ गया और हम दोनों इस प्रकार आपस में मिल गए जैसे दो सांड मिलते है। वह पीछे को हटा। मैंने उसके पेट में जोरदार घूंसा मारा जिससे वह दोहरा हो गया और नीचे गिर गया।

मेरे दिमाग में यकायक गुसलखाने में लटका उस लड़की का चित्र घूम गया जिसने मुझे पागल बना दिया। मैंने अपनी बैल्ट को इधर-उधर घुमाकर उसे मारना शुरू कर दिया। एक बैल्ट शायद उसके जबड़े पर पड़ी क्योंकि मैंने उसकी गहरी सांस और आह सुनी।

अब उसने शायद भाग जाना ही ठीक समझा क्योंकि अब मेरा वार खाली जा रहा था कि अब भाग जाना ही ठीक है, दूसरी ओर मैं उसे समाप्त कर देने पर तुल गया था। मैं जैसे ही आगे बढ़ा मेरा पैर किसी लकड़ी के टुकड़े में फंस गया और तब तक उसे भाग जाने का अवसर मिल गया।

मैंने उसे पकड़ने के लिए हाथ इधर-उधर घुमाएं लेकिन व्यर्थ। वह जा चुका था। मैं बड़ी मुश्किल से अपना पैर उस टुकड़े से अलग कर पाया।

जब मेरा पैर निकल गया तो मैंने एक कदम बड़ी जल्दी आगे को रखा, लेकिन तभी मैंने सोचा कि उसका पीछा करना लगभग बेकार है क्योंकि वहां कोरल गेव्लेस में कितनी ही जगहें ऐसी थीं जहां छिपा जा सकता था। इसलिए उसका पीछा करना व्यर्थ होगा।

मैं पसीना पोंछता हुआ दरवाजे की ओर बढ़ गया। तभी मेरी नजर किसी सफेद चीज पर पड़ी जो मेरे सामने पड़ी थी। मैंने झुककर उसे उठा लिया।

वह एक सफेद हैट था।

□ □

यती की बार का मालिक अब पहलवानी करने से टिरायर हो गया था। वह अब बुड्ढा लगता था, लेकिन अभी भी उसकी नजर में कठोरता था।

उसने मुझे एक स्लाइस, राई ब्रेड, मक्खन और एक पाइन्ट बीअर दी। मैं आराम से खाने लगा। वह काउन्टर पर खड़ा मेरी ओर घूर-घूरकर देख रहा था।

दिन के इस घंटे में बार लगभग खाली जैसा था। वहां आधे दर्जन से अधिक आदमी नहीं थे। वे सभी उस कमरे में इधर-उधर जोड़ों में या अकेले बैठे थे। उनमें से कोई भी मेरी ओर नहीं देख रहा था। लेकिन बार मैन बार-बार मेरी ओर देख लेता था। मैं यह समझ रहा था कि वह कुछ सोचने की कोशिश कर रहा है।

'मैंने तुमको शायद किसी जगह देखा है।' वह बोला, 'क्या तुम यहां पहले भी कभी आए थे या आज पहली बार ही आए हो?

उसने ऊंची आवाज में पूछा।

मैंने उसको बताया कि मैं वहां पहले भी आ चुका हूं।

उसने अपने गंजे सिर को हिलाया और अपने दांत आगे को निकाल दिए।

मैं कभी किसी को नहीं भूलता। यदि तुम पचास साल बाद भी यहां आओगे या मुझे कहीं मिलोगे, मैं तुमको पहचान लूंगा। मेरी याददाश्त बहुत तेज है।'

मैं सोचने लगा कि अगले पचास वर्षों तक हम दोनों में से कोई जीवित रहेगा कौन जानता है।

'यह आश्चर्य की बात है कि इतने सारे लोगों के चेहरे तुम याद रख लेते हो।' मैं सोचने लगा कि में आज किसी से मिलता हूं और कल भूल जाता हूं वह मेरे बिजनेस के लिए ठीक नहीं है।'

'अब देखो, कल एक आदमी तीन साल बाद यहां आया। मैंने बिना उसके कहे ही उसको बीयर दे दी और वह आश्चर्य से मेरी ओर देखने लगा था। वह हमेशा ही पुरानी बीयर लेता था। इसे कहते हैं याददाश्त।'

अपनी याददाश्त को उस आदमी पर इस्तेमाल करके देखो, मैंने उसे, एक आदमी का हुलिया बताया जो लम्बा, पतला, दुबला और चौड़े कंधे वाला था और फ्लालेन का सूट और एक सफेद फैल्ट हैट लगाए था। उसे याद करके बताओ कि वह कौन है?'

वह अपने भारी शरीर को लेकर घूमा—उसका चेहरा मुरझा गया।'

इसके बारे में मुझसे, कोई प्रश्न मत पूछो भाई।' वह बोला। उसने अपनी आवाज को काफी धीमा कर लिया था। यदि तुम अपने सामने के दांत साबुत रखना चाहते हो तो इस बात को मत पूछो, अच्छाई इसी में है कि अपने आपकी खामोश ही रखो।'

मैं बीयर पी रहा था और मेरी आंखें गिलास पर जमी थी।

'मेरे प्रश्न का उत्तर जरूरी है।' मैंने कहा और पांच डालर निकालकर उसके सामने रख दिये।

उसने दायें-बायें देखा और घृणा से पुनः चारों ओर देखकर बोला, 'थोड़ा समय दो।'

मैंने उसको एक सिगरेट और बिल दिया।' सिर्फ पांच छः आदमियों ने उसे रुपया लेते देखा था। दूसरे लोगों की इस ओर पीठ थी।

'वह बैरत का साथी है।' यह बोला, 'लेकिन उससे दूर ही रहना, वह खतरनाक आदमी है।'

'हां तुम सावधान रहना। कहीं वह चूहा तुम्हें न काट ले। मैंने उसको बीयर और सैंडविच का बिल अदा किया और पूछा, वह अपने आपको किस नाम से सम्बोधित करता है?'

उसने मेरी ओर देखा और मुड़कर बार के दूसरे किनारे पर चला गया। मैं उसके वापस आने की प्रतीक्षा में बैठा रहा, लेकिन जब मुझे उसके आने की कोई आशा न रही तो उठा और कार से बाहर चला आया।

जैफ, बैरत, हो सकता है, मैंने सोचा उसके साथ और भी आदमी हों। गेसी का गला घोंटने का कोई कारण अवश्य रहा है। मुझे यह सोचकर भारी आश्चर्य हुआ कि क्या वह

अपहरणकर्ताओं का सरगना है? यह इस बात से बिलकुल स्पष्ट हो जाता है। यदि ऐसा हो तो कितना अच्छा होगा।

मुझे बड़ा आश्चर्य हो रहा था, मैं टहलता हुआ उस ओर चला गया जहां मेरी ब्यूक कार खड़ी थी। मैं सोच रहा था कि यदि मेरी जेरोम का भी सम्बन्ध इस गैरत से किसी तरह जुड़ जाए तो बहुत कुछ केस माफ हो सकता है। परन्तु मैंने एकमी गैरिज जाने का निश्चय किया। वही से उसके बारे में कुछ मालूम किया जा सकता है।

मैं बड़ी तेजी से ड्राइव करता हुआ बैच रोड से हाउब्रोन एवेन्यू होता हुआ फुट हिल बुलवर्ड की ओर बायीं ओर मुड़ गया।

सूर्य पूरी तरह से मेरे सिर पर चमक रहा था। धूप नीले शीशें से होकर अंदर आ रही थी। और मुझे गर्मी महसूस हो रही थी।

ऐकमी गैरिज, फुअ हिल बुलवर्ड के किनारे पर स्थित था। जिसके सामने काफी धूल थी। मुझे आश्चर्य हो रहा था कि ब्यूटी फैरीज ने इस इलाके को कैसे पसन्द किया। उसके सामने एक स्टेशन था। वहां पर सात पम्प थे और दो पानी के टब थे। सीधे हाथ को रैस्टरूम था।

किसी समय यह स्टेशन बहुत अच्छा लगता था, अब भी उसकी दीवारों की चित्रकारी अच्छी तरह बनी हुई थी।

मैंने हार्न दिया और प्रतीक्षा करने लगा।

थोड़ी देर के बाद एक लड़का नीला नेकर पहने यहां आया और मेरी ओर बिना कुछ कहे आंख से इशारा किया।

अनुमानतः वह सोलह वर्ष का रहा होगा लेकिन काम के अनुभव से वृद्ध। उसकी छोटी हरी आंखें चंचल थीं। उसके हाथ में पैट्रोल का पाइप था।

'दस लीटर।' मैंने कहा और एक सिगरेट निकालकर जलाई। 'अपने आपको ज्यादा परेशान मत करो। इतने में ही आधी रात तक गाड़ी चलाता रहूंगा।'

वह मेरी ओर सुनी-सुनी आंखों से देख रहा था। वह कार के पीछे की ओर गया और थोड़ी देर बाद वापस आ गया।

मैंने उसका बिल अदा किया।

'फैरीज कहां हैं?

उसकी हरी आंखें मेरी ओर से हटकर दूर देखने लगी थी।

'शहर से बाहर है।'

'वह कब तक लौटेंगे?'

'पता नहीं।'

'मिसेज फैरीज।'

'यह व्यस्त है।'

मैंने अंगूठे से बंगले की ओर इशारा किया।

'वहां अंदर।'

'वह कहीं भी हैं, व्यस्त है।' उस लड़की ने कहा और चला गया।

मैं उसे चिल्लाकर आवाज देने ही वाला था कि रिपेयरिंग शाप के पीछे से एक लम्बी-तगड़ी आकृति जो हल्के चैक का सूट और ब्राउन हैट पहने तथा बटन होल से एक गहरे लाल रंग का फूल लगाए थी, आती दिखाई दी। वह जैफ बैरत था।

मैं कार में चुपचाप बैठा उसे घूरता रहा। मैं यह सोच रहा था कि यह मुझे गहरे नीले चश्मे से नहीं देख सकता।

लड़का स्पेयरिंग शाप में गया था। मुझे लगा कि वह मुझ पर नजर रखे हुए हैं लेकिन मैं उसे देख नहीं सकता था। मैं एक क्षण तक प्रतीक्षा करता रहा। मैं यह सोच रहा था कि बैरत का यहां आने का क्या अर्थ है। तब मुझे याद आया कि एक बार मिफलिन ने मुझसे कहा था कि ल्यूटों कैरीज नशीली वस्तुओं की स्मगलिंग करता है। मैं जानता था कि बैरत भी नशीली चीजें इस्तेमाल करता है। उन दोनों में क्या सम्बन्ध है। क्या इस बात पर विश्वास किया जा सकता है कि मेरी जेरोम ने कार यहां से किराये पर ली थी। मुझे अचानक ही पछतावा हुआ कि मैंने इस प्रकार पहले ही क्यों सोचा। मैंने तै किया कि मिसेज फैरीज को देखा जाए।

मैं ब्यूक से उतरकर रिपेयरिंग शाप के आगे से बंगले की ओर चल दिया।

लड़का शेड में ही खड़ा था, ठीक रिपेयरिंग शाप के दरवाजे में। वह मेरी ओर को आगे बड़ा लेकिन में सीधा आगे बढ़ता चला गया। वह वहीं रुक गया और कुछ भी नहीं बोला।

बंगले के बाहर बगीचे में धुले कपड़े सूख रहे थे। एक आदमी की कमीज और एक औरत का ब्लाउज तथा एक मोटा सूती कपड़ा था। मैं सामने के दरवाजे पर पहुंच गया। मैंने दरवाजे पर दस्तक की।

काफी देर तक कोई नहीं आया। मैं दोबारा दस्तक देने ही को थी कि दरवाजा खुल गया।

एक लड़की दरवाजे के बीचों-बीच मेरे सामने खड़ी थी। मेरा अनुमान है कि वह बीस या पच्चीस साल की रही होगी। वह ऐसी लग रही थी जैसी काफी दिनों से उसकी जिन्दगी में खुशी न आई हो, उसके बाल बेतरतीब उलझे हुए थे। उसका चेहरा पीला-सा था और आंखें देखकर ऐसा लग रहा था जैसे वह रोने से लाल हो रही हो। उसे देखने से लगता था कि वह काफी रूखी हो गई है।

उसने मेरी ओर संदेह-भरी नजरों से देखते हुए पूछा, 'तुम क्या चाहते हो?'

मैंने उसके आगे अपना हैट उतार दिया।

मि. फैरीज अंदर है?'

'नहीं आप कौन है?

'मिस जेरोम ने इनसे एक कार किराये पर ली थी मैं उसी के बारे में कुछ जानकारी करने आया हूं।'

वह एक कदम पीछे की ओर हटी और धीरे से अंदर की ओर झांककर दरवाजा बंद करती हुई बोली, 'वह यहां नहीं है और मैं इस बारे में कुछ नहीं कह सकती।'

‘मैं इस जानकारी के लिए खर्च करने को तैयार हूं।’ मैंने कहा। मैं जोर से बोला था क्योंकि दरवाजा बंद हो गया था।

दरवाजा फिर खुल गया।

‘कितना?’

अब वह मेरी ओर भूखे कुत्ते की तरह देख रही थी जो हड्डी की ओर देखता है।

‘वह इस बात पर निर्भर करता है कि जो कुछ मैं चाहूं उसका उत्तर ठीक-ठीक मुझे मिले। मैं सौ व्यूक्स तक व्यय कर सकता हूं।’

‘उसके मुरझाए होंठों पर लाली दौड़ गई ।

‘जानकारी कितनी छोटी है?’

‘क्या मैं अंदर आ सकता हूं? मैं तुम्हारा अधिक समय नहीं लूंगा।

वह हिचकिचाई। मैंने ध्यान से उसे देखा वह भयभीत थी और लालची भी। उसके दिमाग में अन्तर्द्वन्द्व था, अंत में धन की विजय हुई, वह एक ओर हट गई।

‘अच्छा, अंदर आ जाओ। अधिक समय मत लगाना मैं व्यस्त हूं।’

वह मुझे पिछवाड़े की ओर ले गई। वह कमरा गंदा और धूल भरा था उसमें टूटा-फूटा फर्नीचर था। दीवारों के ऊपर उंगलियों के काले निशान थे। नीचे कालीन पर काफी धूल जमी थी।

वह एक कुर्सी पर बैठ गई और सन्देह-भरी नजरों से मुझे ताकने लगी।

‘वह लड़का कहता था कि तुम्हारा पति शहर से बाहर गया हुआ है। मैं उसकी बात पर विश्वास नहीं करता।’

‘मैं नहीं जानती वह कहां है। उसकी आंखें अचानक आंसुओं से भर गई और उसने अपना सिर घुमा लिया, मैं समझती हूं कि वह मुझे छोड़कर चला गया।’

मेरे दिमाग में कांटा-सा चुभ गया।

‘तुम इस तरह क्यों सोचती हो?’

उसने अपनी बांह से अपने आंसू पोंछे।

‘उन रुपयों के बारे में क्या हुआ? मेरे पास एक भी सेंट नहीं है, वह सारा धन ले गया है। मेरे पास इतना भी पैसा नहीं है कि खाना भी खरीद सकूं।

‘जब तुम मुझे उनके बारे में सारी बातें बता दोगी तो वह धन तुमको मिल जाएगा।’

‘उसका चेहरा कड़ा हो गया।

‘मैं तुमको बहुत कुछ बता सकती हूं। वे लोग सोचते थे कि मैं कुछ नहीं जानती लेकिन मैं सब कुछ जानती हूं। मैं हमेशा अपनी आंखें और कान खुले रखती हूं। मैं उन लोगों को तुम्हारे हाथों बेंच दूंगी यदि तुम मुझे पर्याप्त धन दोगे तो।’

‘किस-किसको बेचोगी?’

‘ब्यूटी और बैरत को।’

मैंने अपना बटुआ निकाला। उसमें बहुत कम राशि थी। सिर्फ पचास डालर शेष रह गये थे। मैंने बीस डालर निकाल कर उसकी ओर बढ़ा दिये।

'और भी मिल सकते है, तुम कितना धन चाहती हो?'

वह आगे को सरकी और बीस डालर अपने हाथ में ले लिए।

'पांच सौ डालर में मैं तुम्हारे लिए पूरी जानकारी दे दूंगी।'

'तुम क्या समझते हो, मैं रुपया बनाता हूं-एक सौ।'

उसने ठंडी आहें भरी।

'यह मेरा अपना रुपया है इसे लो अथवा छोड़ दो। मैं यहां से बाहर जा रहा हूं। तुम्हारी अपनी इच्छा पर निर्भर है। मैं अच्छी तरह समझ लेना चाहता हूं कि मैं क्या खरीद रहा हूं। तुम्हें पांच सौ ही मिल जायेंगे। तुम क्या बेचोगी और मैं क्या खरीदूंगा यह साफ हो जाना चाहिये।'

वह कुछ हिचकिचाई और बोली—

'तुम किसके लिए काम कर रहे हो?'

'पैरली के लिए।

'मैं उसके लिए आपको बता दूंगी।' यह अंत में बोली, 'मैं इस बारे में सभी सुराग बता दूंगी बशर्ते कि मुझे धन मिल जाए। ल्यूटी बैरेत और डैड्रिक समुद्र तट के बहुत बड़े स्मगलर है। ये लोग सारे देश में और पैरिस, लंदन और बर्लिन सभी जगह के लिए नशीली चीजें भेजते है। डैड्रिक पैरिस और बर्लिन को माल भेजता है लेकिन वह कितना साधारण लगता है?'

'क्या तुम डैड्रिक के बारे में विश्वास के साथ कह सकती हो?'

वह रहस्यमय ढंग से मुस्कराई।

'मुझे पूरा विश्वास है, मैंने उसकी बातें सुनी हैं। वे समझते हैं में गूंगी बहरी हूं, लेकिन मैं ठीक हूं। यदि वे लोग ढंग से मेरी देखभाल करते तो मैं हमेशा अपना मुंह बंद रखती। मुझे मालूम है कि उनके गोदाम कहां है। तुम यह सब जानकारी पांच सौ व्यूक्स में प्राप्त कर सकते हो यह इस रकम से सस्ती है।'

'तुम मेरी जेरोम के बारे में क्या जानती हो?'

उसने अपना निचला होंठ फड़फड़ाया। उसके चेहरे पर कठोरता आ गई।

'मैं उसके बारे में सब कुछ जानती हूं और यह भी कि वह कहां है?'

'वह कहां है?'

वह बैच होटल में है। लेकिन इस समय वह वहां नहीं है। मैं तुमको अधिक नहीं बताऊंगी जब तक कि मुझे धन न मिले जाये। मैं तुमको तुम्हारे काम में मदद कर सकती हूं किन्तु पहले पैसा।'

'ओ. के. मेरे पास कार है जो बाहर खड़ी है। तुम मेरे ऑफिस में आ जाओ तुम्हें तुम्हारा धन मिल जाएगा और हम आराम से बातें भी कर लेंगे।'

'मैं यहां से कहीं नहीं जा सकती। फिर भी तुम मुझे कहां ले जाना चाहते हो?'

‘मैं तुम्हें अपने ऑफिस ले जाना चाहता हूं, आओ?’

‘नहीं, मैं लालची नहीं हूं।’

‘ठीक, अभी बैरत क्यों आया था?’

‘मुझे नहीं मालूम, वह लड़के को देखने आता है। वह मुझे देखने की तकलीफ नहीं करता। वह लड़के से बात करता है और वापस चला जाता है। ल्यूटी मेरे पास तब से नहीं आया जब से वह औरत के साथ-साथ गए हैं।’

‘तुम्हारा मतलब मेरी जेरोम से है?’

‘मैं नहीं जानती वह कौन है। मैंने उसे नहीं देखा है केवल उसके बारे में सुना है। मैंने ल्यूटी को उसने बात करते सुना था। वह बोला था, ‘ठीक है बेबी, तुम इतनी परेशान मत हो। मैं सही दिशा में आ रहा हूं। उन्होंने आपस में विदा नहीं कहा। उसने कार निकाली और चला गया। तब से मैंने उसे आज तक नहीं देखा।’

‘वह कब गया?’

‘उसी रात जिस रात डैड्रिक का अपहरण हुआ।’

‘कितने बजे?’

‘ठीक आठ बजे से पूर्व।’

‘क्या बैरत ने उसके अपहरण से कोई भूमिका निभाई है?’

‘उसने मेरी ओर देखा और रहस्यमय ढंग से मुस्कराई।

यह काफी बड़ी बात है मिस्टर, मुझे इसके बदले में धन दो, शेष तब सुनना। मुझे इस बारे में सारी जानकारी है। लेकिन अब मैं बिना धन प्राप्त किए एक शब्द भी नहीं बोलूंगी।’

‘मान लो, यदि मैं पुलिस बुला लाऊं? क्या तुम उनको भी कुछ नहीं बताओगी?’

वह हंसी।

‘मैं किसी का भी सामना करने की सामर्थ्य रखती हूं। मैं तुमको भी कुछ नहीं बताती यदि धन की बात न होती तो।’

‘तुम्हारे लिए यह अच्छा होगा कि तुम मेरे साथ चलो। यदि मैं तुमको यहां छोड़कर धन लेने जाता हूं तो मुझे संदेह है कि तुम्हारा भी वही हाल न हो जैसा कि ग्रेसी का हुआ है। क्योंकि वह भी बहुत कुछ जानती थी।

‘मैं डरती नहीं हूं, मैं अपनी रक्षा स्वयं कर सकती हूं। जाओ और धन लेकर आ जाओ।’

मैंने सोचा कि समय नष्ट करना व्यर्थ है। वह बिना धन लिए और ज्यादा कुछ नहीं बतायेगी।

‘मैं आधे घंटे में वापस आ जाऊंगा।’

‘मैं प्रतीक्षा करूंगी।

मैं उस कमरे से बाहर आ गया और मुख्य द्वार से होता हुआ अपनी व्यूक गाड़ी की ओर चल दिया।

□ □

जैसे ही मैं ऑफिस में घुसा प्यूला ने डैस्क पर पड़े कागजों पर से दृष्टि उठाकर मुझे कड़ी नजर से देखा।

'मैं इसी समय पांच सौ डालर चाहता हूं। मैंने एक ही सांस में कहा, सब कुछ बड़ा महंगा होता जा रहा है। एक नोट बुक और एक पेन्सिल ले लो और मेरे साथ चलो, शेष बातें मैं तुम्हें रास्ते में समझा दूंगा।'

प्यूला हमेशा शांत रहने वाली लड़की है। वह उठी और ऑफिस सेफ को खोलकर एक ड्रआर में से सौ डालर निकाल लाई उसने एक नोट बुक ली और एक पेन्सिल। रुपया उसने अपने बैग में डाला और हैट पहनकर तैयार हो गई। वह सब कुछ बारह सेकंड में हो गया।

बाहर आकर उसने ट्रिक्सी को कहा कि जब तक वह वापस न आये तब तक यहीं वह उसकी प्रतीक्षा करे। ट्रिक्सी दुखी प्रतीत हो रहा था लेकिन हमने उसे अधिक महत्व नहीं दिया।

मैं और प्यूला जल्दी से कारीडोर में आ गए।

'सुनिए...।

मार्था वैन्डिक्स का सार्जेन्ट मेजर हमें पीछे से आवाज लगा रहा था।

मैंने पीछे की ओर देखा।

'हम इंतजार नहीं कर सकते, हम जल्दी में है।'

'अभी सुन लो। सौकी के बारे में पता चला है कि वह पहले नम्बर का बदमाश है और पिछले दस सालों में मार्शलैण्ड के साथ है। मार्था ने कहा कि मेरा रुपया मुझे कब मिलेगा।'

'तुम्हें मिल जायेगा।' मैं पीछे की ओर जोर से चिल्लाया और प्यूला के साथ लिफ्ट द्वारा नीचे की ओर चल दिया।

रास्ते में मैंने प्यूला को सारी बातें सुना दी। अन्त में मैं बोला, वह औरत इससे अधिक बनाने को कतई राजी नहीं हुई, तब मैं रुपया लेने आया था।'

'लेकिन इस बात का क्या प्रमाण है कि वह सच बोल रही है? प्यूला ने पूछा।

'मैं पहले उसकी बात सुनूंगा और फिर पुलिस को सूचित करके अपना रुपया वापस ले लूंगा। इस प्रकार सच्चाई का पता चल जाएगा।'

मैं और प्यूला जब गैरिज में घुसे तब वह लड़का यहां दिखाई नहीं दिया। हमने दरवाजे पर पहुंचकर पहले की तरह दस्तक दी। लेकिन कोई आहट नहीं हुई।

'कोई बात नहीं। मैं उसे चेतावनी दे गया था कि सावधान रहना, इसलिए मैंने दरवाजा खटखटाया था। लेकिन जब दरवाजे पर कोई नहीं आया तब मैंने उसे धकेला। वह अंदर से बंद नहीं था।

हम दरवाजा खोलकर हाल में आकर पास-पास खड़े हो गये।

'मिसेज फैरीज, मिसेज फेरीज।' मैंने जोर से आवाज दी लेकिन वहां सन्नाटा छाया रहा। किसी ने कोई उत्तर नहीं दिया।

'अच्छा तो यह बात है। 'मैं कुछ सोचकर बोला। 'वे लोग मुझसे ज्यादा तेज निकले और पहल कर गए।'

'तुम इस तरह क्यों नहीं सोचते कि उसने तुम्हारे जाने के बाद अपना दिमाग बदल दिया हो?'

'इस बात के लिए कोई गुंजाइश नहीं है। क्योंकि उसको धन की बड़ी भारी आवश्यकता थी। वह लड़का भी उसके साथ चला गया प्रतीत होता है।'

मैं प्यूला को हाल में छोड़कर कमरों में उसे तलाश करने लगा लेकिन मुझे यह कहीं नहीं मिली।

मैं वापस हाल में आ गया।

'वहां नहीं है। यदि वे लोग उसे अपने साथ नहीं ले गए तो वे उसे अवश्य ही मार गये होंगे।'

यकायक मुझे उस लाश का ध्यान आ गया जो बाथरूम में हुक के साथ लटकी हुई थी। यदि मिसेज फैरीज का भी यही हाल किया गया तो अब शायद वह जीवित नहीं होगी।

'उसके बैडरूम में जाकर देखो। शायद वह अपने साथ कपड़े आदि ले गई हो?' मैंने प्यूला से कहा।

जब प्यूला उसके बैडरूम मैं गई में पिछवाड़े वाले कमरे में चला गया जहां हमारी बातचीत हुई थी। मैंने उसे चारों ओर देखा, लेकिन वह नहीं मिली।

प्यूला थोड़ी देर में हाल में वापस आ गई।

'जो कुछ भी मैं देख सकी उससे तो यही लगता है कि वह अपने साथ कुछ भी नहीं ले गई, सब कुछ अनछुआ है।'

'मैं सोच रहा हूं कि वह लड़का कहां है यदि हम उससे बात कर सकते।'

'विक'

प्यूला खिड़की से बाहर की ओर देख रही थी, मैंने भी देखा।

'शेड के पास क्या है? क्या वहीं नहीं है?'

सूखे बगीचे के पास टूल शैड था। उसका दरवाजा झिरीदार था। मैंने उसमें झांककर देखा कोई सफेद आकृति जमीन पर पड़ी थी।

'तुम यहीं ठहरो मैं देखता हूं।'

मैं पिछले दरवाजे की ओर गया और उसे देखकर तेजी से बाहर बगीचे की ओर चल दिया। जैसे ही में वहां पहुंचा मैंने अपना रिवाल्वर निकाल लिया। मैंने खींचकर दरवाजा खोला। और हल्के अंधेरे में आंखें फाड़-फाड़कर देखने लगा। वह वही थी, वह मुंह के बल लेटी थी, उसके हाथ सिर को पकड़े थे मानो उसने किसी का विरोध किया हो और अपने बचाव के लिए सिर पर हाथ रख लिए हों।

उन्होंने उसे पीछे से शूट किया था और बिना इस बात की चिन्ता किये कि वह मर गई है या नहीं वे लोग चले गये होंगे। मैंने सोचा।

में वापस प्यूला के पास आया और जल्दी ही उसे साथ लेकर उस बंगले से बाहर हो गया।

□ □

बैच होटल के कम्पाउन्ड में आज वही भीड़-भाड़ थी। बहुत सारे लोग इधर से उधर आ-जा रहे थे। मैं और प्यूला वहां पहुंचे तो ज्यादातर लोगों की नजरें प्यूला की टांगों को बड़ी हसरत-भरी नजरों से देख रहे थे।

हम दोनों रिसेप्शन क्लर्क की डैस्क पर गये। रिसेप्शन क्लर्क लम्बा और चुस्त आदमी था, उसके बाल घुंघराले थे तथा वह गुलाबी सफेद रंग का सूट पहने था। उसकी नीली आंखें आकर्षण से भरी हुई थी।

गुड इवनिंग। उसने प्यूला की ओर देखकर धीरे से कहा, 'क्या आपके लिए कमरा रिजर्व करना है?'

'नहीं, हम लोग इस उद्देश्य से नहीं आये।' मैंने कहा और अपना परिचय-पत्र उसकी डेस्क के किनारे पर रख दिया। 'मुझे आशा है कि तुम मुझे कुछ जानकारी दोगे?'

उसने उस कार्ड को उठाया दुबारा पढ़ा, उसके चेहरे का रंग बदल गया था।

'हां मि. मेलोय, मैं आपकी क्या सेवा कर सकता हूं?' वह फिर प्यूला की ओर मुड़ा और अकारण ही अपनी टाई की गांठ को कसने लगा।

'हम एक महिला से मिलना चाहते हैं जो यहां बारह या ग्यारह तारीख से ठहरी हुई है।'

'हम अपने यहां ठहरने वाले किसी भी व्यक्ति के बारे में दूसरे किसी व्यक्ति को कोई जानकारी नहीं देते, मि. मेलोय! यह हमारे व्यापार का तरीका है। हम होटल में आने वाले प्रत्येक व्यक्ति के सम्मान का भरपूर ध्यान रखते हैं।'

'मैं इस बात को अच्छी तरह जानता हूं, लेकिन वह महिला इस लड़की की बहिन है। मैंने प्यूला की ओर इशारा किया। वह अब भी प्यूला की टांगों की ओर ही नीचे-नीचे देख रहा था। 'वह घर से भागकर आई है, और हम उसे वापस ले जाना चाहते हैं।'

'ओह, अब समझा।' उसने जल्दी से कहा। 'अच्छा, अगर ऐसी बात है तो शायद मैं कोई मदद कर...उसका क्या नाम है?'

'हम समझते हैं कि वह यहां अपने गलत नाम से ठहरी हुई है। तुम तो समझते हो कि यहां आने और ठहरने वाली अधिकांश युवतियां अपना सही नाम नहीं लिखाती। ऐसा नहीं है क्या?

उसने इस बात को स्वीकार करते हुए सिर हिलाया।

'वास्तव में अधिकतर ऐसा ही होता है। मैं समझती हूं, क्या तुम्हारा मतलब मिस मेरी हैडसन से तो नहीं है।' उसने रजिस्टर की अपनी ओर सरकाया और उसमें ढूंढ़ने लगा। हां, मिस हैण्डरसन, लम्बी, सांवली और ताजगी-भरी चुस्त युवती है। मेरी अनुमान है यही होगी। जिस समय वह यहां आयी थी वह पतली सिल्क का ईवनिंग गाउन पहने थी। वह बारह तारीख को यहां आई थी। वह यह जानकारी देने के बाद प्यूला की ओर देखकर मुस्कराने लगा।

'ये है मिस हैंडरसन।'

'बहुत ठीक, वह कब यहां आई थी?' मैंने दोबारा पूछा।

वह रजिस्टर में पुनः ढूंढ़ने लगा—

'बारह तारीख को छः बजे।'

'उसने अपना स्थायी पता क्या बताया था?'

'मुझे खेद है, उसने पता नहीं बताया।'

'वह कब चली गई?'

'वह तेरह तारीख को ही होटल छोड़ गई थी, जबकि कमरा एक सप्ताह के लिए रिजर्व था।'

'क्या उसके पास कार थी?'

क्लर्क प्यूला की ओर बड़े प्यार से देख रहा था। वह प्यूला को प्रभावित करने की हर संभव कोशिश कर रहा था। बोला मैं समझता हूं उसके पास कार नहीं थी। लेकिन यहां आने के बाद उसने एक कार की व्यवस्था करने को कहा था। उसका कहना था कि शाम को बाहर जाने के लिए उसे कार की आवश्यकता पड़ेगी।'

'क्या तुमने कार की व्यवस्था की थी?'

'ओह, हां हमने एकमी गैरिज को फोन करके एक कार की व्यवस्था कर दी थी। मैं समझता हूं आप उस गैरिज से परिचित होगे?'

'हां, मैं जानता हूं।'

फैरीज ने एक कार मिस हैंडरसन को साढ़े छः और सात बजे के बीच में दी थी।'

'क्या उससे यहां कोई मिलने आया था?'

वह थोड़ी देर तक सोचता रहा।

'एक भद्र पुरुष, शायद शाम को दोपहर बाद उससे मिलने आया था। लेकिन यह तेरह तारीख थी। उसने अपना कमरा कैन्सिल कराया तभी वह यहां से गया था।'

मैंने एक सिगरेट जलाई, क्या तुमने उसे देखा था?'

'हां, वह यहां मेरे पास आया था और उसके बारे में पूछा था।' क्लर्क ने अपना मुंह रूमाल से माफ किया और प्यूला की ओर देखने लगा। वह अब तक कई बार नीच-नीचे प्यूला की ओर देख चुका था।

'क्या तुम उसके बारे में विस्तार से बता सकते हो?'

'वह एक वृद्ध पुरुष था। वह काफी अच्छे कीमती कपड़े पहने था। उसकी नाक नुकीली थी और पैर छोटे-छोटे थे। उसने अपना नाम फ्रैंकन मार्शलैण्ड बताया था।'

मैंने हल्की सी सांस छोड़ी। मेरी आशंका सत्य में बदलती जा रही थी।

और जब उसने होटल छोड़ा तब वह कुछ अस्त-व्यस्त सी थी?'

'मैं इस बारे में नहीं कह सकता लेकिन थोड़ी सुस्त जैसी थी। वह यहां से जाने को उत्सुक दिखाई दे रही थी। मुझे भी आश्चर्य हुआ था कि उसके एक सप्ताह के लिए कमरा बुक कराया था।

'क्या उसने कोई टैक्सी ली थी?'

'मेरा विश्वास है कि उसने टैक्सी ली थी। दरबान को इस बारे में ज्यादा मालूम होगा।'

'यदि हम यह जान सकें कि वह किस टैक्सी में यहां से गई थी तो यह पता चल सकता है कि वह किस ओर गई है। क्या तुम टैक्सी ड्राइवर से मिला सकते हो?'

'मैं दरबान से इस बारे में मालूम करता हूं, थोड़ा इंतजार कीजिये।'

अवश्य हम शायद इस बारे में काफी कुछ प्रगति कर रहे हैं।' मैंने कहा।

क्लर्क दरबान के पास चला गया और हम दोनों वहां बैठ गये। मुझे आश्चर्य इस बात का हो रहा था कि मार्शलैण्ड का क्या मतलब हो सकता है उससे मिलने का। मैं सोचने पर विवश होता जा रहा था कि वह मार्शलैण्ड डैड्रिक के अपहरण के बारे में काफी कुछ जानता है। और ऐसा लगता है कि यह भी उसमें शामिल है।

'क्या हम इस बात को जानते हैं कि अपहरण के समय वह कहां था?'

'मैं इस प्रकार नहीं सोच रहा, क्योंकि वह स्वयं इस काम में कुछ नहीं कर सकता। हां, यह हो सकता है कि उसने किसी को इसके लिए ले किया हो। किराये पर भी तो ऐसा कराया जा सकता है।'

तब तक क्लर्क आ गया। और हम चुप हो गये।

'दुर्भाग्यवश, पोर्टर (दरबान) इस बारे में कुछ नहीं बता सका,उसका कहना है कि उसे मिस हैण्डरसन के बारे में तो ध्यान है लेकिन टैक्सी के बारे में कोई ध्यान नहीं हे। इतना जरूर मालूम है कि टैक्सी का इंजन चालू था।

'कोई बात नहीं, बहुत-बहुत शुक्रिया जनाब, मैंने तुम्हारा बहुत समय नष्ट किया है इसके लिए पुनः धन्यवाद। मुझे अब वह कार तलाश करनी पड़ेगी। गैरिज तो पीछे की ओर है न?'

उसने बताया कि गैरिज पीछे है।

मैंने प्यूला की ओर देखकर कहा, 'तुम ज्यादा परेशान मत हो, मुझे आशा है हम उसे तलाश कर लेंगे।'

प्यूला ने उसकी ओर मुस्कराकर उसका धन्यवाद किया। वह अपने घुंघराले बालों में उंगलियां घुमाने लगा।

जैसे ही हम रिसेप्शन से बाहर आ रहे थे, वहां उपस्थित लोग पुनः प्यूला की टांगों की ओर देखने लगे थे।

गैरिज के इंचार्ज ने हमको उस काली लिंकन कार को दिखाया जिसे मिस हैडरसन ने किराये पर लिया था और कहा, मुझे आश्चर्य है कि फेरीज ने अभी तक इसको वापस क्यों नहीं मंगाया। वह भी प्यूला की ओर आकर्षित होकर देख रहा था।

'क्या तुम्हें याद है कि बारह तारीख की रात को कितने बजे यह इस गाड़ी को वापस यहां लाई थी?'

'मैं तुमको यह बता सकता हूं। हम जो भी कार यहां आती है उसका समय और मेकर नोट कर लेते हैं।

जब वह ऑफिस में चला गया तो मैंने कार का निरीक्षण किया। मैंने अपना हाथ सीट के नीचे डाला, नीचे की कारपेट को उल्टा और उसकी जेबों को देखा इस आशा से कि शायद

उसमें मुझे कुछ मिल जाये। शायद वह इसमें कुछ भूल गई हो, लेकिन मुझे उसमें कुछ नहीं मिला।

इंचार्ज वापस आ गया।

'वह उसे यहां ग्यारह बजने में बीस मिनट पहले लाई थी।'

'क्या तुमने उसे देखा था?'

'मैंने देखा तो होगा, लेकिन मुझे याद नहीं है।

'यह बहुत अच्छा होगा यदि तुम्हें याद आ जाये। तो भी कोई बात नहीं। अच्छा ओ. के.।' मैंने कहा और एक व्यूक उसे थमाकर उसे धन्यवाद दिया।

हम वापस अपनी व्यूक में आ गये। अब साढ़े छः बज रहे थे।

'मैं तुमको ऑफिस में छोड़ दूंगा। ट्रिक्सी को वापस घर पर भेज देना।' मैंने कहा।

'और तुम?' प्यूला ने पूछा।

'मैं मार्शलैण्ड से बात करने जा रहा हूं।' मैंने कहा और अपनी कार तेजी से ऑफिस की ओर मोड़ दी।

□ □

जब मैं ओसीन एण्ड की ओर जा रहा था। मेरे दिमाग में विचारों का बवण्डर घुमड़ रहा था।

यह सच था कि मैं अभी तक पेरली को जेल से बाहर लाने के लिए कुछ भी नहीं कर पाया था। बस कुछ ही सूत्र मेरे हाथ लगे थे। लेकिन मैं इतना जरूर महसूस कर रहा था, कि देर या सवेर मैं इस केस को खोलकर सच्चाई जरूर सामने ला दूंगा। आखिरकार मुझे काम करने के लिए कुछ मशाला तो मिल ही गया है, और मैं समझता हूं कि मिफलिन को जो केस मिला है, उससे भी महत्वपूर्ण केस मुझे मिल गया है। कितना अच्छा हो यदि दोनों का आपस में कोई सम्बन्ध स्थापित हो जाये।

सेमी की हत्या कर दी गई, क्योंकि उसे इस विषय में बहुत कुछ जानकारी थी, जिससे पेरली को मुक्त कराया जा सकता था। इससे यह सिद्ध हो जाता है कि पेरली को इस केस में व्यर्थ फंसाया गया है वह इस बारे में अनभिज्ञ है और निर्दोष है।

यदि मैं, मिसेज फैरीज का विश्वास करूं कि डैड्रिक पैरिस में नशीली चीजों (अफीम) का तस्कर व्यापारी था, बाद में वह सरीना से मिला था तो उसका अपहरण क्यों किया गया? क्या उसने बैरत को तस्कर का काम सौंप देने का फैसला किया था क्योंकि उसने सरीना से शादी कर ली थी, और बैरत ने उसे मार डाला। यह भी हो सकता है कि अपहरण का झूठा मामला बनाकर मरीना से रकम ऐंठने का विचार उसने बनाया हो? यह भी एक संभावना हो सकती है।

अब मेरा दिमाग मार्शलैण्ड की ओर गया। क्या अपहरण के मामले में वह कुछ जानता है? मान लिया कि यदि सौकी ने मार्शलैण्ड को यह बताया हो कि डैड्रिक का सम्बन्ध बैरत से हो गया है, तो अपनी लड़की को बदनामी से बचाने के लिए उसने किसी को किराये पर लेकर डैड्रिक का अपहरण करा दिया हो। यह विचार कुछ मजबूत लगाता था। जो भी हो मार्शलैण्ड

इस अपहरण में किसी न किसी तरह शामिल जरूर है। लेकिन उसे देखने पर कोई भी आदमी इस तरह का अन्दाजा नहीं लगा सकता।

लेकिन मेरी जेरोम इन तमाम शंकाओं में कहां से आ गई? वह कौन थी? ब्राण्डन ने उसे ज्यादा महत्व नहीं दिया और उसकी जानकारी करना जरूरी नहीं समझा क्यों? मार्शलैण्ड को उसकी जानकारी करना जरूरी नहीं समझा क्यों? मार्शलैण्ड को उसकी जानकारी करने में कोई देर नहीं लगी। उसे किस तरह मालूम कि वह कहां ठहरी थी? वह उसके पास क्यों गया था? उसने बातचीत करते समय दरवाजा बंद क्यों कर दिया था?

मैं जानता था कि इस षड्यंत्र का भंडाफोड़ जरूर कर सकता हूं, लेकिन मेरे हाथ ज्यादा लम्बे नहीं थे। मुझे अभी और बातों की जानकारी करनी पड़ेगी।

मार्शलैण्ड से किस ढंग से बात की जाए। वह इतना सरल नहीं है कि आराम से कुछ बता देगा। लेकिन वह इस बात से इंकार नहीं कर सकता कि वह बैंच होटल गया था, इसके लिए क्लर्क गवाही देगा।

मैं प्राइवेट रोड से ड्राइव करता हुआ ओसीन एण्ड पहुंच गया, शाम का सूरज अभी भी हवा में गर्मी पैदा कर रहा था।

काली कैडलक गाड़ी उसी जगह खड़ी थी जहां पहले खड़ी थी, अब मैं यहां आया था। वे दोनों चाइनीज माली एक गुलाब रोप रहे थे।उन्होंने गुलाब की कलमें एक टोकरी में रखी हुई थीं और वे उसमें से निकाल-निकालकर रोप रहे थे।

हंसावर घूम रहे थे। उन दोनों मालियों ने मेरी ओर कोई ध्यान नहीं दिया, वे अपने काम में लगे रहे।

मैं सीढ़ियों से चढ़ता हुआ द्वार पर जा पहुंचा और अपने अंगूठे से घंटी का बटन दबा दिया।

बैडलक ने दरवाजा खोला। उसकी भूरी पलकों के नीचे गहरी हो गई आंखों ने मुझे देखकर कोई उत्साह नहीं दिखाया।

'हैलो।' मैंने कहा, 'मैं मि. मार्शलैण्ड से बात करना चाहता हूं, क्या वे अंदर है। उन्हें सूचित कर दो।'

'क्या आप अंदर नहीं जायेंगे मि. मेलो?' और वह एक ओर को हटकर खड़ा हो गया। मुझे यकीन नहीं है कि मि. मार्शलैण्ड अंदर है।'

मैं धीरे-धीरे चलकर हाल में आ गया। यहां रोशनी कम थी और ठंडक थी। मैंने अपना हैट उतार लिया और इधर-उधर देखकर बोला, 'क्या तुम उनको बैच होटल कह दोगे? यह एक संकेत शब्द है।

बैंच होटल?'

'हां, और तुम्हें यह देखकर आश्चर्य होगा कि वह कितनी जल्दी दौड़कर वहां जाते हैं। क्या मैं अंदर जा सकता हूं?'

'जैसी आपकी इच्छा।'

'मिसेज डैड्रिक कैसी है?' मैंने पूछा, 'मैंने सुना है वे स्वस्थ नहीं है।'

ऐसी अप्रत्याशित घटनाओं के बीच जितनी अपेक्षा की जा सकती है उतनी ही स्वस्थ है।'

मैंने उस वृद्ध को बड़े गौर से देखा लेकिन उसके चेहरे पर किसी प्रकार के भाव नहीं थे। मैं अंदर की ओर चला गया। काफी दिन पहले मैं यहां आया था। मैंने बरान्डे की ओर देखा जहां सरीना अपने प्रियतम के बारे में बैठी सोच रही थी। वहां और कोई नहीं था। मैंने एक सिगरेट निकालकर जलाई और धुआं दीवार पर टंगे लम्बे मैक्सिकन ड्रैस पर छोड़ दिया।

लगभग दस मिनट पश्चात मैंने किसी की पदचाप सुनी। जो किसी के सीढ़ियों से उतरने की थी।

सरीना डैड्रिक अंदर आई। वह एक साधारण सफेद लिबास पहने थी और एक गुलाब का फूल बालों में लगाए थीं। उसका चेहरा रूखा हो गया था। मैंने उठकर उसका स्वागत किया तो उसने हाथ के इशारे से मुझे बैठे रहने को कहा।

बैठे रहो, क्या व्हिस्की और सोडा लोगे?'

अभी कोई आवश्यकता नहीं थी। धन्यवाद, मैं आपके पिता से मिलने आया था। क्या आपको बैडलक ने नहीं बताया।'

'मेरे पिता न्यूयार्क वापस लौट गये हैं। वे कल चले गये।' उसने कहा, वह मुझसे विपरीत दिशा में देख रही थी। 'तुम किस बारे में उनसे मिलना चाहते थे?'

मैंने व्हिस्की सिप की। वह फौर ग्रेज व्हिस्की थी और बहुत बढ़िया थी। मुझे आश्चर्य हुआ कि बैडलक ने इसकी सूचना इसे क्यों दी और उसे मुझसे मिलने आने के लिए क्यों कष्ट दिया। मैं यह विचार कर निश्चिंत हो गया कि शायद यहीं मुझसे मिलना चाहती हो।

'मैं उनसे कुछ विशेष बातें करना चाहता था मिसेज डैड्रिक। लेकिन जब वे यहां नहीं है तब कोई बात नहीं। क्या मैं उनके न्यूयार्क का पता जान सकता हूं?'

'क्या यह बहुत जरूरी है?'

'कुछ बातें हैं जो मैं उनसे पूछना चाहता हूं। मैं उनसे टेलीफोन पर बात कर लूंगा।'

'वे दूर जा रहे हैं इस बात से वे परेशान हो जायेंगे। मैं वहीं समझती कि तुम उनको पा सकोगे। वह काफी देर तक चुप रहने के बाद बोली।

मैंने आधी व्हिस्की समाप्त कर दी थी। उसे पूरा खाली कर गिलास मेज पर रखकर मैं खड़ा हो गया।

ऐसी कोई बात नहीं है और यह जरूरी भी नहीं है।'

उसने मेरी ओर देखा, उसकी आंखों में आश्चर्य था।

'लेकिन क्या तुम मुझे बता सकते हो यह क्या बात है?'

'तुम्हारे पति के अपहरण के एक दिन बाद मि. मार्शलैण्ड एक लड़की से मिले थे जो अपने आपको तुम्हारी सेक्रेटरी बताती थी। जिसका नाम मेरी जेरोम था। उन दोनों की बातचीत बैंच होटल में हुई थी, जहां वह औरत ठहरी हुई थी। मैं यह जानना चाहता हूं कि क्या बातचीत हुई थी और उनको उसके यहां ठहरने के बारे में कैसे जानकारी हुई।'

'मेरे पिता।'

वह तनकर खड़ी हो गई।

'हां, उन्होंने होटल क्लर्क को अपना नाम बताया था। वह गवाही देने को तैयार है।'

'लेकिन मैं ऐसा नहीं समझती। यह कैसे हो सकता है। वह किसी औरत को नहीं जानते।'

'वे दोनों मिले हैं और बातचीत भी हुई है। मैं यही मालूम करना चाहता हूं कि क्या चाहता हूं कि क्या बातचीत हुई मैं इस बात की सूचना ब्राण्डन को दूंगा।

उसकी आंखें क्रोध से जलने लगी।

'क्या तुम धमकी दे रहे हो?'

'यदि तुम ठीक समझती हो तो उसका बुला लो।'

'मेरे पिता यूरोप के लिए हवाई यात्रा पर गए हैं आज ही शाम। वे अभी शायद जा ही रहे होंगे। मुझे कुछ पता नहीं है कि वे छुट्टियां कहां बितायेंगे। वे अक्सर आराम करने के लिए कहीं भी चले जाते हैं। जहां उनकी इच्छा होती है।'

'क्या इस बारे में तुम कोई अनुमान लगा सकती हो। वह इस औरत से मिलने क्यों गये थे।

'नहीं।'

वह खिड़की के पास खड़ी बाहर की ओर देख रही थी, मैं भी उसके पास जा खड़ा हुआ।

'मिसेज डैड्रिक मेरे दिमाग में एक सवाल है जिसे में तुमसे पूछना चाहता हूं।

वह बाहर की ओर ही देखती रही। हंसावर यहां से साफ दिखाई दे रहे थे।

'अच्छा, पूछो।'

'क्या तुम समझती हो कि निक पेरली ने तुम्हारे पति का अपहरण किया है।'

'हां, वास्तव में।'

'वास्तव में क्यों? ऐसा निश्चय कैसे?'

वह तेजी से घूमी-

'मैं इस बारे में बात नहीं करना चाहती। यदि तुम्हारे पास कोई और बात कहने के लिए नहीं है तो तुम जा सकते हो। मुझे क्षमा करो।'

'मैं नहीं समझता कि पेरली ने उसका अपहरण किया है।' मैंने कहा, 'तुम्हें यह बात ध्यान में रखनी चाहिये कि तुम्हारे पिता तुम्हारे पति को पसन्द नहीं करते थे।'

वह धीरे से मुड़ी। उसके चेहरे का रंग बदल गया था और कठोर हो गया था। उसकी आंखों में भय झलक आया था जिसे मैंने अच्छी तरह देखा।

'तुम्हारी इतनी हिम्मत। मैं तुम्हारी कोई बात सुनना नहीं चाहती, तुम्हें यहां आकर इस प्रकार के सवाल पूछने का कोई अधिकार नहीं है। मैं पुलिस से इसा बात की शिकायत करूंगी।'

वह चिल्लाती और बड़बड़ाती हुई बाहर चली गई।

मैं वहीं खड़ा रोशनी की ओर देख रहा था। वह झगड़ा करने पर क्यों उतर आई? क्या उसे इस बात की जानकारी है कि मार्शलैण्ड का अपहरण से कोई सम्बन्ध है?'

मुझे अपने पीछे आहट महसूस हुई।

वैडलक दरवाजे में खड़ा प्रतीक्षा कर रहा था।

मैंने कमरे को पार किया और उसके पास चुपचाप जा खड़ा हुआ।

'क्या वास्तव में मि. मार्शलैण्ड यूरोप चले गए हैं?' मैंने पूछा, उसकी बूढ़ी आंखों में कोई परिवर्तन नहीं दिखाई दिया, वह बोला, 'वास्तव में सर—।'

'क्या सौकी ने तुमको डैड्रिक के बारे में बताया था कि वह अफीम की तस्करी करता है?'

मैं उसके बिल्कुल पास जा खड़ा हुआ था और धीरे से मैंने यह बात कही थी। वह जितना बुड्ढा था उतना ही तजुर्बेकार भी था। उसकी आंखों में कोई भी विशेषता नजर नहीं आई, लेकिन मैं जानता चाहता था।

उसका मुंह फैल गया और आंखें चौड़ी हो गई।

'सौकी मुझे क्या बताता...।'

वह कहते-कहते रुक गया। थोड़ी देर वह गुस्से में दिखाई दे रहा था।'

'तुम्हारा हैट श्रीमान।'

मैंने अपना हैट उठाया और सिर के पीछे खौंस लिया।

'क्षमा करना वैडलक।' मैंने कहा, 'और इस बारे में अधिक मत सोचना।'

उसने मेरे पीछे दरवाजा बंद कर लिया। मैंने पीछे मुड़कर देखा वह मुझे शीशे से घूर रहा था। मैंने सोचा यह मेरी निगरानी करता रहेगा। इसलिए मैं सीढ़ियां उतरकर नीचे आ गया।

यदि सौकी ने उसे बताया होगा तो उसने मार्शलैण्ड को भी बताया होगा। मैं प्रगति कर रहा था। मैं अपनी ब्यूक गाड़ी में बैठ गया। मैं कुछ भेद समझ गया था जिसे खोलना चाहता था, लेकिन क्या?

मैंने एक सिगरेट निकालकर जलाई और तीली खिड़की से बाहर सड़क पर फेंक दी, मैं धीरे-धीरे कुछ सोचता हुआ कार ड्राइव करने लगा।

पेरली ने फ्रैन्कन को बताया था कि वह अपहरण की रात को बैटिलो के साथ डेल्मोनिको बार में ताश खेलता रहा था। उसने बताया था कि उसने बेटिलों को दस बजकर तीस मिनट पर छोड़ा था और बैटिलो का कहना है कि उस समय साढ़े नौ बजे थे। क्यों? क्या बैटली इसमें शामिल है या यह उसको रिश्वत दी है? यदि उसको रिश्वत दी गई है तो किसने उसे रिश्वत दी है? अब तो शाम हो चुकी है। वह पेरली के बारे में जानकारी करने का अच्छा समय था। मैं परेशानी अनुभव कर रहा था। दो-दो लड़कियों की आज हत्या की जा चुकी थे। एक लम्बा समय पुरुष धूप का चश्मा पहने मुझे रास्ते से हटाने की कोशिश कर चुका था। संसार की चौथे नम्बर की धनाढ्य महिला मुझसे झूठ बोल चुकी थी। मैंने डेल्मोनिको की बार में जाने का निश्चय कर लिया और मैंने तट की ओर गाड़ी बढ़ा दी।

मेरी भावनाओं और विचारों में कठोरता आ गई थी।

□ □

प्यूला का शीतल और शांत स्वर रिसीवर में गूंजा, 'गुडईवनिंग। यूनिवर्सल सर्विस।'

'क्या तुम बिल्कुल अकेली हो?' मैंने पूछा। मैं जिस कालवाक्स से टेलीफोन कर रहा था वह इतना गर्म हो रहा था जितना सर्कस का टैंट हो जाता है। मैंने अपना हैट सिर पर पीछे की ओर सरका दिया। कालबाक्स में मुझसे पहले जो आया था उसके कपड़ों पर शायद सैन्ट लगा था, अभी तक वहां के वायुमण्डल में उसकी गंध भरी थी।

'ओह, विक, हां, मैं अकेली ही हूं। अब तक तुमने क्या पाया?'

'कोई भेद नहीं खोल सका, क्या तुम मुझसे एक वादा करोगी?'

'क्या?'

'कभी नाइट एण्ड डे इत्र मत लगाया करो। यह बड़ा खतरनाक है।'

यह अच्छी रही, तुमने उसे क्यों खरीदा था। न तुम लाते न मैं लगाती।'

'यह काल-बाक्स अभी तक उसकी महक से भरा हुआ है।'

'क्या हुआ विक?'

'मार्शलैण्ड छुट्टियां बिताने के लिए योरोप चला गया है। यह मुझे सरीना ने बताया है। मैं शर्त लगाकर कह सकता हूं कि वह अपने को छिपाने की नीयत से कही चला गया है। अपहरण के मामले में कहीं न कहीं वह जुड़ा हुआ है। सरीना यह सुनते ही असंचित हो गई थी और नाराज होकर चली गई थी।

यह तो बुरी बात है।'

'वह भयभीत थी। मैं समझता हूं कि वह अकेले में इस पर विचार करेगी। ये धनाढ्य और सम्पन्न लोग बड़ी-बड़ी गंभीर बातें छुपाने में बड़े कुशल होते हैं। खानसामा भी ऐसा ही प्रदर्शित कर रहा था। लेकिन वह अच्छी तरह ट्रेण्ड है। मैंने उससे सौकी के बारे में पूछा था कि क्या सौकी ने तुमको डैड्रिक के बारे में बताया था कि वह स्मगलर है। तुम्हारी क्या राय है?'

'यह बात पेरली की मदद नहीं करती?'

'तुम बिल्कुल ठीक कहती हो, यह बात उसकी कोई मदद नहीं करती। अब मैं उसके लिए कुछ करने को सीधे रास्ते में जा रहा हूं। एक जरूरी बात यह है कि तुम सावधान रहना। क्या तुम एक केवल जैक के पास भेज दोगी? उसको बता देना कि अब तक डैड्रिक के बारे में मैंने क्या-क्या मालूम किया है। उससे कहना कि वह जल्दी ही अपना काम समाप्त करके लौट आए।'

प्यूला ने कहा कि वह केवल भेज देगी।

'जब तुम इस काम को कर लो, ऑफिस बंद करके घर चली जाना।'

'तुम क्या कर रहे हो?'

'मैं कुछ और खोज कर रहा हूं।'

'सावधानी से काम करना, विक।'

मैंने उसे बताया कि मैं सावधान रहूंगा, और इस समय एक खतरा उठाने जा रहा हूं। इससे पहले कि वह और सवाल पूछे मैंने रिसीवर टांग दिया।

मैं अपनी ब्यूक गाड़ी में जा बैठा और मोण्ट वरडे ऐवेन्यू की ओर चल पड़ा। मेरा टेरेस्का ने अपना मोण्ट वरडे एवेन्यू नं. 245 बताया था। एक छोटा चित्रकारी किया हुआ बंगला जहां बगीचा है उसी के पड़ोस में।

कुछ देर बाद मैं वहां पहुंच गया।

मैंने गाड़ी खड़ी की और लकड़ी के दरवाजे को हल्के से धक्का दिया।

थोड़ा-सा दरवाजा खुला और मेरा ने पूछा, 'कौन है?'

'मेलोय।'

उसने कुण्डी खोली और फिर पूरा दरवाजा खोल दिया। उसके पीछे अंधेरा गलियारा था।

'अंदर आइये।'

मैं उसके पीछे-पीछे एक कमरे में आया जिसमें रोशनी थी। मुझे बड़ा आश्चर्य हुआ कि उसकी रुचि चीन की बनी हुई रत्न जड़ित गुड़िया और गद्दे तकियों में कैसे हैं। वहां चीनी समान अधिक दिखाई दे रहा था।

यह सलेक्स पहने हुए थी उसकी आंखें बोझिल थीं और चेहरा पीला दिखाई दे रहा था। वह ऐसी नहीं दिखाई दे रही थी, कि वह रात को पूरी नींद सोयी हो।

उसके बारे में अब तक क्या किया है?' उसने पूछा और अलमारी में से एक स्कॉच की बोतल, गिलास और बर्फ निकाली, मैं रात भर फर्श पर ही टहलती रही हूं। मैं सोचती रही हूं कि पिछले चौबीस घण्टों में क्या हो गया है।'

मैं एक आरामकुर्सी में धंस गया था।

'किया तो बहुत कुछ है, लेकिन हमारे मतलब का उसमें कुछ भी नहीं है। आज एक छोटे से काम में तुम मेरी मदद करो। इससे पहले कि मैं तुम्हें काम के बारे में बताऊं, पहले यह जान लो कि अब तक क्या हुआ है।'

वह खाली अंगीठी के पास अपने हाथों को पैण्ट की जेब में डाले खड़ी थी। उसने एक सिगरेट निकालकर अपने होठों में दबा ली, उसका चेहरा शांत और स्थिर था जब मैं उससे बात कर रहा था।

'मैंने कुछ सच्चे तथ्य इकट्ठे किए हैं, लेकिन उसका कोई प्रूफ नहीं है, और हमें प्रूफ चाहिये जिससे कि अदालत में खड़ा हुआ जा सके। अब अगला कदम प्रमाण एकत्रित करना है और यह तभी प्राप्त हो सकते हैं जब बैरत से झगड़ा किया जाए। और दूसरा तरीका यह है कि हम निक पेरली के चरित्र को ठीक करें। यह मुझे आसान लगता है। उसने फ्रैन्कन को बताया था कि वह जो बेटिलों के साथ साढ़े आठ बजे से साढ़े दस बजे तक ताश खेलता रहा था, जबकि बैटिलों का कहना है कि हमने डेल्मोनिको की बार को साढ़े नौ बजे छोड़ दिया था। बैटिलो गिरे हुए चरित्र वाला आदमी है। उसने अपनी मां को एक डालर में बेच दिया था। मैंने यह फैसला किया कि आज रात को स्वयं वहां जाकर देखूं कि इस बात का कोई प्रमाण प्राप्त हो सकता है कि पेरली ने कितने बजे उस स्थान को छोड़ा था। यदि मुझे कोई ऐसा आदमी मिल जाता है तब तो ठीक और यदि नहीं मिलता है तब मैं बैटिली को ही पकड़ूंगा और इस बात के लिए सवाल डालूंगा कि वह विक पेरली के वहां से जाने के बारे में समय ठीक बताये। इसके लिए यदि मुझे बल प्रयोग भी करना पड़ा तो करूंगा। क्या यह काम तुम्हारे यहां ठीक रहेगा?'

वह थोड़ी मुस्कराई।

'यह बहुत ठीक है, तुम बात कर देखो, अन्यथा मैं उससे बात करूंगी।'

'हम दोनों ही कोशिश करेंगे। क्या निक का कोई मित्र है?' कोई बड़ा और प्रभावशाली आदमी जो बेटिलों को हमारे अनुसार बनाने में सहायता कर सके। वह आसानी से मानने वाला नहीं है।'

मेरा ने अपने सिर को झटका—

'निक किसी को आसानी से मित्र नहीं बनाता। हमारी मित्रता हुए थी अधिक समय नहीं हुआ है। मैं तुम्हारी सहायता करूंगी।'

'नहीं, यह ऐसा काम नहीं है जिसमें तुम्हारे जैसी लड़की को साथ लिया जाए। मैं माइक फिनेगन को साथ ले लूंगा। वह हमेशा परेशानी उठाने को तैयार रहता है।'

'मैं इस कार्य को करूंगी। मैंने यहां बैठे रहकर थोड़ा-सा काम किया है। मैं बंदूक चला सकती हूं, मैं तुम्हारे मित्रों में ज्यादा उपयुक्त हूं। मुझे बताओ क्या करना है, मैं वहीं कर दिखाऊंगी।'

मैंने अच्छी तरह उसका अध्ययन किया और यह तै किया कि उसको एक अवसर दिया जाए।

'देखो, हमें कोई गलती नहीं करनी चाहिये। हम इस आदमी को मारना नहीं चाहते। हम उसको सच बोलने के लिए विवश करना चाहते हैं।'

उसने बड़ी दृढ़ता से मेरी ओर देखा—

'उसे यहां ले आओ, और मैं उसे विवश कर दूंगी।'

मैं खड़ा हो गया।

'अच्छा, आओ, अब हमें चलना चाहिये।'

उसने एक ड्राअर खींचकर खोला और उसमें से 25 वोर का रिवाल्वर निकालकर चैक दिया और अपनी पाकेट में रख लिया। उसने अपनी व्हिस्की समाप्त की और शीशे में अपना चेहरा देखा।

'देखो, मैं लड़ाकू लगती हूं न। मुझे खुशी है कि निक मुझे देखने के लिए यहां नहीं है।'

यदि वह यहां होता तो कितना खुश होता, तुम्हें इस वेश में देखकर।' और मैं दरवाजे की ओर बढ़ गया।

'उसने लाइट आफ की और मेरे साथ-साथ बगीचे के रास्ते से ब्यूक गाड़ी तक आ गई।

'सोचो, यदि हम बैरत को बात करने के लिए चुने तो?' वह कार में बैठकर बोली। क्या उससे मद नहीं मिल सकती?'

'मैं उस आदमी पर इस तरह कार्य करना ठीक नहीं समझाता।' मैंने समुद्र तट की ओर कार ड्राइव करते हुए कहा। इस तरह का काम तो बैटिलो जैसे आदमी के साथ ही ठीक रहेगा। वह भी बहुत महत्वपूर्ण है। उसके विरुद्ध काम करने में हमें भारी सूझ-बूझ और परिश्रम करना पड़ेगा। गवाही देने जैसा काम उसका नहीं है।'

'यदि तुम निक को बचा नहीं सकते, तो मैं बैरत को छोड़ नहीं सकती।' उसने सस्ती और दृढ़ निश्चय के साथ कहा, 'कोई बात है, जिसके लिए मैंने स्वयं से वादा किया है।'

मैंने डेल्मोनिको की बार से कुछ गज के फासले पर कार खड़ी कर दी।

अभी हमें निक की रक्षा करनी है।' मैंने कहा, बैरत के विरुद्ध कार्य करने के लिए तो पर्याप्त समय है। यदि हम कानूनी तरीके से कुछ नहीं कर सकते तब और रासतों की बात आती है। क्या तुम यहां कभी आई हो?'

'क्यों नहीं। निक यहां हर रात को आया करता था, मैं भी आई हूं।'

'मैं उस कमरे को देखना चाहता हूं जहां पेरली और बैटिली ताश खेला करते थे। क्या तुमने उसे देखा है?'

'यदि किसी ने उसे इस्तेमाल न किया होगा तो मैं दिखा सकती हूं।'

'हमें वहीं चलकर तलाश करना चाहिये।'

हम लकड़ी की पांच सीढ़ियां चढ़कर बार में पहुंच गए। अंदर काफी रोशनी थी और लोगों की भीड़ लग रही थी। लड़कियां अपने-अपने पुरुष जोड़ों के साथ इधर से उधर घूम रही थीं या किसी मेज पर आमने-सामने बैठकर व्हिस्की का आनन्द ले रही थी। संगीत की धुन बज रही थी। कमरे में धुयें के बादल उमड़ रहे थे।

वहां का दृश्य कुछ इस तरह का था जैसा कि फिल्मों में किसी बार का दिखाया जाता है।

मेरा को शायद रास्ते के बारे में जानकारी थी। वह धूल भरे फर्श को पार करती हुई बार में गई और एक बार मैन की ओर उंगली से इशारा किया।

मैं उसके पीछे खड़ा मुसीबत आने की प्रतीक्षा कर रहा था।

चार या पांच लम्बे तगड़े आदमी जो वार में थे आपस में बातें बंद करके उसकी ओर देखने लगे।

उन्होंने पीछे मुड़कर मेरी ओर भी देखा और फिर मेरा की ओर देखने लगे।

'हैलो, लड़की। उनमें से एक ने बड़ी नमी से कहा।

अब मैंने सोचा मुसीबत शुरू हो गई है। मैंने उसे यहां लाकर बड़ी मूर्खता की है। गवाही प्राप्त करने के लालच में, मैं अकेला पहलवानी के इस झुण्ड का किस तरह प्रतिरोध कर सकूंगा।

मेरा, उन चारों की ओर देखते हुई मुड़ी और दो चार शब्द उनको कहे। वे लोग अपने अपने स्थानों पर बैठ गये।

मेरा ने एक बार मैंने से, जो नीचे-नीचे उसकी ओर देख रहा था, कुछ कानाफूसी की तथा अपने अंगूठे से सीढ़ियों की ओर इशारा किया।

'आओ।' उसने कहा, 'हम ऊपर जा सकते है।'

हम भीड़ में से निकलकर सीढ़ियां चढ़ने लगे।

मैं तुम्हें लेकर गलत जगह आ गया हूं।' मैंने कहा, 'हमें शांत ही रहना चाहिये।'

मैं अपनी सुरक्षा कर सकती हूं।' वह बोली, मैंने अपना अब तक का जीवन आदमियों के बीच में ही बिताया है।' उसके चेहरे पर दृढ़ता थी। बार मैन बता रहा था कि बैटिलो आधे घंटे से पोकर खेल रहा है।'

'क्या तुम उसे रिश्वत दोगी?'

उसने अपने सिर को झटका दिया।

'वह मेरा मित्र है। अब हमको क्या करना है? जब तक वह दिखाई दे तब तक प्रतीक्षा करें और तब उससे झगड़ा करें।'

'हमें पहले उस स्थान को देखना चाहिये।'

'हम ऊपरी सिरे पर पहुंच गये, हमारे सामने एक लम्बा गलियारा था जिसके दोनों ओर दरवाजे थे।

गलियारे में चलते हुए मेरा ने बताया कि हमें कमरा नं. 15 में जाना है। उसने एक दरवाजे के हैंडिल को घुमाकर किवाड़ खोले। उसने स्विच दबाकर रोशनी की, और हमें दोनों उसके अंदर चले गये।

कमरा बड़ा था, उसके बीच में एक मेज थी जिस पर हरी रोशनी बिखरी हुई थी। उसके चारों ओर लगभग दस कुर्सियां थी। दो पीकदान नीचे रखे थे।

'ठीक है।' मैंने कहा, 'अब यह बताओ कि बाहर जाने का दूसरा कौन-सा रास्ता है जिसे निक इस्तेमाल किया करता था?'

उसने लाइट बंद की और हम गलियारे के अन्तिम सिरे की ओर बढ़ गये। एक दरवाजा एक बराण्डे में खुलता था और बाहर गली थी। एक लकड़ी का जीना बराण्डे से गली में जाने के लिए लगा था।

'ठीक है हम यहीं अंदर की ओर रुककर उसके आने की प्रतीक्षा करते हैं। यदि वह झगड़ा करेगा तो मैं उसे उठा ले जाऊंगा। पहले हम उसे राजी से चलने को कहेंगे क्योंकि वह वजन में हलका नहीं है।'

हम वापस गलियारे में मुड़ गये।

'क्या कोई अन्य कमरा खाली है, यदि तुमको जानकारी हो?'

'देख लो, शायद हो।' वह बोली। उसने पहले दरवाजे को खोला और रोशनी जलाई। अचानक उसमें से किसी की क्रोध-भरी चीख सुनाई दी और फिर भद्दी-भद्दी गालियां सुनाई देने लगी, वह हड़बड़ा कर मुड़ी और लाइट बंद कर दी।

'यह खाली नहीं है।' और वह दूसरे दरवाजे पर गई।

'एक मिनट रुको।' मैंने कहा और उसकी बांह पकड़ ली। यदि तुम ऐसा करोगी तो हम भारी मुसीबत में पड़ जायेंगे। हमें कमरा नं. 15 के दूसरी ओर कोशिश करनी चाहिये।'

हम कमरा नं. 15 के विपरीत दिशा वाले दरवाजे पर पहुंचे और मैंने धीरे से उसे खटखटाया। थोड़ी देर ही में हल्की-सी आवाज आई और दरवाजा खुल गया।

एक लम्बी थकी हुई औरत, झीना वस्त्र पहने दरवाजे में से झांकी। उसके श्रृंगार किए चेहरे पर मुस्कराहट आ गई और उसके होंठ कुछ खुल से गए।

'हैलो, हनी क्या मुझे देख रहे थे?'

बाद में उसने मेरा की ओर देखा और उसका चेहरा एकदम कठोर हो गया।

'तुम क्या चाहती हो...?'

उसका चेहरा जाना-पहचाना-सा था। मैंने अतीत में झांककर देखा, मुझे याद आया एक रात, जब मैं इसी गलियारे में मुसीबत में फंस गया था तब इसी औरत ने मेरी रक्षा की थी।

'मुझे पहचाना तुमने? लगभग दो साल पहले हम मिले थे।' मैंने कहा और मैं रोशनी की ओर चला गया ताकि वह मुझे पहचान सके। मैं खिड़की के रास्ते आया था जब कोरल गेवल्स के आदमी मेरे पीछे पड़ गये थे।

उसने मुझे घूरकर देखा और उसका चेहरा खिल उठा।

'तुम हो, मैं तो भूल ही गई थी। अब मुझे याद आया। तुमने मेरी सबसे अच्छी चादर खराब कर दी थी। तुम यहां क्या कर रहे हो? क्या ज्यादा मुसीबत में हो?'

'क्या हम अंदर आकर बात कर सकते हैं?'

उसने मेरा की ओर देखा।

'वह भी?'

'हां, यह मेरे साथ है।'

'इसे पता होगा कि पिछली बार हम मिले थे मैं उस मुलाकात को भूल नहीं सकती।' वह एक ओर हटकर खड़ी हो गई। अंदर आ जाओ। लेकिन छानबीन करने वालों के लिए यहां कोई जगह नहीं है।' उसका मतलब मेरा से था।

हम कमरे में चले गये जोकि छोटा-सा था और अधिकतर खाली था। एक पलंग, एक तिजोरी और एक अलमारी तथा एक गलीचा बस कुल इतना ही सामान यहां था।

'मैं पिछली बार तुम्हारा नहीं जान सका था। दीवार की दूसरी ओर देखकर मैंने कहा।

'लोला।' उस औरत ने पलंग पर बैठते हुए कहा। वह मेरा के सामने बात नहीं करना चाहती थी।

मेरा बड़े धीरज से कमरे के चारों ओर देख रही थी। लोला उसे घूर रही थी और कोई उपाय सोच रही थी जिससे वह कमरे में न ठहर सके।

'मैं फिर बैटिलो के विरुद्ध काम कर रहा हूं।' मैंने जल्दी से कहना शुरू किया । 'तुमको याद है? पिछली बार जब हम मिले थे तब भी वह उसी के चक्कर में था।'

'इस बार उसने तुम्हारे खिलाफ क्या काम किया है?' लोला ने पूछा और फिर रुचि लेते हुए बोली, मैं उस कमीने से घृणा करती हूं।'

'व्यक्तिगत रूप से मेरे साथ तो कुछ नहीं किया, लेकिन इस लड़की के मित्र के साथ किया है।' मैंने कहा और अपने हाथ से उसकी ओर इशारा किया, 'उसका नाम निक पेरली है।'

लोला की आंखें फैल गईं।

'वह आदमी जिसने डैड्रिक का अपहरण किया है मैंने उसके बारे में अखबार में पढ़ा था।' उसने मेरा की ओर देखकर कहा, 'क्या तुम ही पांच साल डालर ले गई थी?'

'एक मिनट ठहरो।' मैंने कहा और मेरा के कठोर होते जा रहे चेहरे की ओर देखकर बोला, 'तुम गलत समझ रही हो। पेरली ने डैड्रिक का अपहरण नहीं किया। वह इसमें फंसाया गया है। अपहरण के समय वह बैटिलो के साथ ताश खेल रहा था, लेकिन बैटिलो ने पुलिस को बताया

है कि वह उससे पहले ही चला गया था। यही कारण है कि मैं बैटिलो की तलाश में यहां आया हूं।

'उस आदमी ने अपनी मां को भी बेच दिया था। लोला ने दांत पीसते हुए कहा।'

अचानक मुझे एक विचार आया—

तुमने परेली को जाते हुए देखा था?'

'जाते हुए, कहां? तुम्हारा क्या मतलब?'

'वह बैटिलो के साथ कमरा नम्बर 15 में ताश खेल रहा था। उसका कहना है कि उसने बेटिलो को दस बजकर तीस मिनट पर छोड़ा था और बैटिलो का कहना है कि उस समय साढ़े नौ बजे थे। अपहरण ठीक दस बजे से पहले हुआ है।'

लोला ने कुछ विचार करने के लिए आंखें बंद कर ली थी।

'मुझे उसके बारे में याद नहीं आ रहा है।' थोड़ी देर बाद वह बोली, 'लेकिन मैंने शाम को काफी आदमियों को देखा था।'

वह सफेद लाइनों वाला सूट पहने हुए था।' मेरा ने कहा, और एक नेवी ब्लू कमीज और हाथ की प्रिन्ट की हुई टाई।'

लोला उछल पड़ी।

'क्या वही आदमी था? मैं उसे अच्छी तरह जानती हूं।' उसने मुझे बताया था कि उसका नाम—वह अचानक रुक गई शायद बीस वर्ष में पहली बार उसके चेहरे पर लाली दौड़ी थी।

काफी देर तक शान्ति छाई रही।

'मेरा बोली।' आगे कहो। मेरी चिन्ता मत करो। क्या उस रात वह तुम्हारे साथ था।'

लोला उठकर खड़ी हो गई। उसका चेहरा लाल हो गया था। उसकी आंखों में क्रोध छा गया था।

'चले जाओ तुम दोनों। मैंने बहुत कुछ बता दिया है, जाओ मैंने सब कुछ बता दिया है।'

'इतनी उत्तेजित मत हो।' मैंने जोर से कहा, 'यह बहुत जरूरी बात है लोला। परेली जेल में है। यदि तुम उसकी मदद कर सको तो तुमको करनी चाहिये। यदि तुम यह जानती हो कि वह यहां से साढ़े दस बजे गया था तो तुम उसकी रक्षा कर सकती हो। क्या उस रात यह तुम्हारे साथ था?'

'लोला ने एक दृष्टि मेरा पर डाली—

मैं कुछ नहीं बताऊंगी। वह बोली, 'जाओ यहां से तुम दोनों।'

'ठीक है मेरा। मैंने कहा और दरवाजे की ओर बढ़ गया। मैंने दरवाजा खोला और मेरा से धीरे से कहा, तुम कार में मेरी प्रतीक्षा करो, मैं थोड़ी देर लोला से बातचीत करके आता हूं। मैं दो मिनट मैं तुम्हारे पास आ जाऊंगा।

'वैटिला के बारे में क्या होगा?' मेरा बोली, 'अब वह थोड़ी ही देर में यहां आने वाला है।'

'वैटिलो की चिन्ता मत करो, कार में जाकर मेरी प्रतीक्षा करो।'

उसके जाने के बाद मैंने दरवाजा बंद कर दिया। मैंने सिगरेट का पैकिट निकालकर एक लोला को दी और स्वयं जला ली।

'सोचो, तुम एक औरत के सामने दूसरी औरत से उसकी गुप्त बात पूछ रहे हो।' उसने अप्रसन्नता से कहा। 'तुम किस तरह का भेद मुझसे जानना चाहते हो?'

मुझे खेद है लोला, मुझे इसकी कोई आवश्यकता नहीं थी। मुझसे संकोच मत करो लोला, क्या पेरली तुम्हारे साथ था?'

'हां, वास्तव में वह मेरे साथ था। वह बैटिलो के साथ ताश खेला था और बाद में मेरे पास आ गया था। मैं हमेशा उससे मिलती रही हूं। यह मेरा नित्य का मित्र था।'

याद करो कितने बजे वह तुम्हारे पास से गया था?'

'लगभग साढ़े दस बजे का समय रहा होगा। मुझे मिनटों के बारे में ध्यान नहीं है।'

'तो यह बात है।' मैंने बड़ी कठिनाई से कहा, 'बैटिलो सच बोला था और पेरली ने झूठ कहा था।'

वह कुछ नहीं बोली।

'मेरा अनुमान है कि वह नहीं चाहता होगा कि मेरा को पता चले कि वह ताश खेलने के बाद कहां गया था।' मैंने कहा और अपना सिर हिलाया। 'तुम गवाही दे सकती हो लोला, उसने विचित्र स्थिति पैदा कर दी है।

'मैं इस बारे में बिल्कुल चिन्ता नहीं करती । लेकिन वह लड़की जरूर चिन्ता करती है। मैं उस तरह की औरतों की समझती हूं। वे सोचती है कि एक बार यदि किसी आदमी से प्रेम हो जाए तो उसे उसी के साथ रहना चाहिये, वे मर्द को बंद करके रखना चाहती है। मैं उस तरह की नहीं हूं।'

मैंने अपने बटुए में से सौ डालर निकालकर उसके आगे पटक दिए।

'ये मैं तुम्हें तुम्हारी चादर गंदी हो जाने के लिए दे रहा हूं। अपना मुंह पेरली के बारे में बंद रखना, लोला। यदि हमें तुम्हारी आवश्यकता हुई तब मैं तुमको बता दूंगा।'

उसने डालर-मेरे हाथ से लिए और तिजोरी के ऊपर रख दिये।

आदमी कितना बड़ा सूअर होता है।' वह बोली, और आधी पी हुई सिगरेट अंगीठी के ऊपर फेंक दी।

□ □

मैंने व्यूक का दरवाजा खोला और स्टेयरिंग व्हील के सामने जा बैठा और स्टार्टर दबा दिया।

मेरा बैठी सिगरेट पी रही थी, उसके चेहरे से झुंझलाहट झलक रही थी।

'तो हमने बैटिली का ख्याल छोड़ दिया है।' उसने भराई हुई आवाज में धीरे से कहा।

जिस काम से आये वे वह हो गया है।' मैंने कहा, मैंने उसकी ओर नहीं देखा। 'वह सच बोला था। निक उसके साथ साढ़े नौ बजे तक ही रहा था।'

'उसने एक घंटा उस वेश्या औरत के साथ बिताता था।' मेरा बोली वह उसके लिए प्यारी है। मुझे आशा है उसने इस औरत के साथ आनन्द लिया है।

मैं सावधानी से मोन्ट वरडे एवेन्यू पर ड्राइव कर रहा था।

'वह इस बारे में चुप रहकर अपनी गर्दन स्वयं फंसा रहा है।' मैं बोला, 'यह बात उसके पक्ष में है।'

'ओह चुप रहो। मेरा ने कहा। उसकी आवाज कड़ी हो गई थी, 'तुम उसको इस मामले में इतनी आसानी से नहीं निकाल सकते। ऐसा कोई काम नहीं है जो मैंने उसके लिए न किया हो। जब वह जेल में था, मैंने उसका इंतजार किया। जब वह जेल से वापस आया मैं सीधी दरवाजे की ओर दौड़ी ओर उसे अपनाया। जब जब उसकी जेब खाली होती थी जैसी कि अक्सर रहती थी तब-तब मैंने उसे पैसा दिया। मैं पिछली रात भर कमरे में चक्कर काटती रही हूं, सारी रात रोती रही हूं उसके लिए। और उसने एक गंदी औरत के साथ रंगरेलियां मनाई एक धूल भरे कमरे में और इसके लिए उसने उसे रुपया दिया। उसने मुझे धोखा दिया है।

'तुम मेरा दिल तोड़ रही हो।' मैंने कहा। 'ठीक है, यदि तुमको धोखा दिया है तो क्या हो गया? अब तुम उसका साथ मत देना। अब तुम स्वतंत्र हो। सैकड़ों आदमी है तुम किसी को भी प्यार कर सकती हो। तुम उसके लिए क्यों दुखी हो रही हो?'

वह अपनी जगह पर घूम गई। उसकी श्वास फूल गई थी और चेहरा कड़ा हो गया था।

'मैं उसकी ओर देखकर मुस्कराया।

'तुम अपने आदर्शों के अनुसार नए प्रेमी की तलाश करो, यह तुम्हारे अनुकूल नहीं है।

वह होंठ काटती हुई मेरी ओर मुड़ी और मुस्कराने की कोशिश करने लगी, 'तुम ठीक कहते हो, लेकिन मर्द तो सभी ऐसे ही होते है। मैं चाहती हूं कि अब ऐसे व्यक्ति से प्यार न करूं। मैं उसे समझाना चाहती हूं कि वह ऐसी औरत के साथ सम्बन्ध न रखे वरना परेशानी में पड़ जाएगा। मैं उसको छोड़ नहीं सकती उसके साथ ही समाप्त हो जाऊंगी।'

मैंने उसके बंगले के बाहर ही कार रोक दी।

'जाओ, और थोड़ी देर सो जाओ। मैं कुछ और कहने का विचार कर रहा हूं। मैंने कहा।

'यदि वह औरत पुलिस के सामने बयान दे तो क्या निक बाहर नहीं आ सकता?'

'मैंने सिर हिलाया।

'कोई आशा नहीं है, पुलिस उसका विश्वास नहीं करेगी। एक बात और है, ऐसी औरत अदालत में कोई अर्थ नहीं रखती। और कोई गवाही नहीं है जिससे निक बाहर आ सके।'

'तो आज की रात हमने समय बेकार ही बर्बाद किया?'

'कोई बात नहीं। मैं अब दूसरी से काम करने का विचार कर रहा हूं। मैं इस बारे में चुप ही रहूंगा।'

मैंने उसे उसके मकान के पास उतार दिया।

'दुखी मत हो तुम इस बारे में ज्यादा मत सोचो। मैं समझता हूं हम प्रगति कर रहे हैं। कल कुछ और और अधिक कर सकेंगे। अब काफी देर हो गइ्र है जाओ।

उसने अपना हाथ मेरी बांह पर रखा।

'जो कुछ तुम कर रहे हो उसके लिए धन्यवाद। कोशिश करो मैं उसको दोबारा पाना चाहती हूं।'

मैं उसे बंगले की ओर जाते हुए देखता रहा। और फिर इंजन को गीयर में डालकर चल दिया।

□ □

जैसे ही मैं अपनी गाड़ी को ड्राइव करता हुआ अपने केबिन के समीप बलुआ रास्ते पर आया, मैंने अपनी कार की हैडलाइट की रोशनी में अपने ऑफिस के समीप एक लम्बी गाड़ी खड़ी देखी।

मैंने उसी के समीप अपनी गाड़ी खड़ी कर दी और उतरकर उस कार की ओर बढ़ गया। वह सरीना की गाड़ी थी और जैसे ही मैंने उसकी खिड़की में से अंदर झांका, हम दोनों की नजरें एक दूसरे पर पड़ीं।

'मुझे आशा है कि तुमको ज्यादा प्रतीक्षा नहीं करती पड़ी होगी। उसे अपने ऑफिस के बाहर प्रतीक्षा करते पाकर मैंने आश्चर्य व्यक्त करते हुए पूछा।

'कोई बात नहीं है। मैं तुमसे कुछ बात करना चाहती हूं।'

अंदर आइए।'

मैंने कार का दरवाजा खोला।

वह सिल्क का ढीला लबादा पकड़ कर बाहर आई। वह चांद की दुविधा रोशनी में सुन्दरता की भव्य मूर्ति लग रही थी। हम चुपचाप चलते हुए बराण्डे में आ गये।

मैंने सामने का दरवाजा खोलकर लाइट जलाई और आश्चर्य से एक ओर खड़ा होकर सोचने लगा कि वह मुझसे क्या चाहती है।

वह अंदर आ गई। मैंने दरवाजा बंद किया और उसको सोफे की ओर बैठने का इशारा करके बोला—

'तुम कॉफी लोगी या व्हिस्की?'

'कुछ नहीं।' उसने रुखेपन से कहा और सोफे पर बैठ गई। उसका लबादा फैल गया। वास्तव में वह अच्छी तरह जानती थी कि कब क्या ड्रैस पहनना चाहिये। सफेद साटन का ड्रैस, नुकीले और गोले उरोजों पर कसी हुई ब्रेसरी। ऐसा लग रहा था कि वे बाहर आने को मचल रहे हों। उसके गले में हीरो का हार चमक रहा था उसके बीच बड़ा हीरा लगभग चार इंच चौड़ा था, बायें हाथ की कलाई पर हीरों से जड़ी घड़ी बंधी थी। मैं उसे देखकर यह कैसे भूल सकता था कि यह संसार की चौथे नम्बर की धनाढ्य महिला है।

मैं थकान अनुभव कर रहा था इसलिए मैंने व्हिस्की निकाली और आराम कुर्सी पर बैठ गया। मेरा के मकान से यहां तक सारे रास्ते में इस केस के खोलने का उपाय सोचने-सोचते अपने

दिमाग को काफी थका चुका था और जितना मैं सोचता उतना ही और उलझता जा रहा था। मुझे ऐसा लग रहा था कि इस केस को खोलना सिर से दीवार तोड़ने के समान कठिन है।

तब अचानक ही मुझे कोई विचार आया था। अपनी आदत के अनुसार मैं उठा और कमरा पार कर एक बिजली का स्विच दबा दिया और वापस अपनी कुर्सी पर आ बैठा।

सरीना मेरी ओर टेढ़ी भवें करके नीचे-नीचे देख रही थी।

'मेरे सोने के कमरे में टेलीफोन कनैक्शन है। मैंने यहां का स्विच आन किया था, अब तुम बताओ मिसेज हैड्रिक, मैं तुम्हारी क्या सेवा कर सकता हूं?'

'मैं चाहती हूं कि वह अपहरण का मामला यही समाप्त कर दिया जाये।' वह बोली, 'यानी अब तुम अपनी खोज समाप्त कर दो।'

मैंने व्हिस्की का छोटा-सा घूंट भरा, मुझे पहले ही अनुभव के आधार पर ज्यादा आश्चर्य नहीं हुआ लेकिन मैंने विश्वास प्रकट किया।

'क्या तुम गंभीरता से कह रही हो?'

उसका मुंह कड़वाहट से भर गया था।

'हां मैं गंभीर हूं। तुम कांटा बनते जा रहे हो। तुम उन बातों की खोज में लग गए हो जिनसे तुम्हारा कोई सम्बन्ध नहीं है। पुलिस ने एक आदमी को गिरफ्तार कर लिया है और मैं इस बात से संतुष्ट हूं कि उसी ने मेरे पति का अपहरण किया है। इसमें तुमको परेशानी उठाने का कोई कारण नहीं है।

मैंने एक सिगरेट निकालकर जला ली और माचिस की तीली अंगीठी की ओर फेंक दी और छोटा-सा धुयें का गोला बनाया।

वह आदमी जिसे पुलिस ने पकड़ा है, उसने यह काम नहीं किया है मिसेज हैड्रिक। वह मेरा मित्र भी है। मैं तब तक इस विषय में खोल करता रहूंगा। जब तक इस विषय में खोज करता रहूंगा जब तक कि इसका भेद खोल लूं।'

वह पीली पड़ती जा रही थी और उसकी आंखें क्रोध से जलने लगी थीं, उसने एक हाथ से अपना आंचल ठीक किया।

'मैं तुमको इस केस की खोज बंद कर देने के लिए धन देने को तैयार हूं।' उसकी आवाज कड़ी और धमकी जैसी थी।

कई बार अनेक सुन्दर महिलाओं ने मुझे इस तरह का लालच देकर अपने बारे में खोज करने से रोकना चाहा है इसका मुझे पहले से ही अनुभव है। मुझे दुख है कि मैं धन के लिए इस काम को नहीं कर रहा।

'तुम धन के लिए ही तो सारे काम करते हो।' वह बोली। 'हां, इसमें सच्चाई तो है लेकिन इस बारे में यह सोचना गलत है, यदि तुमको यही करना था तो अब तुम जाओ मैं काफी थका हुआ हूं।'

'पचास हजार डालर।' उसने कहा और मुझे घूरकर देखने लगी।

मैंने सिर हिला दिया।

'हम किसी व्यक्ति की जान बचाने की कोशिश कर रहे हैं मिसेज हैड्रिक। यदि मैंने इस केस में काम न किया तो घेरली को गैस चैम्बर में जाना पड़ेगा। क्या तुम गंभीरता से इस बात को कहा सकती हो कि तुम ऐसा चाहोगी।'

'मैं पेरली के बारे में नहीं जानती। मेरी उसमें कोई रुचि नहीं है। यदि वह इस केस में पकड़ा गया है तो वही अपराधी है। मैं तुम्हें पचास हजार डालर एक मास के लिए यहां से दूर चले जाने के लिए दे रही हूं, क्या तुम वह लोगे?'

'मैं एक मास के लिए बाहर नहीं जा सकता मिसेज डैड्रिक, मैं तुम्हारे पति के अपहरणकर्ताओं की खोज में व्यस्त हूं।'

'पिचहत्तर हजार डालर!' वह बोली।

'डैड्रिक के साथ क्या हुआ? क्या किसी ने उसे मार डाला है? क्या तुम्हें मालूम हो गया है कि उसके पीछे तुम्हारे पिता का हाथ है और तुम मालूम हो गया है कि उसके पीछे तुम्हारे पिता का हाथ है और तुम उसे बचाना चाहती हो? क्या तुम इतनी अधिक स्वार्थी हो गई हो कि तुम नहीं चाहती कि ग्रेट अमेरिका के लोग इस बात को जानें कि तुम्हारा पति एक अफीम का तस्कर है।'

'एक लाख।' उसने अपने होंठों को गोल करते हुए कहा।

'एक करोड़ भी नहीं।' मैंने खड़े होकर कहा, 'अपनी जबान बंद रखो मैं इस काम को बंद नहीं करूंगा। और मैं इसे समाप्त करके ही दम लूंगा। अच्छा गुडनाइट।'

वह खड़ी हो गई। वातावरण भयानक हो उठा था। मैं चुपचाप उसकी ओर चौकन्ना होकर देख रहा था कि उसके पास कोई हथियार तो नहीं है और सोच रहा था कि वह अब क्या करने जा रही है।

'क्या तुमने निश्चय कर लिया है? उसने पूछा।

'तुम हमेशा अपनी मर्जी नहीं चला सकती। मिसेज डैड्रिक, तुम मुझे बेकार ही तंग कर रही हो।'

'तुम्हें रोकने का एक और भी तरीका है।' उसने स्थिर होकर पूर्व निश्चयात्मक स्वर में कहा और मुस्कराई, मैं तुम्हें एक अवसर और दे सकती हूं। दो लाख डालर।'

'जाओ यहां से। मैंने कहा और कमरा पार का दरवाजा खोल दिया।

वह जल्दी से टेलीफोन पर गई, डायल किया, एक सैकिंड प्रतीक्षा की और फिर घबराइए स्वर में बोली, 'पुलिस, पुलिस, मेरी मदद करो, जल्दी यहां आओ।'

उसने रिसीवर टांग दिया और मेरी ओर मुड़ी। उसके होठों पर कुटिल मुस्कान थी।

तुम बहुत चतुर हो।' मैंने कहा और बैठ गया। मैं समझ गया कि मुझे बलात्कार के केस में फंसाने की योजना है। यह।

उसने अपना हाथ अपनी ड्रेस के सामने डाला और उसे फाड़ दिया। तब उसने अपने नाखून अपने कंधे में दबाकर कई खरोंचें बना लिए। उसकी सफेद गोरी चमड़ी में खून झलक आया। उसने अपने बाल खोलकर अस्त-व्यस्त कर लिए और सभी हीरे मेरी मेज पर फेंक दिये

और कुछ अंगीठी की ओर फेंक दिये। जब वह तिरिया चरित्र का अनुपम उदाहरण पेश कर रही थी मैं टेलीफोन पर गया, डायल किया और प्रतीक्षा करने लगा।

'हैलो।' प्यूला ने दूसरी ओर से कहा।

'मैं बड़ी कठिनाई में पड़ गया हूं प्यूला। तुरन्त यहां आओ। तुम्हें यहां आओ। तुम्हें मालूम है तुम्हें क्या करना है। तुरन्त ही फ्रैन्कन को लेकर पुलिस हैडक्वार्टर पहुंच जाना। जितनी जल्दी कर सको पांच मिनट ही में। मुझे बलात्कार के केस में फंसाया जा रहा है। मिसेज डैड्रिक यह सब कर रही है।'

'मैं आ रही हूं।' प्यूला ने कहा और लाइन कट गई।

मैंने रिसीवर क्रेडिल पर टांग दिया और एक सिगरेट जलाई मैं तभी समझ गया था तुम यहां आई थीं कि कुछ अप्रत्याशित घटने वाला है।' मैंने बड़ी नर्मी से कहा।

'तुम्हें धन स्वीकार न करने का पछतावा होगा। तुम जड़ मूर्ख हो।' सरीना बोली, 'इस रकम से तुम दो साल आनन्द से रह सकते थे।'

'अपनी सहृदयता अपने पास रखो।' मैंने कहा, 'वे लोग तुम्हारे कंधों घर मेरे नाखूनों के निशान नहीं पा सकते।'

बाहर एक कार के ब्रेक लगने की आवाज आई। सरीना ने चीखना शुरू कर दिया और बराण्डे की ओर दौड़ गई।

मैं वहीं बैठा रहा।

बगीचे के रास्ते पर पैरों की आहट सुनाई दे रही थी।

'क्या बात है श्रीमती जी क्या आपने हमें बुलाया था?'

सारजैण्ट मैकग्रोव ने दरवाजे पर आकर पूछा। उसके चेहरे पर गुर्राहट थी और हाथ में बंदूक।

'क्या इसी व्यक्ति ने तुमको तंग किया है?' उसने मेरी ओर देखकर कहा।

'उसकी चालों में मत आओ।' मैंने कहा, 'यह जाल रच रही है।'

'हां, वह ऐसी ही दिखाई दे रही है। खड़े हो जाओ और अपने हाथ ऊपर उठा लो।'

मैं खड़ा हो गया और अपने हाथ उठा लिए।

फिर वह मुझे घूरते हुए कहने लगा।

'अच्छा, अच्छा, बलात्कार करना चाहता था। मैं हमेशा तुमको मक्कार किस्म का आदमी समझता था।'

एक वर्दीधारी सिपाही सरीना को साथ लेकर अंदर आ गया और उसे एक कुर्सी पर बिठा दिया। उसके खरोंचों से अब खून वह रहा था। जो उसकी ब्रेसरी से होता हुआ उसकी ड्रेस पर आ गया था। उसने बड़ी खूबी से अभिनय किया था।

'यह गाय की तरह पवित्र है।' मैकग्रोव गुर्राया, 'यह मिसेज डैड्रिक है। और तुम-इसे हथकड़ी लगा दो।'

सिपाही हथकड़ी लेकर आगे आया और मेरी कलाई में हथकड़ी लगा दी और फिर उसने मेरी छाती में हल्का-सा धक्का मारा।

'तुमने इनको भी वैसी ही औरत समझा होता बेवकूफ जिनको तुम हमेशा उल्लू बनाते रहे हो।'

मिकग्रोव सरीना को प्रभावित कर रहा था। वह रो रही थी और चिल्ला रही थी। उसने उसे एक पैग बनाकर दिया और खड़ा हो गया। उसका भारी चेहरा गुस्से से लाल हो गया था। वह बड़बड़ा रही थी—

'मुझे मेरा सामान उठाकर दे दो, मैं अब ठीक हूं। मैं यहां अपने पति के अपहरण की जानकारी करने आई थी। बिना किसी चेतावनी के यह-यह मेरे ऊपर झपट पड़ा जैसे जानवर हो।

'तुमने अभी जानकार देखे नहीं है बेबी।' मैंने नम्रता से कहा, तुम्हें यह जानकर आश्चर्य होगा कि जानवर कैसे होते हैं।'

मैकग्रोव घूमकर मेरे सामने आया और उसने उल्टे हाथ का एक थप्पड़ मेरे गाल पर जड़ दिया।

'अभी ठहरो, मैं तुमको पुलिस स्टेशन लिए जा रहा हूं।' वह गुर्राया, मैं सालों से इस क्षण की प्रतीक्षा कर रहा था।'

'खूब खुश हो लो, यह अवसर दुबारा नहीं मिलेगा।'

'क्या तुम हैडक्वार्टर तक चलोगे, यदि तुम कुछ गलत न समझो और स्वस्थ हो तो चलो। यदि तुम्हें आराम की जरूरत है तो पर चली जाओ।'

'मैं मि. ब्राण्डन से मिलना चाहती हूं इस आदमी को सबक सिखाना होगा। मैं पुलिस हैडक्वाटर चलूंगी।

'इसको तो सबक मिल ही जायेगा। मैकग्रोव ने कहा और मुझे दरवाजे की ओर चलने के लिए कहा।

'यदि यह कोई हरकत करे तो अपने डण्डे से इसकी खोपड़ी तोड़ देना।' मैकग्रोव ने सिपाही से कहा।

पुलिस का सिपाही और मैं पुलिस की गाड़ी में पीछे जा बैठे सरीना और मैकग्रोव आगे बैठ गए।

जैसे ही हम आर्चिड बुलवर्ड की ओर घूमे मैंने प्यूला को आते देखा।

□□

मिफलिन अपनी ड्यूटी समाप्त कर चुका था। जब हम चार्ज रूम में पहुंचे तो उसने अपना कोट और हैट पहन लिया था और सार्जेण्ट को कुछ आवश्यक निर्देश दे रहा था।

जब उसने मेरे हाथ में हथकड़ी देखी तो उसकी आंखें आश्चर्य से फैल गई। उसने मेरी ओर देखकर मैकग्रोव पर नजर टिका दी।

'क्या मामला है?' उसने पूछा, 'तुम इस आदमी को किस अपराध में पकड़कर यहां लाये हो?'

'बलात्कार के अभियोग से लैफ्टीनेण्ट।' वह बोला, 'इस बदमाश ने मिसेज डैड्रिक के साथ जबरदस्ती करने की कोशिश की थी, मैं समय पर वहां पहुंच गया था।

'क्या वह सच है मैडम?' उसने सरीना की ओर मुड़कर पूछा, 'तुम मेलोय पर अभियोग लगा रही हो?'

'हां।' उसने घृणा से कहा, 'कैप्टिन ब्राण्डन कहां है?'

'उनकी ड्यूटी आज रात नहीं है।' मिफिलिन ने कहा, उसकी आवाज गंभीर थी। मिसेज डैड्रिक को एक कुर्सी दे दो।' उसने एक सिपाही से कहा।

जब वह ठीक तरह बैठ गई तो उसने अपना लबादा उतार कर मिफलिन को अपने तार-तार हो गये कपड़े दिखाए। मिफलिन ने उसकी ओर से नजर हटाकर मेरी ओर उत्सुकता से देखा।

'क्या तुमने यह किया है?'

मैकग्रोव मेरी ओर मुक्का तानकर झपटा, लेकिन मिफलिन जल्दी ही उसकी ओर घूम गया। मैं उस जैसे भारी शरीर वाले आदमी से इतनी शीघ्रता की अपेक्षा नहीं रखता था। उसने मैकग्रोव को दूर रहने का इशारा किया।

'रुको, तुम जानते हो कि तुम क्या करने जा रहे हो?'

मैकग्रोव मेरी ओर मुक्का तानकर झपटा, लेकिन मिफलिन जल्दी ही उसकी ओर घूम गया। मैं उस जैसे भारी शरीर वाले आदमी से इतनी शीघ्रता की अपेक्षा नहीं रखता था। उसने मैकग्रोव को दूर रहने का इशारा किया।

'रुको, तुम जानते हो कि तुम क्या करने जा रहे हो?'

मैकग्रोव मेरी ओर गुर्राया।

'मैं इस बदमाश को सीढ़ियों पर लुढ़का दूंगा।'

'चुप रहो।' मिफलिन ने कहा, और फिर सरीना की ओर मुड़कर उसने पूछा, 'क्या हुआ था मैडम?'

'मैं अपने पति के अपहरण के बारे में बात करने इसके पास गई थी। सरीना ने उसे चलाया। उसकी आवाज पतली और रूखी थी, 'मुझे इसके यहां पहुंचे ज्यादा समय नहीं हुआ था। अधिक से अधिक पांव ही मिनट हुए होंगे कि अचानक ही यह मेरे ऊपर झपट पड़ा और मुझे दबोच लिया। काफी झगड़ा हुआ। इसने मेरे कपड़ों को फाड़ डाला और मुझे मारा। लेकिन मुझे फोन करने का किसी तरह मौका मिल गया और भाग्यवश ये अधिकारी वहां समय पर पहुंच गये।

मिफलिन ने अपना हैट सिर पर पीछे की ओर सरका लिया और अपने माथे को रूमाल से पोंछने लगा। वह असमंजस में दिखाई दे रहा था।

'उसकी बातों का विश्वास मत कीजिये।' मैंने जोर से कहा, 'यह झूठ बोला रही है। मेरा निवेदन है कि हमें एकान्त में बात करनी चाहिये। तुम यह और मैं। यह मुझे स्वयं किसी बात के लिए विवश कर रही थी।'

'मैं इसको यही दण्ड दिलाना चाहती हूं।' सरीना बोली, 'मैं इसको तबाह कर दूंगी, मैं इसकी इस हरकत का हटकर प्रचार करना चाहती हूं जिससे कि यह फिर कभी ऐसी हरकत न कर सके।'

ठीक इसी समय प्यूला एक टेपरिकार्डर लिए अंदर आई। वह हांफ रही थी और जीवन में प्रथम बार वह इतनी परेशान दिखाई दे रही थी। उसके बाल इधर-उधर बिखर रहे थे। रोशनी से साफ दिखाई दे रहा था कि उसने-अपने ओवरकोट के बटन ऊपर नीचे लगा रखे हैं और पैण्ट ऐसी लग रही थी मानों वह कई बार गिर पड़ी हो। उस पर धब्बे पड़े हुए थे।

'मैं फ्रैन्कन को नहीं ला सकी। वह घर पर नहीं था।' अपनी सांस को रोकने की कोशिश करती हुई प्यूला बोली, 'ये लोग तुम पर कोई अभियोग नहीं चला सकते।'

मैकग्रोव ने उसकी बांह पकड़ ली, तुमको यहां आने का कोई अधिकार नहीं है। निकल जाओ यहां से। वह चीखकर बोला।

'छोड़ दो इसको।' मिफलिन बोला, 'तुम क्या कहना चाहती हो?' वह प्यूला की ओर मुड़ा। मैकग्राव ने उसे छोड़ दिया था।

प्यूला ने टेपरिकार्डर मेज पर रख दिया।

'तुम्हें याद होगा। मिसेज डैड्रिक, बातचीत शुरू करने से ठीक पहले मैंने एक स्विच को आन किया था और तुमको बताया था कि वह टेलीफोन का स्विच है। परन्तु असल में वह टेपरिकार्डर का स्विच था जिसे चालू करने के लिए मैंने उसे आन किया था। मैं यह अच्छी तरह जानता हूं कि जब कोई अमीर औरत किसी से रात्रि के समय बात करने उसी के यहां जाती है तब कोई न कोई विशेष बात होती है। मैंने इस बारे में सावधानी से काम लिया था और इस प्रकार का झूठा अभियोग मुझ पर लागू नहीं किया जा सकता।'

सरीना ने मेरी ओर इस तरह देखा कि मानों मुझे जान से मार डालेगी।

'यह झूठ बोल रहा हूं।' वह बोली, 'इसकी पिटाई करो। तुम लोग किस बात की प्रतीक्षा कर रहे हो।'

'प्यूला।' मैंने प्यूला को आवाज दी, 'टेप चालू कर दो।'

प्यूला ने टेप चालू कर दिया।

यहां उपस्थित हरेक आदमी यंत्रवत टेपरिकार्डर की ओर घूम गया। मेरी आवाज उसमें सुनाई दी जो साफ-साफ थी।

जब सरीना की आवाज ने कहा, 'तुम धन के लिए ही तो काम करते हो।' वह कुर्सी से उठी और टेपरिकार्डर की ओर झपटी प्यूला ने उसको पीछे धकेल दिया।

'बंद करो इसको। मैं इसको अधिक सुनना नहीं चाहती। रोको इसे।'

मैंने प्यूला की ओर इशारा किया और उसने टेप रोक दिया।

'बेहतर यही होगा मिसेज डैड्रिक कि इसको चालू रहने दो। मिफलिन ने नम्रता से कहा, 'या तुम अभियोग वापस ले रही हो?'

वह सीधी खड़ी हो गई। वह अपनी असलियत को समझ गई थी। दो सेकंड में ही वह सीधी मेरी ओर आई। उसकी आंखें बड़ी डरावनी लग रही थीं, लेकिन वह दरवाजे की ओर चली गई। उसने उसे खोला और खुला ही छोड़कर बाहर चली गई।

न तो कोई मुड़ा और न हिला जब तक कि उसकी पदचाप सीढ़ियों पर उतरते हुए आती रही।

हथकड़ी खोल दो।' मिफलिन ने आदेश दिया।

मैकग्रोव ने हथकड़ी खोल दी। वह मेरी ओर इस तरह देख रहा था जैसे भूखा शेर शिकार की ओर देखता है।

'तुम वास्तव में अपनी सुरक्षा करना जानते हो मेलोय। यह बड़ा भारी जाल था जो तुम पर डाला गया था।' मिफलिन ने इत्मीनान की सांस लेकर कहा।

'हां, मैंने अपनी कलाई मलते हुए कहा, 'अपने ऑफिस में चलो। मैं तुमसे बात करना चाहता हूं।' मैंने प्यूला की ओर देखा जो टेपरिकार्डर बंद कर रही थी, 'बहुत अच्छे अवसर पर तुम आ गई प्यूला, अब आओ और आराम करो। क्या तुम अपने बिस्तर में थी?'

'यदि तुम और परेशानी में नहीं पड़ना चाहते तो पर वापस चलो।

'तुम जाओ प्यूला, धन्यवाद। तुमने ठीक समय पर मुझे इस भेड़िये के मुंह में जाने से बचा लिया।' मैंने एक नजर मैकग्रोव पर डाली।

वह कमरे से बाहर चला गया। उसकी गर्दन फूल रही थी।

जब प्यूला चली गई और मैं तथा मिफलिन उसके ऊपर वाले ऑफिस में बैठ गये तब मैं बोला, 'यदि तुम समझते हो कि इस केस को यहींपं समाप्त कर दिया जाये तो मैं तैयार हूं अन्यथा इसका रहस्य खोलना ही पड़ेगा।

मिफलिन अपनी जेब में सिगरेट तलाश कर रहा था। लेकिन उसमें शायद थी ही नहीं। मैंने सिगरेट निकालकर उसे दी और एक स्वयं जलाई।

'मुझे यह बताओ कि तुम्हारी इस बात का क्या अर्थ है?'

'अपहरण में स्पष्ट रूप से मार्शलैण्ड का हाथ है। डैड्रिक तस्करी का धंधा करता था। वह अफीम का तस्कर था। और बैरत के साथ मिलकर काम करता था। वह पेरिस में अपना धंधा करता था। मैं शर्त लगा सकता हूं, मार्शलैण्ड को इस बात का पता चल गया और उसने किसी को किराये पर उसका अपहरण कराने के लिए तय किया था। यही कारण था कि मिसेज डैड्रिक मुझे खरीदकर इस जांच कार्य को समाप्त कर देना चाहती थी।'

मिफलिन बड़े आश्चर्य में दिखाई दे रहा था।

'तब डैड्रिक कहां है?'

'यही बात है जिसकी खोज मैं कर रहा हूं। मेरा ख्याल है कि बैरत इस बारे में हमें बता सकता है। एक नया आदमी और है जो बैरत के बारे में अधिक जानकारी रखता है। एक लम्बा, चौड़े कंधे वाला आदमी जो फालालेन का सूट और सफेद हैट लगाता है।'

'हम उसकी तलाश कर रहे हैं। तो वह व्यक्ति तुम थे जिसने यह जानकारी हमें दी थी।'

'हां मेरे पास जरूरी काम था, अन्यथा मैं उसका पीछा करता।'

‘अच्छा हम उसकी तलाश करेंगे। तुम किस आधार पर मार्शलैण्ड के बारे में यह कह रहे हो कि अपहरण में उसका हाथ है?’

मैंने उसको बैच होटल की सारी बात बताई।

‘मिसेज डैड्रिक के अनुसार मार्शलैण्ड योरोप की यात्रा पर चला गया है। लेकिन मैं इस बात पर विश्वास नहीं कर सकता।’

‘हो सकता है। मैं वहां जाऊंगा और बात करने की कोशिश करूंगा।’

‘देखो, कल दोपहर बाद तक यदि तुमको इस बात की गवाही मिल जाए कि बैरत अफीम की तस्करी करता है तो क्या तुम उससे बात कर सकते हो?’

मिफलिन मुस्कराया।

‘हम कोशिश कर सकते है।’

‘मुझे एक बात बताओ, यदि मैं तस्करों को पकड़वाऊं तो मुझे किससे सम्बन्ध स्थापित करना चाहिये? जिससे तुरन्त ही कम से कम सौ आदमी मुझे मिल सकें।’

‘नारकोटिक स्क्वाड कुछ आदमी दे सकता है। क्यों?’

‘तुम्हें कल किसी भी समय उसके कमरे में काफी अफीम मिल सकती है। उसे तुम यहां लाकर पूछताछ कर सकते हो। मैं समझता हूं उस काम में ज्यादा मेहनता नहीं करनी पड़ेगी—वह स्वीकार कर लेना।’

‘मिफलिन की आंखें फैल गई थी।

‘मैं नहीं कर सकता। यदि ब्राण्डन को मालूम हो गया—तो?’

‘उसे कौन बतायेगा?’

‘मैं इस तरीके को पसन्द नहीं करना विक।’

‘अच्छा अब मैं जाना चाहता हूं। मेरा टेपरिकार्डर ला दो।’

मिफलिन बाहर गया और लगभग बीस मिनट बाद वापस आ गया। उसके हाथ में टेपरिकार्डर था।

मैंने टेपरिकार्डर लिया और उठ खड़ा हुआ।

‘सावधान रहना विक, मैं तुमको ऐसी हालत में देखना नहीं चाहता जिसमें मिसेज डैड्रिक ने तुमको पहुंचा दिया था।’

‘मेरी चिन्ता मत करो। पेरली कैसा है?’

‘वह सभी तरह ठीक है। फ्रैन्कन उससे आज सुबह ही मिला था। तुम उसके बारे में ज्यादा चिन्ता मत करो। जो कुछ करना है जल्दी ही करो।’

‘कोई आशा है उससे मिलने की?’

‘कोई आशा नहीं है क्योंकि ब्राण्डन ने उसकी निगरानी के लिए स्पेशल पुलिस का पहरा लगा दिया है। सिवाय फ्रैन्कन के उससे कोई भी नहीं मिल सकता।’

‘जब तुम बैरत को पकड़ सको उसके इसके बारे में जानकारी करना टिम। मुझे पूर्ण विश्वास है कि मैं इस केस को खोल दूंगा।’

'मैं उससे मालूम करने की कोशिश करूंगा। यदि वह कुछ जानता होगा तो जरूर उगल देगा।' मिफलिन ने वायदा किया।

मैं टेपरिकार्डर लेकर एक टैक्सी द्वारा घर की ओर वापस चल दिया।

उस समय ग्यारह बजने में दस मिनट शेष थे।

मैंने एक दिन पूरा कर लिया था।

□ □

अगली सुबह लंच के समय तक मैं अपने ऑफिस में रोजाना का कार्य करता रहा। इधर कैरमन पैरिस में ही था। उसका भी शेष कार्य मुझी को ही करना होता था, लेकिन एक बजे मेरा ध्यान फिर डैड्रिक के अपहरण की ओर चला गया।

जब हम नाश्ता कर रहे थे तब मैंने प्यूला से कहा, कि मैं बैरत के मकान पर दोपहर बाद जाऊंगा। मुझे वहां थोड़ा-सा काम करता है, मैं एक योजना बना रहा हूं।

मैंने उसे बताया कि मैंने मिफलिन से क्या बात की थी।

'एक बार यदि हमें बैरत मिल जाए और हम उसके साथ सख्ती बरतें तो मुझे विश्वास है कि हम उससे सब कुछ मालूम कर सकते हैं। टिम समझता है कि वह ऐसा कर सकता है।'

प्यूला ने इस विचार को कोई बढ़ावा नहीं दिया क्योंकि वह किसी को परेशान करके कुछ हासिल करने के विरुद्ध थी।

'तुमने किस तरह की योजना बनाई है—जब तक वह बाहर गया हुआ है तब तक प्रतीक्षा करनी चाहिये।' उसने पूछा।

'विचार वह है कि पैसा खर्च करके मैं मैक्सी से बैरत के कमरे की चाबी हासिल करने की कोशिश करूंगा। मुझे उम्मीद है कि वह लालची आदमी चाबी दे देगा।'

'सावधान रहना, विक।'

मैं उसकी ओर देखकर मुस्कराया।

'तुम मुझे हमेशा ही सावधान रहने के लिए कहती हो। न जाने क्या बाल है? दो वर्ष पहले तो तुम इस तरह नहीं कहा करती थी।'

उसने शीघ्रता से मेरी ओर परेशानी की मुद्रा में देखा और मुस्कराकर बोली, 'मेरा विचार है कि मैं तुम्हें अच्छी तरह समझती हूं कि इस काम में सावधान रहना जरूरी होता है। इस तरह का काम बंद कर दो विक, यह बहुत खतरनाक काम है। यह अपहरण का जो काम तुमने हाथ में लिया है इसे यहीं समाप्त कर दो इसमें मुझे काफी खतरा नजर आ रहा है।'

'मैं भी ऐसा ही अनुभव कर रहा हूं कि यह काफी खतरनाक काम है। लेकिन यदि पेरली मेरी जान न बचाता तो कोई भी शक्ति मुझसे इस काम को नहीं करा सकती थी। यद्यपि वह ऐसा आदमी नहीं है जिसके लिए इतना बड़ा जोखिम उठाया जाए लेकिन उसने मेरी रक्षा की थी और खतरा उठाया था। वरना वैरत बड़ी आसानी से मुझे मार डालता। मैं इस काम को अंजाम देना अपना कर्तव्य समझता हूं।

उस समय एक बजकर तीस मिनट हुए थे जब मैंने अपनी ब्यूक गाड़ी को जैफर्सन एवेन्यू के उस मकान के बाहर खड़ा किया। जैसे ही मैं अंदर आया, मैक्सी रिसैप्शन डैस्क के पीछे बैठा था। स्विच बोर्ड के पास पहले की तरह कोई लड़की नहीं थी। टेलीफोन काउन्टर पर रखा था। वहां तक कोई भी जा सकता था।

मैंने मैक्सी से कहा, 'क्या तुमको धन चाहिये? यदि तुम मेरे साथ सहयोग करो तो में तुमको दे सकता हूं।'

उसने मुझे आश्चर्य से देखा।

'मैं रुपयों के लिए कभी मना नहीं कर सकता। तुम क्या चाहते हो?'

'तुम्हारी तालियों का गुच्छा।'

मैंने जैसे उसे गोली मार दी हो, वह एकदम उछल पड़ा।

'मेरी—क्या?'

तालियों का गुच्छा और जल्दी ही, और इसके बदले पचास डालर नकद नाखूनों पर बजाकर।'

उसकी छोटी-छोटी आंखें चौड़ी हो गई।

'पचास डालर।' उसने आश्चर्य से कहा।

मैंने पांच-पांच डालर के दस नोट काउन्टर पर रख दिये। ज्यादा समय नहीं है इसे रख लो। में कुछ दिनों बाद फिर आऊंगा।

उसने नोटों की ओर देखा, अपनी जीभ होठों तक लाया और नाक को खुजलाने लगा।

यह गलत काम है।' वह बोला, 'मैं इसे नहीं कर सकता।' मैंने दो पांच-पांच डालर के नोट और रख दिए और नम्रता से उसने कहा, 'यह अंतिम है लेना चाहते हो तो लो और यदि नहीं लेना चाहते तो मत लो। इसके बदले में तालियों का गुच्छा चाहता हूं और वह भी केवल दस मिनट के लिए बस।'

'तुम कहां जाना चाहते हो?'

'बैरत के कमरे में, क्या यह बाहर है?'

'हां, वह एक घंटा पहले बाहर गया था।'

'तब तुम क्यों चिन्ता करते हो? और यह तो तुम्हारा मित्र भी है।'

'मैं अपने काम से हटा दिया जाऊंगा।' वह बोला, 'साठ डालर मुझे कितने दिन तक रोटियां खिला सकते हैं। मैं इसे नहीं करूंगा।'

'अच्छा, ठीक है, जैसा तुम ठीक समझो करो।' मैंने नोटों को अपने हाथों में उठा लिया उसे दिखाया और अपनी पीछे की जेब में रख लिया। 'मैं नहीं चाहता कि तुम रात भर सो न सको।'

'अभी एक मिनट रुको।' वह बोला। और अपना हैट पीछे की और सरकाया और आस्तीन से मुंह साफ किया। 'अच्छा दस और मिलाओ और चाबियां ले लो।'

'मेरे पास कुल साठ ही है लेते हो तो लो और न चाहो तो मत लो।

उसने कुछ विचार करते हुए अपना सिर खुजाया—

'चाबी स्विच बोर्ड पर टंगी है। जल्दी ही आ जाना। नोट निकालो पहले।' वह बोला, मैंने उसे साठ डालर दिए और जल्दी से चाबियां उठा ली। उसने नोट अपनी जेब में रख लिए।

'तुम्हें विश्वास है कि बैरत बाहर गया हुआ है।'

'हां, मैंने उसे जाते हुए देखा था।' ऊपर कोई नहीं है, उसने लॉबी में इधर-उधर देखा। मैं अपने लिए एक केन बीयर लेने जा रहा हूं।'

मैं लिफ्ट द्वारा चौथी मंजिल पर पहुंच गया। मैं कारीडोर में दहलता हुआ कमरा नम्बर 4 बी/5 पर पहुंच गया। दूसरी ओर के कमरे में कोई रेडियो सुन रहा था। कहीं से किसी औरत के जोर से हंसने की आवाज आ रही थी। मैंने अपने कान 4बी/5 की सीध में किए लेकिन कोई आहट अथवा आवाज में नहीं सुन सका। मैंने धीरे से दरवाजा खटखटाया। लेकिन कोई उत्तर नहीं मिला। थोड़ी देर तक मैं प्रतीक्षा करता रहा। जब निश्चिन्त हो गया कि अंदर कोई नहीं है, तब अपनी दायीं ओर बायीं ओर देखा, कोई मुझे नहीं देख रहा था। मैंने धीरे से चुपचाप चाबी ताले में डाली ओर घुमा दी। और फिर धक्का देकर दरवाजा खोल दिया।

एक आदमी फाउन सूट पहने एक आरामकुर्सी पर बैठा था और मुझे देख रहा था। उसके हाथ में 45 प्वाइंट का रिवाल्वर था। जिसकी नाल मेरी छाती की ओर सीधी थी। उसने मेरी ओर हल्की मुस्कान बिखेरी।

'अंदर आओ। वह बोला, मेरा ख्याल है तुम वही हो।'

एक क्षण में उसकी आवाज से मैं उसे पहचान गया। मैं जान गया कि वह कौन है। मैं वह बात पहले क्यों न जान सका।

हैलो डैड्रिक! मैंने कहा और कमरे में आकर दरवाजा बंद कर दिया।

□ □

'आगे मत बढ़ो, मेलोय।' उस फाउन सूट वाले आदमी ने रिवाल्वर मेरी ओर सीधा करते हुए कहा। 'इस मंजिल पर कोई भी आदमी रिवाल्वर की गोली की आवाज से भयभीत नहीं होगा। मैं तुम्हें समाप्त कर देने का निश्चय कर चुका हूं।' उसने दूसरे हाथ से अंगीठी के पास रखी बाजू वाली कुर्सी की ओर इशारा किया। वहां बैठ जाओ।'

'वह मुझे छोड़ेगा नहीं।' मैंने सोचा लेकिन तभी दूसरा विचार आया कि वह धोखा दे रहा है, इसलिए मैं बैठ गया।

तुम बहुत खराब आदमी हो। उसने कहना जारी रखा और अपने हाथ से अपनी गर्दन को सहलाया, तुमने मेरी गर्दन टेढ़ी कर दी है।' उसकी क्रूर आंखें क्रोध से मेरे ऊपर टिकी थी। अपने भाग्य को कोसो जो तुम इस तरह स्वयं ही यहां आ गये। वैसे हमने तुम्हारे लिए योजना तैयार कर ली थी और हम उस पर जल्दी ही अमल करने वाले थे।'

'ओह, मैं इस बारे में कुछ भी नहीं जानता। मेरे साथ सबसे बड़ी कठिनाई यह है कि मुझे मालूम तो बहुत कुछ हो चुका है किन्तु प्रमाण कोई भी नहीं है। क्या सरीना को मालूम है कि तुम यहां हो?'

उसने अपना सिर हिलाया और मुस्कराया।

नहीं, उसका दिमाग ऐसा नहीं सोच सकता। तुम अपने घर पर ही आ गए हो। हत्या होने से पूर्व हमारे पास जो थोड़ा-सा समय है उसे आनन्दमय बनाया जाय। क्या तुम्हारे जेब में सिगरेट है? बेरत तुमसे बातचीत करना चाहता है। किसी भी तरह की बेकार कोशिश मत करना अन्यथा जीवन से हाथ धो बैठोगे। तुमने सुन लिया न?'

'मैंने एक सिगरेट जलाई और एक उसकी ओर फेंक दी। यह मेरी ओर सावधानी से ताक रहा था। उसकी उंगली ट्रैगर पर थी और रिवाल्वर की बैरल मेरे मुंह को निशाना बना रही थी।

'इस रिवाल्वर को सावधानी से पकड़ना। मैंने कहा, यह अंत में बड़ा खतरनाक सिद्ध होता है।'

'तुम इसकी चिन्ता मत करो। यह तभी काम करेगा जग तुम किसी प्रकार की गड़बड़ी करोगे।' उसने सिगरेट जला ली और धुआं छोड़ने लगा। मैं शांत बैठा रहा जब वह सिगरेट जला रहा था तो उसकी आंखों की चमक से मैंने अनुमान लगाया कि यदि मैं कोई भी कदम उठता हूं तो वह मुझे अवश्य ही मार डालेगा।

'मैं इस बात को अच्छी तरह जानता था कि तुम इस केस में जरूर हाथ डालोगे। मैंने तुम को बुलाने के लिए स्वयं टेलीफोन नहीं किया था। उसने कहना जारी किया, मैं जानता था कि तुम चतुर आदमी हो, मैंने एक छोटा दृश्य टेलीफोन पर प्रस्तुत कर दिया था, जो पहले से तैयार था। और वह बिना छुई हुई व्हिस्की और जली हुई सिगरेट अच्छे ढंग से पकड़ी गई थी।

'अच्छा बहुत सुन्दर।' मैंने कहा, 'लेकिन क्या तुमने सौकी की हत्या की थी?'

'ओह हां। वह उछल पड़ा मानो वह सौकी को याद नहीं करना चाहता हो, उसने बाधा डालने की कोशिश की थी और उसका फल उसे मिल गया।'

'और क्या तुमने पेरली को फंसाया है?' मैंने पूछा।'

'वह बैरत का काम है। बैरत योजना बनाने में माहिर है। पेरली ने उसके लिए परेशानी पैदा कर दी थी। बैरत एक तीर से दो शिकार करना खूब जानता है। उसी के नतीजे के तौर पर पेरली जेल में है। हर चीज हमारे अनुकूल है।'

'इतने निश्चय के साथ मत कहो, पुलिस तुम्हारी खोज कर रही है। ग्रेसी लेहसन की हत्या तुम्हारे सिर पर है।'

'मेरे लिए चिन्ता मत करो।' उसने धीरे से कहा, तुमको अपनी चिन्ता करनी चाहिए।

तभी कमरे का दरवाजा खुला और बैरत अंदर आया। उसने एक सेकंड मेरी ओर देखा और दरवाजा बंद करके आगे आ गया। उसका पतला सुन्दर चेहरा मुझे देखते ही चमक उठा था।

यह अंदर कैसे आ गया?' उसने पूछा।

फाउन सूट वाले आदमी ने कहा, 'उसके पास चाबी है। बेरत इसकी तलाशी ले लो शायद इसके पास रिवाल्वर या कोई अन्य हथियार हो।'

'खड़े हो जाओ। बैरत ने मुझसे कहा।

मैं खड़ा हो गया।

वह मेरे पीछे से मेरे पास आया और अपने हाथ मेरी तलाशी लेने के लिए ऊपर से नीचे तक घुमाएं। उसको मेरी रिवाल्वर मेरे कंधे वाली जेब से मिल गया तब उसने अफीम का डिब्बा भी निकाल लिया।

उसने खड़े होकर डिब्बा खोला और भेद-भरी नजर से मेरी ओर देखकर मुस्कराया।

'बहुत चालक हो। इसको कहां रखने जा रहे थे?'

'ओह कहीं भी।' मैंने कहा, 'तुमको इस बारे में जानने की कोई जरूरत नहीं है।'

उसने डिब्बे को मेज पर फेंक दिया और मेरे रिवाल्वर को मेरे ऊपर तानकर आगे आया।

'तुम अंदर किस तरह आये?'

'चाबी लेकर, यह स्विच बोर्ड पर टंगी थी, क्या तुमको नहीं मालूम?'

उसने दुबारा मेरी जेब की तलाशी ली और चाबी निकालकर मेज पर फेंक दी।

फिर उसने डैड्रिक की ओर देखा—

'यह बिल्कुल झूठ बोल रहा है, मैक्सी ने ही यह चाबी उसे दी है। अच्छा ठीक है अभी समय है, मैं मैक्सी को ठीक करता हूं।' उसने एक सिल्वर का सिगरेट केस निकाला, एक सिगरेट निकाली और अपने होंठों में दबा ली। जैसे ही उसने उसे जलाया, उसकी आंखें मेरी ओर घूम गई। तुम्हें शायद याद होगा मेलोय मुझे तुम्हारा कुछ पिछला हिसाब चुकता करना है। तुम आश्चर्य करोगे कि मैं हिसाब-किताब बाकी नहीं छोड़ता।'

'इस तरह की कल्पना मत करो। इस समय तुम हर तरह से तैयार हो लेकिन मैं सिर्फ बातें ही कर सकता हूं।'

बैरत अंगीठी पर रखे शीशे के पास गया और अपने आपको संवारा।

'हम इसके साथ क्या काम करेंगे? डैड्रिक ने पूछा।

'यह मेरा अपना काम है। वह बोला, 'यह स्थान इसके लिए ठीक नहीं है। इसको मरने में काफी समय लगेगा।'

डैड्रिक ने मुंह बनाया।

'इसके सिर में रस्सी बांधकर, इसे यहीं क्यों छोड़ दिया जाय। मैं यहां दुबारा जाना नहीं चाहता, मुझे वहां भय लगता है।'

'तुम वैसा ही करो जैसा में कहता हूं। बैरत ने कहा और अपने हाथ से अपनी छोटी-छोटी मूंछों को मरोड़ा। उसके हाथ बांध दो।'

डैड्रिक अंदर कमरे में गया और कुछ ही क्षणों में दो इंच चौड़ा एक चिपचिपा फीता लेकर आ गया।

यदि किसी प्रकार की हरकत हो तो उसे देख लेना।' उसने अपने हाथ के रिवाल्वर को मेरी ओर तानकर कहा, 'तुम्हें तुरन्त मजा चखना पड़ेगा। बैरत ने मुझे चेतावनी दी। अपने हाथों को अपने पीछे की ओर करो।'

मैंने अपने हाथ पीछे कर लिए। उस समय मैं इसके अतिरिक्त और कर भी क्या सकता था। डैड्रिक ने मेरी कलाई मिलाकर कसकर बांध दी।

‘इसका मुंह भी बांध दो। बैरत बोला।

डैड्रिक ने मेरा मुंह भी बांध दिया।

बैरत मेरे पास आया और सामने खड़ा होकर कुटिलता से मुस्कराया।

तुम मेरे काम में दखल न दो इसलिए मैंने तुमको बेकार बचा दिया।’ उसने कहा और मेरे मुंह के दोनों ओर रिवाल्वर की नाल से हिट किया। मैं पीछे हटा और मेरा पैर कुर्सी की बाजू से टकरा गया। मैं धड़ाम से फर्श पर जा गिरा।

‘इसको ठीक करो। डैड्रिक ने चेतावनी देते हुए कहा। हम नहीं चाहते कि यहां ऊपर कोई आये।’

बैरत उसकी ओर गुर्राया। और मेरे पास आकर मुझे पसली में ठोकर मारी। उसने इतने जोर से ठोकर मारी कि में दर्द से दोहरा हो गया।

‘मैक्सी के बारे में क्या करना है, बैरत। हम अपना समय नष्ट कर रहे हैं। डैड्रिक ने पूछा।

‘उसे ऊपर यहीं बुलाओ। बैरत ने कहा और मुझे दोबारा ठोकर मारी।

डैड्रिक ने टेलीफोन उठा लिया।

मि. बैरत तुमको पूछ रहे हैं। उसने माउथपीस में कहा, कृपया ऊपर जाओ।’ बैरत ने मेरा कोट पकड़कर मुझे घसीटकर खड़ा किया और कुर्सी में धकेल दिया।

‘पहले मैक्सी से सुलट लो तब नीचे चलेंगे। वह बोला, यही अवसर है, मैं अपना पता बदल लूंगा। इसको मेरे लिए छोड़ दो।’

वह दीवार के साथ दरवाजे के साथ जा खड़ा हुआ।

डैड्रिक दरवाजे की ओर देख रहा था।

लगभग पांच मिनट की प्रतीक्षा के बाद एक आदमी दरवाजे पर आया।

अंदर आ जाओ। वैरत ने कहा।

दरवाजे को धकेलकर खोलता हुआ मैक्सी अंदर आ गया। उसका गोल मोटा चेहरा फूला हुआ था और उसका नीचे का होंठ लड़ने की मुद्रा में खुला हुआ था।

डैड्रिक ने रिवाल्वर उसकी ओर को सीधा तान दिया। ‘अंदर आकर दरवाजा बंद कर दो।’ उसने कहा।

मेक्सी ने मेरी ओर देखा। उसके चेहरे का रंग बदल गया। उसने कमरे में आकर दरवाजा बंद कर दिया।

‘कहां चला गया था? उसने पूछा।

डैड्रिक ने रिवाल्वर ऊंचा उठाकर मैक्सी के पेट की ओर तान दिया।

‘क्या तुमने इसे यहां की चाबी दी थी?’

मैक्सी ने मेरी ओर देखा—

‘यदि यह ऐसा कहता है तो यह झूठ बोलता है। तुम इस रिवाल्वर का निशान मेरी ओर क्यों कर रहे हो? क्या तुमको मालूम नहीं यह खतरनाक चीज है?’

‘यह घातक सिद्ध हो सकता है।’ डैड्रिक ने कहा और मुस्कराया।

वैरत शांतिपूर्वक मैक्सी के पास आया और उसके कंधों को थपथपाया।

'हैलो, छोटे भाईजान।' वह बोला।

मैक्सी उछल पड़ा।

'क्या सोच रहे हो?

'यह रिवाल्वर वाला कौन आदमी है?' वह अपनी आवाज को कड़ी और जोरदार रोबीली बनाने की कोशिश कर रहा था। लेकिन उसकी आंखें आश्चर्य से फैल गई थी। इस मकान में रिवाल्वर का बंदूक कुछ भी नहीं आ सकता। मैं इसकी रिपोर्ट करूंगा।'

'तुम्हारे पास इतना समय अब कहां है। बैरत ने कहा, मैं तुम्हें संक्षेप में बता दूं कि ऐसी चली गई, मैं सोचता हूं तुम्हें भी उसके पास चले जाना चाहिये।

मैक्सी का मुंह फटा रह गया। उसने पहले डैड्रिक की ओर और फिर बैरत की ओर आश्चर्य से देखा। उसने जल्दी ही अपने हाथ ऊपर उठा लिए।

'मैंने कुछ नहीं किया है, मि. बैरत।' वह बोला, 'तुम व्यर्थ हो मुझ पर...।'

'मुझे अफसोस है, मैक्सी।' बैरत ने चाकू निकालकर मैक्सी की ओर किया। और उसके पेट में घुसेड़ दिया।

'तुमने बहुत कुछ देखा है और तुम बहुत ज्यादा घातक सिद्ध हो सकते हो। बाथरूम में जाओगे।'

मैक्सी घुटनों के बल गिर गया। उसका चेहरा पीला पड़ गया।

'मुझे मत मारो, मि. बैरत। वह दांतों को भींचकर बोला, 'मैं तुमसे वायदा करता हूं...।'

बैरत ने उसके सिर में रिवाल्वर का हत्था मारा। डैड्रिक और बैरत ने एक-एक हाथ मैक्सी का पकड़कर घसीटा और बाथरूम में डाल दिया।

ज्यों ही डैड्रिक उसका हाथ छोड़कर पीछे हटा, अचानक ही मैक्सी खड़ा हो गया और उसने बैरत को एक हिट मारी।

बैरत ने उछलकर मैक्सी के घुटने में रिवाल्वर से पुनः चोट की। उन दोनों ने मिलकर उसको फिर बाथरूम में पटक दिया। मैक्सी चिल्लाने लगा। तभी किसी भ्झारी चीज के गिरने की आवाज आई और उसका चिल्लाना बंद हो गया। कुछ देर उसकी कराहने की हल्की-हल्की आवाजें आती रही और बंद हो गई। डैड्रिक बाथरूम से बाहर आया, उसका चेहरा सफेद पड़ गया था।

बैरत दरवाजे पर आया और मेरी ओर देखकर बोला—

'थोड़ी ही देर में तुम्हारी भी बारी आ जायेगी मेरे दोस्त लेकिन तुमको इतनी आसानी से नहीं मरने दिया जायेगा। वह डैड्रिक की ओर मुड़ा, जो उसी की ओर घूरकर देख रहा था। तुम इसे ले जाओ। सावधानी से जाना यदि तुम्हें परेशानी अनुभव हो तो इसे गोली मार देना।'

'तुम यह आशा कैसे करते हो कि मैं अकेला इसे ले जा सकता हूं।'

'क्यों नहीं? मैंने मैक्सी का काम तमाम कर दिया है। तुम इतने परेशान क्यों हो रहे हो? यदि यह कोई हरकत करे तो इसको गोली मार देना।'

और कानून मेरी गर्दन पर होगा।'

उनको भी शूट कर दो।' बैरत ने कहा और हंसने लगा।

हैड्रिक हिचकिचाया फिर राजी हो गया।

'तुम मुझे एक कोट ला दो तो ज्यादा अच्छा रहेगा। मैं इसके हाथ ढककर ले जाऊंगा। और उसे वापस लेता आऊंगा, जब इसे ठिकाने लगा दूंगा।'

डैड्रिक ने मुझे पैरों के बल झुका दिया।

'मैं तुम्हारी कार को इस्तेमाल कर रहा हूं।' उसने मेरी ओर देखकर कहा, और मैं तुमको उड़ा दूंगा।'

बैरत ने एक कोट लाकर मेरे कंधों पर डाल दिया और मेरे मुंह पर बंधे टपे को ढकने के लिए एक रूमाल मेरे मुंह पर बांध दिया।

'हम दोबारा फिर नहीं मिलेंगे।' उसने मुझसे कहा, 'हो सकता है कि मैं तुम्हें देख लूं किन्तु तुम मुझे नहीं देख पाओगे।' उसने डैड्रिक को मेरी ओर संकेत करके कहा, 'इसे ले जाओ।'

डैड्रिक ने मेरी बांह पकड़ी और मुझे गैलरी में ले आया।

हमें लिफ्ट से उतरते किसी ने नहीं देखा। वहां कोई नहीं था। जैसे ही लिफ्ट नीचे फर्श पर पहुंची, डैड्रिक ने रिवाल्वर निकालकर मेरे पेट में सटा दी।

'भूल मत जाना, जरा भी गलती करने पर मैं भी तुमको फौरन शूट कर दूंगा।' वह बोला। मैंने उसके मुंह पर आ गये पसीने को देखा।

हम कम्पाउंड में चलकर आ गये। उसने मुझे वहीं से मुख्य द्वार के बाहर खड़ी मेरी व्यूक कार की ओर इशारा किया।

दो लड़कियां चहलकदमी करती हुई उधर से आई और हमें छोड़कर आगे निकल गई। उन्होंने बिना किसी दिलचस्पी के हमारी ओर देखा और लाबी में आगे बढ़ गई।

'अंदर चलो।'

जैसे ही मैं झुककर कार के अंदर गया डैड्रिक ने रिवाल्वर का बट मेरे सिर में बड़ी ताकत से दे मारा।

□ □

मेरी आंखों के आगे अंधेरा छा गया था और थोड़ी ही देर में मैं पूरी तरह बेहोश हो गया।

जब मेरी आंख खुली मैंने अपने सिर में भारी दर्द अनुभव किया। मैंने अपने आपको पीठ के बल लेटा हुआ पाया, मेरे मुंह के ठीक ऊपर टार्च लटक रही थी जिसकी रोशनी मेरे चेहरे पर पड़ रही थी। मैंने कराहकर अपना सिर घुमाया और बैठने की कोशिश की तभी एक हाथ मेरी छाती पर दबाव देता हुआ आया जिसकी मैं उठ न सका।

'इस तरह चुपचाप पड़े रहो। 'डैड्रिक गुर्राया। में अभी तुमको बिस्तर पर लिटा देता हूं।' उसने अपनी उंगलियों से मेरे मुंह पर बंधे टेप को ढीला किया और फिर एकदम खींच लिया, उसके एकदम खींचने से मेरी हल्की-सी चीख निकल गई। टार्च की भारी रोशनी मुझे परेशान कर

रही थी। उससे भी अधिक सामने से आती हुई ठण्डी हवा तथा चारों ओर छाया घना अंधेरा बड़ा भयानक लगत रहा था।

'अब तुम क्या करने वाले हो?' मैंने पूछा।

'तुम्हें मालूम हो जाएगा।'

उसने लोहे की चैन से मेरी कमर बांध दी और मेरी गर्दन को नीचे की ओर झुकाकर चैन को मेरे सिर के ऊपर से निकालकर सामने की ओर बहुत भारी पत्थर से जो कि एक लकड़ी के सहारे खड़ा था लपेटकर ताला लगा दिया।

'यह कौन-सी जगह है?' मैंने पूछा।

'यह जगह जमीन के सौ फुट नीचे है। वह मेरे सामने खड़ा था। यह मेरी योजना नहीं है, तुमसे सुना था कि उसने क्या कहा था मुझे तुमसे कोई दुश्मनी नहीं है। मैंने तो सिर्फ तुम्हारे सिर में रिवाल्वर के बढ़ से चोट मारी थी। वह यहां कल सुबह आएगा और तुम्हें देखेगा।

क्या वह मुझे भूखा प्यासा रखकर मारना चाहता है?' मैंने पूछा। मैंने अपने हाथों पर की टेप को आजमाया लेकिन उनमें बिल्कुल गेप नहीं था।

'तुम भूखे नहीं रहेगो। थोड़ी देर तक वह खामोश खड़ा रहा और फिर एक सिगरेट निकाल कर जलाई। मैंने देखा उसके हाथ कांप रहे थे। तुम्हारे पास इतना समय कहां है जो भूखे रखे।'

'क्या मतलब?'

'तुम्हें मालूम हो जायेगा।यदि तुम मुझे वचन दो कि तुम जब तक मैं यहां से न चला जाऊं कोई गड़बड़ नहीं करोगे, तो मैं तुम्हारे हाथ खोल सकता हूं। इससे तुमको अपने बचाव का एक अवसर मिल सकता है।'

'यदि मेरे हाथ खुल जायेंगे तो मैं वास्तव में तुम्हारा गला घोंट दूंगा।' मैंने कहा, मुझे भयभीत किया जा सकता है लेकिन यह काम आसान नहीं है। मैं वचन नहीं दे सकता।'

मूर्खों की तरह बात मत करो। तुमको नहीं मालूम कि तुम्हारे साथ क्या होने वाला है। उधर घूमो, मैं तुम्हारे हाथ खोल देता हूं।'

मैं दूसरी ओर को मुड़ गया। उसने अपने घुटने मेरी कमर में अड़ा लिए और टेप खोल दिया। इससे पूर्व कि मैं उसको पकड़ सकूं वह दूर हट गया।

मैं अपने शरीर को झटका देकर बैठी हालत में हो गया। मैं सीधा खड़ा नहीं हो सकता था। जिस चेन से मुझे बांधा गया था वह बहुत छोटी थी। लेकिन अपने होंठों को खुला पाकर मुझे बड़ी खुशी हो रही थी।

'मैं तुमको रोशनी के लिए एक टार्च दे रहा हूं। डैड्रिक ने कहा, मैं तुम्हारे लिए इससे ज्यादा और क्या कर सकता हूं।'

'तुम्हारा अन्तःकरण गंदा है।' मैं अपनी कलाइयों के रुके हुए खून को पुनः चालू करने के लिए कलाइयों को मलने लगा। मैंने उसकी ओर देखकर पूछा, क्या होने वाला है?'

'मैं इस बारे में कुछ नहीं जानता। वह नीचे गहरी सुरंग की ओर टार्च की रोशनी फेंककर स्याह काले अंधेरे की ओर देख रहा था, उस ओर नजर डालो। तुम्हारा अनुमान मुझसे मेल खाता है।'

टार्च की रोशनी में मैंने देखा काफी दूरी पर कोई आदमी ढेर की तरह पड़ा था, जो लम्बा सूट पहने था।

मैंने उसके नाक से श्वास लेने की आवाज सुनी और उस ढेर में हरकत हुई। हम उसको यहां लगभग बारह घंटे पहले छोड़ गए थे। वह कुछ और नहीं आदमी ही हो।' डैड्रिक ने कहा।

'वह कौन है?' मैंने आश्चर्य से पूछा।

'यह मत पूछो कि वह कौन है।'

मैंने अपने मन में निश्चय किया कि वह और कोई नहीं ल्यूटी फैरीज हो सकता है।

'क्या यह फैरीज नहीं है?'

'नहीं बल्कि एक दूसरा आदमी है जो धोखेबाज था। डैड्रिक ने कहा और रूमाल से अपना मुंह पोंछने लगा। वहां कई किस्म के जानवर है जैसे वनक्लिाव। वह तुम्हारा सहयोगी हो सकता है। यदि तुम बैरत के आने की पदचाप सुनो तो इसे अलग कर देना। मैं तुमको एक टार्च दिए जा रहा हूं लेकिन यदि बैरत को इस बारे में मालूम हो गया तो वह मेरी हत्या कर देगा।'

'अच्छा, धन्यवाद। मैंने कहा और उस टार्च की रोशनी को जो उसने मुझे दी थी, उसके मुंह पर डाली, यदि तुम इस कार्य से घृणा करते हो डैड्रिक तो मुझे तुम इस जगह से बाहर आजाद क्यों नहीं छोड़ देते? आओ हम दोनों मिलकर उस आदमी को पीटेंगे। यदि तुम मुझे यहां से बाहर निकाल दोगे तो मैं तुम्हारे लिए यह सब कुछ करूंगा जो किया जा सकता है।'

इसके लिए कोई अवसर नहीं है।' उसने कहा, 'तुम बैरत को नहीं जानते। कोई भी आदमी जो उसके दिमाग में आ जाये उससे बच नहीं सकता। जो हो मेलोय, मुझे उम्मीद है वह जल्दी ही आएगा।

मैं चुपचाप बैठा हुआ उस लम्बी सुरंग में उसको जाते हुए देखता रहा। उसकी टार्च की रोशनी कम होती जा रही थी। जैसे ही वह रोशनी समाप्त हो गई मेरे चारों ओर घना अंधेरा छा गया और मुझे पसीना आ गया। मैंने टार्च उठाई और उसकी ओर देखा, शायद वह जिन्दा है अथवा नहीं। लेकिन मुझे कुछ मालूम नहीं पड़ा।

सबसे पहले मैंने उस चेन को देखा जो मेरी कमर में बंधी थी, वह बड़ी मजबूत थी और उसमें लगा हुआ ताला काफी वजनी था। मैंने दोनों हाथों से चेन पकड़ी और खींची। लेकिन कुछ नहीं हुआ। मैंने दोबारा पूरी शक्ति से दीवार की ओर को जंजीर पकड़कर खींची। जैसे मैं ऐम्पायर स्टेट बिल्डिंग को तोड़ रहा होऊं और यह जंजीर नहीं टूटी।

मैं उस चट्टानी फर्श पर औंधा गिर पड़ा और मेरी कराह निकल गई। यदि मैं यहां से बाहर निकल जाऊं तो इस सारे केस को खोल दूंगा। कोई भी आदमी मुझे यहां देखने नहीं आयेगा। कोई सोच भी नहीं सकता कि मैं यहां हूं। प्यूला उस कमरे में जायेगी जो जैफसन ऐवन्यू पर स्थित है।शायद वहां उसे मैक्सी मिलेगा। लेकिन वह मेरे बारे में क्या बता सकता है। वह मिफलिन के पास जायेगी लेकिन मिफलिन भी क्या कर सकता है? वे लोग मुझे जहां-जहां तलाश कर सकते हैं, करेंगे, लेकिन उससे क्या होगा।

अब मेरे दिमाग में विचारों की उथल-पुथल हो रही थी। मैं बड़ा कष्ट अनुभव कर रहा था। मेरी आंखें अपने से दस गज के फासले पर कपड़ों की गठरी जैसी चीज पर जमी हुई थीं, जो जमीन पर पड़ी थी। मेरे दिमाग में बैठ गया था कि वह फेरोज ही होगा।

'वहां कई प्रकार के जानवर भी है। उसने कहा था, मैं सोच में पड़ गया।

'ठीक है, मैं उन्हें देख लूंगा। यदि मैं दौड़ सका तो मैं इसे लेकर एक कोने की ओर दौड़ जाऊंगा। यदि कोई मेरी मदद कर सके तो में चिल्लाने को तैयार था। यद्यपि मैंने अपने जीवन में कितनी ही कठिनाइयां उठाई है, लेकिन यह मेरा सबसे बड़ा कटु अनुभव होगा।

लगभग एक मिनट तक मैं मौत की तरह से शांत बैठा रहा और अपने आपसे बात करता रहा। मैंने नाम की कितनी बड़ी बदनामी होगी। भय और आतंक मेरे ऊपर सवार हो रहा था ऊपर से नीचे तक मैं पसीना-पसीना हो रहा था।

मैंने अपनी सिगरेट निकाली, इससे पहले कि मैं एक निकालूं मैंने उनको गिना और फिर दीवार की ओर लेट गया। सिगरेट जलाई और धीरे-धीरे पीने लगा।

मुझे इस बारे में कोई जानकारी नहीं थी कि मैं यहां कितने समय तक रहूंगा। लेकिन इतना जरूर समझ में आ गया था कि दो घंटे से अधिक आराम से नहीं रह पाऊंगा।

मैंने अपनी सिगरेटों को गिना। कुछ सत्रह सिगरेटें थी। जब मैं सिगरेट पीता था तब उसकी रोशनी थोड़ी दूर तक अंधेरे को दूर कर देती थी।

इसलिए मैंने उसे फेंक दिया। मुझे भय के कारण बार-बार पसीना आ जाता था।

मैं इसी प्रकार सोचता हुआ और सिगरेट पीता हुआ लगभग एक घंटे तक बैठा रहा। कभी-कभी मैं चौंक उठता था।

टार्च की रोशनी कम होती जा रही थी। मैं उसे थोड़ी-थोड़ी देर बाद, जब अंधेरा बर्दाश्त नहीं होता था जला देता था। जब मैं टार्च की रोशनी बंद कर देता था तब वहां पर चूहों की भगदड़ शुरू हो जाती थी।

मेरे सामने दो जलती हुई आंखें थीं जो मेरी ओर घूर रही थीं। मैंने एक छोटा सा पत्थर उठाकर उस पर मारा, वह हट गया। लेकिन वह अकेला तो था नहीं। उसके बाद और भी आ गये। और मैंने पत्थर मारकर उनको भगा दिया।

मैं इस भय से कि टार्च के सैल समाप्त होने वाले हैं, उसे ज्यादा देर तक प्रयोग नहीं करना चाहता था। मेरे दिमाग में उस समय कितनी बातें थीं, मैं कह नहीं सकता। यही कुछ सोचते-सोचते मेरी आंख लग गई।

एकाएक मैंने अनुभव किया कि कोई मेरे सिर से मेरा मांस नोच रहा है। मैं हड़बड़ाकर उठ बैठा। उस चूहे जैसी चीज ने मेरी कलाई में दांत गाड़ दिये। तब मैं समझा कि अंधेरे का लाभ उठाकर चूहों ने मुझ पर हमला बोल दिया है।

मैंने पत्थर उठाकर मारना शुरू किया, लेकिन वे सब नहीं भागे। उनमें से कुछ वहीं पर बैठे मेरी ओर ताकते रहे। मैं बराबर उनकी ओर पत्थर फेंक रहा था। उनको पत्थर लगता था या नहीं यह बात मैं नहीं जानता।

मैं उनकी ओर देखकर चिल्लाया। लेकिन वे न हिले न डुले। मैंने सैकड़ों पत्थर उन पर फेंके होंगे लेकिन वे लाल-लाल आंखों से मेरी ओर घूरते रहे। वे मेरे नजदीक आये जा रहे थे। मैं दुबारा चिल्लाया।

विक।' तभी किसी ने मेरा नाम लेकर पुकारा।

मैंने ऊपर की ओर देखा।

मैं सोचने लगा क्या वह आवाज सामने से आई थी। लेकिन चारों ओर अंधेरा छाया होने के कारण मेरी समझ में कुछ नहीं आया। मैं उस अंधकार में फिर चिल्लाया।

'विक, तुम कहां हो?'

'यहां, सुरंग में।'

मुझे इतना आश्चर्य हुआ कि मैं उन बड़े-बड़े भयानक चूहों को भूल गया। तभी अचानक कोई भारी चीज मेरी छाती पर आ गिरी।

मैंने उनके भार को अनुभव किया और दूर धकेल दिया। मैं बल लगाकर लगातार चिल्ला रहा था जैसे कोई पागल आदमी हो।

'विक।'

'मैं यहां हूं।'

मेरी आवाज भर्रा गई थी।

उस सुरंग के सिरे पर एक रोशनी का धब्बा-सा दिखाई दिया।

'मैं आ रही हूं।' यह प्यूला की आवाज थी। एक प्यारी आवाज जिसे मैं अक्सर सुना करता था।

'लेकिन तुम यहां किस तरह आ गई। यहां बहुत सारे बड़े-बड़े चूहे हैं।

'मैं आ रही हूं।'

रोशनी मेरी ओर तेज होती गई। लगभग एक मिनट के बाद प्यूला ने मेरे पास आकर अपने घूटने मोड़े और मेरे दोनों हाथ पकड़ लिए।

'ओह विक।'

मैंने एक गहरी सांस छोड़ी और उसको चिपटाना चाहा लेकिन मेरा चेहरा भयभीत हो गया।

'प्यूला क्या मैं तुम्हें यहां देखकर खुश होऊं। तुम यहां किस तरह आई?'

उसने अपने हाथों से मेरा मुंह छुआ।

'ठहरो, क्या तुम घायल हो?'

मैंने अपना हाथ उसके मुंह पर फेरा। खून मेरी कलाई से निकल रहा था। मेरे पास उसे साफ करने को रूमाल नहीं था।

'हां ठीक है। किसी चूहे ने मुझे काट लिया है।'

उसने अपना सिल्किन रूमाल निकाला और कसकर घाव पर बांध दिया।

क्या वास्तव में यह चूहा ही था?'

'हां, मैंने उसे मार डाला। वह तुम्हारे पीछे मरा पड़ा है।

उसने जल्दी ही अपने पीछे की ओर देखा। उसकी टार्च की रोशनी उस ढेर पर पड़ी। उसे देखकर भय से उसने एक लम्बी सांस छोड़ी।

‘ओह! क्या यहां और भी इस तरह के चूहे हैं? एक या दो?’

‘वह बड़ा जिद्दी था। इस बात से तुम्हें ताज्जुब होगा कि मैंने कई बार उसकी ओर देखकर चिल्लाया था, लेकिन यह टस से मस नहीं हुआ था।’

वह उस चूहे के बिलकुल पास जाकर उसे देखने लगी। उसने उसके कंधे को पकड़कर उसे एक ओर धकेल दिया।

‘यह तो काफी भारी है। हमें यहां से निकल चलना चाहिये।

‘मुझे चेन से दीवार के साथ बांध दिया गया है। वह बैरत की योजना है।’

जब वह चेन का निरीक्षण कर रही थी, मैंने उसे बताया कि क्या-क्या हुआ था। और मैं किस तरह यहां लाया गया हूं। मैंने इस चेन को तोड़ने की भरसक कोशिश की है लेकिन असफल रहा हूं। यह काफी मजबूत है।’

‘मेरे पास रिवाल्वर है, विक। क्या तुम इस चेन की किसी कड़ी को गोली से उड़ा सकते हो?’

‘मैं कोशिश करके देखता हूं। रिवाल्वर मुझे दे दो और रास्ते से अलग हट जाओ। शायद कोई पत्थर का टुकड़ा ही टूटकर नीचे आ गिरे।

उसने एक 25 प्वाइंट का रिवाल्वर मेरे हाथ में थमा दिया और गुफा में थोड़ी-सी आगे को चली गई। मैंने चेन की कड़ी को निशाना बनाकर उस स्याह अंधेरे में तीन बार गोली चलाई। गोली की आवाज ने मुझे भयभीत कर दिया लेकिन चेन टूट गई और मैं आजाद हो गया।

मैं काफी देर से झुका हुआ था इसलिए मुझे खड़े होने में दर्द महसूस हुआ। मैं धीरे-धीरे अपने पैरों पर खड़ा हो गया। उसने वापस आकर मुझे सहारा दिया।

इतनी जल्दी मैं आजाद हो जाऊंगा, इसकी मुझे कोई आशा नहीं थी। अपने खून का दौरा ठीक करने के लिए मैं कई बार उठा और बैठा, तुमने मुझे यह नहीं बताया कि तुम यहां किस तरह आई। तुमको यह किस तरह मालूम हुआ कि मैं इस नर्क में पड़ा हूं।

‘एक औरत ने मुझे फोन किया था। लेकिन उसने यह नहीं बताया था कि वह कौन थी। उसने मुझसे कहा था, यदि तुम मेलोय की जान बचाना चाहती हो तो जल्दी करो। वे लोग उसको मोन्ट बरले माउंट ले गए हैं।’ इससे पहले कि मैं उससे कुछ पूछूं उसने फोन काट दिया था। मैंने तुरन्त ही एक रिवाल्वर और एक टार्च झपटकर उठाई और मैं इतनी जल्दी यहां के लिए भागी जैसे कि मैं पागल हूं। प्यूला ने अपना सिर पागलों की तरह से हिलाया, मैं मिफलिन के पास भी जाना चाहती थी लेकिन मैं सब कुछ भूल गई थी विक। अब मुझे कुछ भी बाद नहीं है कि मैं क्या-क्या सोच रही थी।’

‘यह ठीक है, मैं यहां हूं और तुम यहां हो। हम दोनों आजाद है, स्वतंत्र है। तो अब क्या परेशानी है?’

‘लेकिन हो सकती है। मैं इसे भयानक स्थान पर घंटों से इधर-उधर घूम रही हूं। लेकिन मुझे तुम्हारा कहीं पता नहीं चला। यदि तुमने न चिल्लाया होता तो मैं तुमको आवाज लगाने ही वाली थी। तुम्हें नहीं मालूम इसमें घुसने से कितना भय लगता है। यहां हर गुफा इसी तरह अंधेरी और भयानक है।

'मैं यहां से तुम्हें बाहर से चलूंगा। आओ, हम कोशिश करें।'

वल क्या है?'

वह थोड़े फासले पर पड़े उस ढेर की ओर देखने लगी।

'ल्यूटी फैरीज। मैंने कहा। और धीरे-धीरे उस ढेर की ओर चढ़ा। मैंने अपनी टार्च की रोशनी उस पर डाली। उसी खोपड़ी पर कोई बाल नहीं था। और उसकी खोपड़ी के बीच में एक छोटा-सा सूराख था। 'तो उन्होंने इसे गोली मार दी है।' मुझे आश्चर्य हुआ, ऐसा उन लोगों ने क्यों किया? मैंने उसके कपड़ों का निरीक्षण किया कि वे लोग क्या कुछ छोड़ गए है। उसके पास से एक बटुआ, एक कार का रजिस्ट्रेशन कार्ड, दो पांच-पांच डालर के नोट और एक लड़की का फोटो था। जिसे मैंने मिसेज फौरीज समझा था। मैंने खाली बटुआ वहीं पर गिरा दिया, जहां से उठाया था। और मैं उठकर खड़ा हो गया।

'हम यहां मिफलिन को लेकर आयेंगे।'

'प्यूला उस हड्डियों के ढेर की ओर गौर से देख रही थी।

'क्या चूहों ने इसका यह हाल किया है?' उसने दुख भरी आवाज में धीर-धीरे पूछा।

'किसी ने भी किया हो। जाओ, अब हमें यहां से निकल चलना चाहिये।'

'यह भयभीत—सी अंधेरे में इधर-उधर झांक रही थी।

'क्या तुम यह सोच रहे थे कि वे लोग यहां हमें देखने के लिए आयेंगे? तुम्हारा क्या विचार है विक?'

'नहीं, वे हमको तंग नहीं करेंगे, आओ।'

हम गुफा से बाहर निकलने के लिए आगे बढ़े। मैं अपनी टार्च का ही इस्तेमाल कर रहा था। यद्यपि उसकी रोशनी बहुत कम होती जा रही थी। मैं सोच रहा था, जब तक यह रोशनी दे रही है तब तक इसी का इस्तेमाल किया जाये और जब ये समाप्त हो जाये तब प्यूला वाली टार्च प्रयोग की जाए।

थोड़ी दूर जाने के बाद एक और सुरंग आ गई। मैंने अनुमान लगाया कि डैड्रिक इसी रास्ते से गया होगा।

'इधर मुड़ो।' मैंने कहा।

'सीधे क्यों न चलें?'

'डैड्रिक सम्भवतः इसी रास्ते से गया था।'

हम बायीं ओर मुड़कर लगभग सौ गज तक चले। इस सुरंग के सिरे पर एक और सुरंग जुड़ रही थी। हम दायीं ओर बायीं दोनों ओर गये।

अब कौन से रास्ते से?'

'इसे छोड़ो, तुम्हारा अनुमान मेरे जैसा ही है।'

'हमें सीधे चल दिये।

जमीन समतल नहीं थी। हम थोड़ी देर तक ही चले होंगे कि मैंने महसूस किया कि हम पहाड़ी की ढलान की ओर जा रहे हैं।

अब एक मिनट प्रतीक्षा करो। यह रास्ता नीचे की ओर जा रहा है। हमें ऊपर की ओर चलना चाहिये। हमें दोबारा वापस उसी स्थान पर जाकर बायीं ओर को जाना चाहिये।

'तुम्हारी समझ में आया कि मेरा क्या मतलब है' उसकी आवाज में थकावट स्पष्ट झलक रही थी। मैंने ऐसी आवाज पहले कभी नहीं सुनी थी। 'मैं कई घंटों से इधर-उधर भटक रही थी।'

'आओ।'

हम भीतरी भाग में पहुंच गये और सुरंग में बायीं ओर को चल दिए। हम शायद पांच मिनट ही चले होंगे कि हमें अचानक ही एक ऊंची चट्टान दिखाई दी।

'मैं-मैं नहीं समझती कि तुम ज्यादा ठीक रास्ता अपना रहे हो।' प्यूला ने दुःख भरी आवाज में कहा।

'सावधान हो।' मुझे उसके लिए थोड़ी-सी चिन्ता हुई। वह इतनी ठंडी और अस्त-व्यस्त हो रही थी कि मुझे शक हुआ कि कहीं उसे दौरा पड़ जाए। 'मेरा विचार है हमें थोड़ा-सा और आगे चलना चाहिये। हो सकता है दूसरा रास्ता नीचे की ओर जाए और हम सही रास्ता पा जायें। हमें इसके लिए कोशिश करनी चाहिये।'

'मुझे आश्चर्य है कि मैं यहां अकेली किस तरह आ गई।' उसने मेरी बांह थाम ली। 'मैं मिफलिन के पास क्यों नहीं चली गई? हम यहां खो गए हैं विक, हम यहां हफ्तों तक इसी तरह भटकते रहेंगे।'

'आओ।' मैंने जोर से कहा, 'इस तरह पागलों की जैसी बातें करके हमें समय नष्ट नहीं करना चाहिये। हम इसे दस मिनट में पार कर जायेंगे।'

उसने हिम्मत की और जब वह दोबारा बोली तो उसकी आवाज पहले से साफ थी।

'मुझे खेद है विक, मैं घबरा गई थी। मैं बक्स के अंदर बंद प्राणी की तरह अनुभव करने लगी थी। यहां की गंध बड़ी बुरी तरह तंग कर रही है।'

'मैं समझता हूं प्यूला, तुम मुझे कसकर पकड़ लो। यदि एक बार भी तुम घबरा गईं तो नीचे गिर जाओगी। जाओ।' मैंने अपनी बांह में उसकी बांह डाल ली।

जमीन सीढ़ीनुमा थी और हमें आश्चर्य हो रहा था कि सामने काली धब्बे जैसी क्या चीज है। हम टकरा-टकराकर चल रहे थे।

अचानक मेरी टार्च बुझ गई।

प्यूला ने हल्की चीख के साथ मेरी बांह कसकर थाम ली।

'डरने की कोई बात नहीं है। मेरी टार्च का मसाला समाप्त हो गया है। तुम मुझे अपनी टार्च दे दो।' मुझे आश्चर्य हो रहा था। यह बहुत ही लम्बी सुरंग थी दूसरी तो इतनी लम्बी नहीं थी।

उसने मुझे अपनी टार्च दे दी।

'हम सुरंग के अंतिम सिरे पर आ गये हैं।'

प्यूला के साथ होने से मेरा भय समाप्त हो गया था। यद्यपि हम दोनों ही डर रहे थे और थक रहे थे।

हम अब नीचाई की ओर जा थे। वायुमंडल काफी गंधमय और भारी होता जा रहा था। तब एक और परेशानी आ गई सुरंग की छत नीची होती जा रही थी। मैं महसूस कर रहा था कि छत हर कदम पर नीची होती जा रही है।

अचानक प्यूला रुक गई।

'यह रास्ता नहीं है।' उसकी आवाज में काफी थकान थी। 'मेरा ख्याल है यह गलत रास्ता है हमको वापस चलना होगा।'

'यही रास्ता होना चाहिये। डैड्रिक जब गया था तब बायीं ओर मुड़ा था। आओ, हम थोड़ी दूर और चलें।'

'विक, मैं भयभीत हूं।'

वह मेरे पीछे आ गई। मैं उसकी ऊपर नीचे होती सांसों को सुन रहा था। वह हांफ रही थी। मैंने उसके चेहरे पर रोशनी डाली। उसका चेहरा सफेद पड़ गया था और वह ठंडी होती जा रही थी। उसकी आंखें चौड़ी हो गई थीं।

'मैं-मैं ज्यादा देर तक इसमें नहीं रह सकती। मेरा दम घुट रहा है, मैं वापस जा रही हूं।'

मैं स्वयं भी कठिनाई अनुभव कर रहा था, मेरी भी उस गंध से सांसें फूल रही थीं। मैं अपने सीने पर कसाव महसूस कर रहा था।

'सौ गज तक और आगे आओ, यदि यह रास्ता हमें कहीं नहीं ले जायेगा, तब हम वापस लौट चलेंगे।

मैंने उसका हाथ पकड़ा और उसे खींचता हुआ आगे बढ़ने लगा। लगभग पचास कदम पर एक और अन्दरूनी भाग था। जहां की गंध बहुत ही बुरी थी।

'हम ठीक रास्ते से चल रहे हैं, हम कहीं पहुंच गये हैं यदि यह नीचे की ओर जाता है, तब हम वापस चलेंगे और किसी अन्य रास्ते की तलाश करेंगे।'

वह मेरे साथ ही चल रही थी।

हर सुरंग हमें एक जैसी ही मिल रही थी। जैसे ही हम अंधेरे में आगे बढ़ते जा रहे थे। चल सकना काफी मुश्किल होता जा रहा था, मेरे पैर भारी हो गये थे और उन्हें उठाना कठिन होता जा रहा था। पैर उठाकर आगे रखने में मुझे काफी मेहनत करनी पड़ रही थी।

सुरंग नीचे की ओर नहीं जा रही थी। मैंने उसे ऊंचाई की ओर जाती अनुभव की।

'मुझे यकीन है कि हम ठीक रास्ते पर चल रहे हैं।' मैं फुसफुसाया, 'जो भी हो हम ऊपर की ओर जा रहे हैं।'

वह मेरे शरीर पर अपना वजन डालती जा रही थी।

'यहां की हवा में सांस लेना कठिन हो रहा है। मैं-मैं और आगे नहीं जा सकती।'

मैंने अपनी बांह उसकी कमर में लपेट ली और लगभग धकेलता हुआ आगे बढ़ने लगा। सुरंग की छत अब और नीची हो गई थी। हमने अपना सिर झुका लिया था।

अगले बीस कदम चलने के बाद हमें झुककर आगे चलना पड़ा। हम थोड़ी सांस लेने के लिए रुक गये।

'हमें वापस चलना चाहिये, विक।'

थोड़ी देर चुप रहने के बाद वह मुझसे वापस चलने को कह देती थी। अब की बार वह मुड़कर लौटने लगी। मैंने झपटकर उसे पकड़ लिया।

'मूर्खों जैसा काम मत करो प्यूला। आओ तुम पागल हो गई हो।' मैं समझ रहा था कि वह अंधेरे और वहां की गंध से कातुल हैं और काफी थक रही है।

'आओ, थोड़ी देर ढककर आराम कर लें। तुम थोड़ी देर तक और अपने आप पर काबू रखो। हम बाहर निकलने ही वाले हैं।' हम दोनों वहीं बैठ गये। जमीन की गंध ने हमें कुछ आराम दिया था। बैठ जाने से आराम महसूस हुआ। थोड़ी देर बाद मेरे सीने का भारीपन कुछ हद तक दूर हो गया।

'अब ठीक है।'

'हां।' वह घुटनों के बल बैठ गई। अपने मुंह पर आ गये बालों को झटककर उसने अलग किया। 'मुझे खेद है कि मैं बुरी तरह घबरा गई थी। मैं फिर ऐसा न करने की कोशिश करूंगी।'

'उस बात को भूल जाओ, मैंने कहा, 'तुमको ऊपर की ओर चलना है अपनी नाक को बंद रखना, मैं पहले जाऊंगा।'

हम ऊपर की ऊबड़-खाबड़ जमीन पर आगे बढ़े। हमारे हाथ और घुटने छिल गये थे। थोड़ी देर के बाद हमें रुकना पड़ा। मुझे पसीना आ रहा था और मेरी सांस फूल रही थीं। प्यूला मेरे पास ही गिर पड़ी थी।

'क्या तुम्हें विश्वास है विक कि बाहर निकल जायेंगे?' उसने धीरे से कांपती हुई आवाज में पूछा।

'हां, हम अवश्य ही बाहर निकल जायेंगे।' लेकिन मेरी आवाज में वह विश्वास और दृढ़ता नहीं थी, जैसी होनी चाहिये थी। क्योंकि मुझे स्वयं मालूम नहीं था कि क्या होने जा रहा है और हम कहां हैं।

मुझे यकीन होता जा रहा था कि डैड्रिक इसी रास्ते से नहीं गया होगा। ऐसा प्रतीत होता है कि हम गलत रास्ते से किसी अन्य सुरंग में आ गये हैं।

अचानक ही उसने मेरी बांह को झटक दिया।

वह क्या है?

मैंने सुना।

कहीं पर मेरी ओर मुझे कोई अंदाजा नहीं हैं कितनी दूर या पास, बारिश की तरह की आवाज आ रही थी, जैसे कि सूखी पत्तियों पर मेह की बूंदें गिर रही हों।

'यह कैसी आवाज है विक?'

'मुझे नहीं मालूम।'

'यह तो बारिश की जैसी आवाज है।'

'बारिश नहीं हो सकती। चुपचाप बैठी रहो।'

हम बिना हिले-डुले उस आवाज को चुप बैठे सुनते रहे।

मैंने अनुभव किया कि वह आवाज अब पास आती जा रही है। आवाज ऐसी थी जैसे छोटे-छोटे चमड़े के पैर गीली जमीन पर दौड़ रहे हों। मेरी समझ में आ गया कि वह आवाज किसकी थी। मैंने इसे पहले भी सुना था। वह सिर्फ एक या दो नहीं सैकड़ों की तादाद में थे।

□ □

मैं अपने पैरों पर उछल पढ़ा।

'आओ जल्दी दौड़ो। जितनी तेज तुम दौड़ सकती हो।'

'यह क्या है?' प्यूला नक कहा। वह भय से कांप रही थी।

मैंने उसका हाथ पकड़ लिया।

'चूहे, आओ कोई झगड़ा नहीं करना है। वे सब उधर भाग गये हैं। नीचे झुक जाओ, हमें सुरंग में नीचे की ओर जाना है।' हमारी दूसरी ओर की आवाज कुछ भारी होती जा रही थी। सुरंग के एक किनारे पर एक कमरा जैसा था। कुछ गज की दूरी पर हम सीधे खड़े हो सकते थे।

'अपने पैर सीधे कर लो' मैंने कहा और अपनी चाल बढ़ा दी और उसको लगभग खींचता हुआ आगे बढ़ा। हम सांस रोककर लगभग दौड़ते हुए उस अंधकार में आगे बढ़ रहे थे, लेकिन अब चलना उतना कठिन नहीं था। अचानक प्यूला लहराकर गिर पड़ी। वह मुझसे अलग दूसरी ओर गिरी थी और गहरी-गहरी सांस ले रही थी।

'मेरा काम हो गया है, अब मैं और नहीं चल सकती।'

'सब कुछ ठीक है, तुम चल सकती हो।'

मैंने अपना हाथ उसके चारों ओर लपेटकर उसे उठाया। लेकिन हम मुश्किल से थोड़ी ही दूर आगे गये होंगे कि उसका घुटना किसी चीज से टकराया और वह चीखकर गिर पड़ी।

'एक मिनट ठहरो मैं ठीक किये देता हूं।'

थोड़ी दूर पर पहले की जैसी आवाज फिर सुनाई दी, प्यूला कांपते पैरों से खड़ी हुई।

'आओ।' मैंने कहा और उसको सहारा देकर आगे बढ़ाया।

वह आवाज हमारे पीछे की ओर से आ रही थी। हमने और तेज दौड़कर चलने का इरादा किया। हम एक दूसरी कोठरी में पहुंच गये।

हमारे आगे की ओर सुरंग संकरी होती जा रही थी। मैंने टार्च की रोशनी आगे सामने की ओर डाली ताकि यह जान सकूं कि आगे क्या है। मुझे एक छोटे से सूराख के अतिरिक्त कुछ दिखाई नहीं दिया।

हम वहां मेहरावदार रास्ते पर खड़े थे। हमें एक बड़ी गुफा जैसी मिली। जैसे ही मैंने आगे की ओर टार्च की रोशनी डाली और दीवारों की ओर रोशनी घुमाकर देखा, मुझे एक लकड़ी के बक्सों का ढेर दिखाई दिया। गुफा के बीचों-बीच सैकड़ों बक्स पड़े थे।

प्यूला चिल्लाई, 'यह बाहर जाने का रास्ता नहीं है, विक।'

वह ठीक कहती थी, हम गलत स्थान पर आ गये थे। वहां से बाहर जाने की कोई आशा नहीं थी। हम वापस नहीं जा सकते थे। चूहे हमारे पीछे की ओर भगदड़ मचा रहे थे और उनके दौड़ने की मंद आवाज अब भी हमें सुनाई पड़ रही थी।

'जल्दी से इन बक्सों को हटाकर रास्ता बनाओ यही एकमात्र बचने का तरीका है।'

उसने बक्से उठाकर अपने पीछे की ओर रखने शुरू कर दिये जिधर से वे चूहे आ रहे थे।

वहां किसी चीज की गंध हमारे खून को भी काट रही थी।

'जितनी जल्दी तुम कर सको करो।'

मैंने दो बक्से उठाकर रास्ते में फेंक दिये। प्यूला ने दूसरा बक्स उठाकर फेंका, लेकिन तमाम संकरा रास्ता उन चूहों से भर गया था। नीचे जमीन पर उनकी उपस्थिति एक गलीचे जैसी हो रही थी, मुलायम गलीचा। किसी भयानक स्वप्न की भांति मैं भय से कांप रहा था।

मैंने अपने रिवाल्वर से दो बार उनकी ओर फायर किया। गोली की आवाज उस सुरंग में गूंज उठी।

मैंने बक्स उठाकर उनका रास्ता रोक देना चाहा। तब तक उनमें से एक चूहा प्यूला की ओर झपटा। शायद उसने प्यूला को काट लिया था।

उसकी चीख से मैं भी भयभीत हो गया। चूहे ने उसके हाथ में काट लिया था और उसकी ओर फिर झपट रहा था। मैंने उसको रिवाल्वर की बट से मारकर दूर धकेल दिया।

लेकिन हमारे पास इतना समय नहीं था कि हम यह देख सकें कि उसके कहां चोट लगी है। प्यूला के हाथ से खून बहने लगा था।

अब वह पैरों के बल सीधी खड़ी होकर बक्सों को हटा रही थी। अब हमने दूसरी कतार साफ कर दी थी। यदि हम बच गये तो अवश्य ही गुफा के प्रवेश द्वार पर पहुंच जायेंगे। मैंने सोचा।

हमें बक्सों की इस कतार को भी हटा देना चाहिये। प्यूला ने अपने सामने का बक्सा उठाकर फेंका। उसे अपने हाथ में दर्द महसूस हो रहा था। बड़ी कठिनाई से हमने बक्सों की उस लाइन को भी अपने पीछे धकेल दिया। लेकिन तभी एक चूहा मेरी बांह की ओर झपटा। उसके पैर मेरी बांह में धंस गये।

मैंने टार्च को नीचे गिरा दिया और उसकी गर्दन पकड़कर उसे एक ओर को फेंक दिया। लेकिन वह नीचे गिरने के बाद फिर जैसे ही मेरी ओर को झपटा मैंने उसकी पीठ में पैर से जोरदार ठोकर मारी और वह दूर दीवार से लगकर गिर पड़ा।

प्यूला ने झुककर टार्च उठाई और मेरी ओर आई।

'आओ।' मैंने कहा, 'सिर्फ एक ही लाइन और रहती है उसके बाद हम सुरक्षित हो जाएंगे।'

'तुम्हारे खून निकल रहा है।'

'चिन्ता मत करो, हमें एक लाइन और हटानी है।'

हमने बक्सों को उठाकर नीचे फर्श पर फेंकना शुरू कर दिया और उस लाइन के सभी बक्सों को अपने पीछे गिरा दिया।

एक क्षण बाद प्यूला ने सीधे खड़े होने की कोशिश की।

'लाओ मैं तुम्हारा हाथ बांध दूं अपना रूमाल मुझे दे दो।'

उसने रूमाल से घाव को बांध दिया और मेरे पास लेट गई।

'क्या हमको यहां एक बोतल स्कॉच की नहीं मिल सकती?' मैं बड़बड़ाया, मैं अपना हाथ उसकी कमर में डालकर उसको खड़ा किया। 'अच्छा तुम अब नहीं कह सकती हो कि हम मेहनत से काम नहीं करते।'

'मैंने भी काफी परेशान किया है।' प्यूला ने कहा। उसकी आवाज भारी हो रही थी। 'मैं अपने जीवन में इतनी भयभीत कभी नहीं हुई। क्यातुम समझमे हो कि वे सब भाग गये होंगे।'

थोड़ी देर बाद हम ऐसा महसूस करने लगे कि हम वहां हफ्तों से ठहरे हुए हों।

'मैं कुछ नहीं कह सकता। दुखी मत हो और उनकी चिन्ता छोड़ दो। वे अब इधर नहीं आ सकते।'

'लेकिन विक, हम बाहर नहीं निकल सकते। यदि वह हमें मिल गये तब क्या होगा और टार्च हमारा कितने समय तक साथ देगी।'

जब वह बोल रही थी मैं उस गुफा की दीवारों पर टार्च की रोशनी डालकर दोनों ओर का निरीक्षण कर रहा था। असल में टार्च की रोशनी कम होती जा रही थी।

'हमें यह देखना चाहिये कि इन बक्सों में क्या है।' मैंने कहा, 'जब मैं बक्सा खोलकर अंदर झाकूं तब तुम सावधान रहना।'

मैंने खींचकर एक बक्से को अपने पास सरका लिया। उसको उठाकर एक किनारे से जमीन पर ठोकने से उसका ढक्कन खुल गया, अंदर मुझे अच्छी तरह लाइनों से पैक की गई सिगरेटें मिलीं।

'अफीम'। मैं उछल पड़ा। वह बैरत का गोदाम होना चाहिये। कितने आश्चर्य की बात है। यहां तो लाखों हैं।

प्यूला अपने घुटने के बल झुक गई और बक्से के ऊपर आ गई।

'जिस रास्ते से हम आए हैं इन बक्सों को इन सुरंगों से नहीं लाया गया होगा।' मैंने आश्चर्य व्यक्त करते हुए कहा, 'इधर ही कहीं कोई दूसरा रास्ता होना चाहिये।'

दीवारें काफी मजबूत थीं इसीलिए मैंने अपना ध्यान फर्श पर दिया।

प्यूला को नीचे एक ओर दरवाजा दिखाई दे गया। लेकिन वह काफी मजबूत और भारी था।

हम दोनों ने मिलकर दरवाजे को खींचा। ताजी हवा का झोंका उस गुफा में आया।

'यह है।' मैंने कहा और टार्च की रोशनी अंदर की ओर अंधेरे में फेंकी। नीचे गलियारे में ऊबड़-खाबड़ पत्थरों की सीढ़ियां थीं। आगे-आगे मैं था। जैसे ही हम नीचे की सीढ़ी पर पहुंचे, हमें गुफा के दूसरे सिर से आती हुई सूर्य की रोशनी दिखाई देने लगी।

हम सामने की ओर रास्ते में तब तक चलते रहे, जब तक कि हम खुले मैदान में न आ गए, एक क्षण बाद ही सूर्य की रोशनी हमारे पीछे पड़ने लगी। हमारे नीचे की ओर जंगली झाड़ियों के झुंड और बालू थी। ऐसा लगता था कि हम चौकोर जैसे स्थान में आ गये हैं। एक टेढ़ा-मेढ़ा रास्ता सामने की ओर जा रहा था।

मैं धूप में खड़ा था और प्यूला मेरे पीछे खड़ी थी। तभी हमने थोड़ा सांस लेकर किसी के चिल्लाने की आवाज सुनी।

नीचे दो बड़े ट्रक ढके हुए खड़े थे। जिन पर लगभग आधे दर्जन आदमी बैठे हुए थे। वे मेरी ओर इशारा करके चिल्ला रहे थे। मैं उनको देखकर पहले हिचकिचाया और प्यूला को पकड़कर अंधेरे में छिप गया। वे लोग हमारी तरफ दौड़कर आ रहे थे।

□ □

'वे लोग बैरत के आदमी हैं।' मैंने कहा और प्यूला को सुरंग की ओर अंधेरे में खींच लिया। उन लोगों ने तुम्हें नहीं देखा है, मैं यहां से बाहर निकलकर एक ओर को दौड़ता हूं, वे लोग मेरे पीछे-पीछे भागेंगे, जब तुम यह समझ लो कि वे सब मेरे पीछे निकल गए हैं तो एक क्षण बाद ही, एक ट्रक को हथिया लेना। यदि तुम ऐसा कर सको तो बाहर निकलकर मिफलिन को टेलीफोन करके सारी स्थिति समझा देना और कहना कि शीघ्रता करे। इस काम को बड़ी सावधानी से करना अब मैं जाता हूं अच्छा ओ. के.।

किसी भी संकट के समय प्यूला अपना धैर्य नहीं खोती थी। उसने मेरी बांहें छोड़ दीं और ऐसा संकेत दिया जिससे मैं यह समझ लूं कि वह सारी बात ठीक तरह समझ गई है, मैं उसे वहीं छोड़कर भागता हुआ खुली धूप में आ गया।

मुझसे नीचे की ओर टेढ़े-मेढ़े रास्ते से लोग भागे चले आ रहे थे। वे इतनी जल्दी भाग रहे थे जितना वे भाग सकते थे। लेकिन वह रास्ता टेढ़ा-मेढ़ा और सीढ़ीनुमा था जिसकी वजह से वे ज्यादा तेज नहीं भागने पा रहे थे। वे लोग मुझे देखकर चिल्लाए।

रास्ता के सुरंग के ऊपर होकर ऊबड़-खाबड़ था। थोड़ी ही दूर पर चौकोर स्थान के ऊपर मैं पूरी तरह खुली धूप में दौड़ने लगा।

मैं उस चौकोर स्थान के सिरे पर पहुंच गया था। मेरे सामने बालू और झाड़ियों के बड़े-बड़े टीले जैसे थे। मुझे यह समझते ज्यादा देर नहीं लगी कि यह स्थान मोन्ट बरडे माइन के पीछे की ओर है। मेरी बायीं ओर सैन डाइगो हाइवे था। यही एकमात्र मेरे बचाव का और प्यूला के बचाव का रास्ता था। यदि मैं इसी रास्ते पर आगे जाता हूं तो वह उन भागने वालों के पीछे की ओर आ जाएगी। मुझे दायीं ओर को दौड़ना चाहिये। जहां पर बालू और झाड़ियों के काफी बड़े-बड़े ढेर हैं।

मैं ऊपर की बालू पर आसानी से दौड़ सकता था। मैं अपने और उन लोगों के बीच एक बड़ा फासला बनाए रखना चाहता था।

लगभग दो सौ गज की दूरी तय करने के बाद मैंने अपने पीछे की ओर देखा। वे अभी तक चौकोर स्थान के सिरे तक नहीं पहुंच सके थे। मैं सोच रहा था कि कहीं उन्होंने प्यूला को न देख लिया हो। मैं उसकी कोई सहायता नहीं कर सकता था। कुछ देर बाद मैंने उनके पास ही चिल्लाने की आवाज सुनी। मुझे ऐसा लगा कि एक-दो ही क्षणों में वहां पहुंच जायेंगे। मैं एक घनी झाड़ी के पीछे छुप गया और प्रतीक्षा करने लगा।

थोड़ी देर के बाद ही वहां एक सिर उठता हुआ दिखाई दिया और एक के पीछे एक चार आदमी दिखाई देने लगे। वे रुक गये और दांयें-बायें घूमकर देखने लगे। तीन अन्य आदमी भी उनमें शामिल हो गए।

वे सभी एक बड़ी चिड़िया के समान लग रहे थे। उनमें से चार लाल और सफेद कमीज पहने हुए थे। वे इस तरह के कपड़े पहने हुए थे जैसे कोरल गेवल्स पर मछली पकड़ने वाले आदमी पहनते हैं। कोरम गेवल्स समुद्र तट पर बहुत से मछिहारे इसी वेशभूषा में रहते हैं। अन्य तीन व्यक्ति शहरी लिबास में थे। ये सभी फिट कपड़ों में थे। जैसे लोफर और आवारा टाइप के आदमी पहनते हैं।

उनमें एक चौड़े कंधों वाला आदमी था और ऐसा प्रतीत होता था जैसे वह उन लोगों का मुखिया हो। वह उन लोगों को आदेश दे रहा था, उनमें से चार मछुआरे बायीं ओर को दौड़े। वे सभी एक अर्धवृत्त में दौड़ रहे थे और मेरी ओर आ रहे थे।

मैं उन झाड़ियों में छिपता हुआ झुककर उस बालू भरे रास्ते पर दौड़ने लगा। दोबारा मैंने अपने पीछे की ओर घूमकर देखा उन लोगों की लाइन रुक गई थी। उनकी समझ में नहीं आ रहा था कि वे किस रास्ते को अपनाएं।

मैंने सोचा कि यदि मैं सावधानी और दिमाग से काम नहीं लूंगा तो वे लोग वापस लौट जाएंगे। और सुरंग पर पहुंचकर प्यूला को पकड़ लेंगे। इसलिए मैं झाड़ियों में से निकलकर खुले में भागने लगा। ताकि वे लोग मुझे देख सकें।

मेरे पीछे एक चीख उभरी और मैं समझ गया कि उन्होंने मुझे देख लिया है। मैं रुक गया। शाम हो रही थी और सूर्य अपनी अंतिम किरणों को पृथ्वी पर बिखेर रहा था, काफी गर्मी हो रही थी। सूर्य की लाल-लाल रश्मियां बालू पर पड़ रही थीं। दिन भर की गर्मी और सूर्य की तेज रोशनी के कारण बालू काफी गरम थी और उस पर चलना कठिन लग रहा था।

वे चारों मछुआरे एक साथ मिल गए थे, मैंने जल्दी ही पीछे मुड़कर देखा। अब वे एक चौड़े खुले स्थान पर आ गये थे। ऐसा लग रहा था कि मुझसे अधिक उनको गर्म बालू पर चलना कठिन हो रहा है। वे लोग मेरा रास्ता काट कर ऊंचाई की ओर से आगे आने की योजना बना रहे थे शायद। लेकिन वह ज्यादा प्रगति नहीं कर पा रहे थे। यदि मैं अपने और उनके बीच में दूरी बनाए रचाने में सफल हो जाता हूं और अंधेरा हो जाता है तो वे मुझे नहीं ढूंढ सकेंगे इतना निश्चित था। मैं खड़ा होकर उन्हें एक अवसर देना चाहता था।

तभी अचानक एक गोली चलने की आवाज आई और मेरे सिर के ऊपर से होती हुई गोली हवा में तैर गई। मैं बाल-बाल बचा था।

मैं उस गोली से ज्यादा घबराया। क्योंकि मैं समझता था कि झाड़ियां मेरी काफी मदद कर रही हैं और वे ठीक निशाना नहीं लगा सकते। मैंने इधर-उधर को मुड़ना शुरू कर दिया था।

मैंने दोबारा अपने पीछे की ओर देखा। वे लोग मेरे समीप आ गये लगते थे लेकिन मैं अपने और उनके बीच फासला बनाए रखने की सामर्थ्य रखता था। मैं नीचे लेट गया और अपनी सांस को संयत करने लगा।

मुझे प्यूला की चिन्ता हो रही थी। यदि इन लोगों ने किसी को ट्रक की सुरक्षा के लिये वहां छोड़ दिया होगा तो प्यूला पकड़ी जा सकती है। लेकिन सिवाय चुप रहने के मैं और कर भी क्या सकता था। वापस वहां तक पहुंचने की कोई आशा नहीं थी। उन लोगों की कतार अब काफी

समीप आ गई प्रतीत होती थी, वे लोग रास्ता काट कर आ रहे थे। वे लोग समझ रहे थे कि अर्धवृत्त में भागकर देर-सवेर वे मुझे पकड़ ही लेंगे।

दूसरी ओर मैं उनको अंधेरा होने तक इसी प्रकार अपने पीछे दौड़ाए रखना चाहता था। मेरे और उनके बीच का फासला अभी भी बना हुआ था। वे सब एक ही लाइन में दौड़ रहे थे।

मैं अधिक दूर नहीं गया होऊंगा। मेरे पीछे वाले आदमियों ने भी शायद इसी तरह सोचा होगा। मेरी दायीं ओर पहाड़ी का पिछवाड़ा था और वह काफी ऊंची थी। इसे देखकर मैं चिन्ता में पड़ गया। वे लोग मेरी बायीं ओर से मुझे को घेरने को बढ़ते चले आ रहे थे। यदि मैं उन्हें न देख लेता तो संभव था कि मैं पकड़ा जाता।

इससे पहले कि मैं उस पहाड़ी के सिरे तक पहुंचूं, मेरे लिए यह बहुत आवश्यक था कि उन लोगों की अपनी ओर आती हुई लाइन को तोड़ दूं।

दौड़ते-दौड़ते मैं एकदम ठहर गया और सामने की ओर गिर कर पहिये की तरह घूमने लगा मैं अपनी बायीं ओर को लुढ़का था।

अचानक ही मेरे पीछे की ओर एक फायर की आवाज हुई।

उसी प्रकार लुढ़कते हुए मैंने देखा कि उनमें से तीन आदमी रास्ता काटकर मेरे आगे आने की कोशिश कर रहे थे। लेकिन मुझे यहां छिपने के लिये और मेरी सुरक्षा के लिए काफी जगह थी।

उनमें एक तगड़ा और बड़ा मछुहारा काफी तेज दौड़ रहा था, उसकी लम्बी-लम्बी टांगें मुझे छूने को बढ़ी चली आ रही थीं।

हम दोनों उस घाटी के पहले सिरे पर पहुंच गये थे। मैं सोच रहा था कि यदि मैं उसको अच्छी तरह पीट सका तो मैं शहर की ओर निकल जाऊंगा। यदि वह मुझे पछाड़ लेता है तो वे लोग मुझे पकड़ने में सफल हो जाएंगे।

मैंने अपने और उसके बीच फासले का अनुमान लगाया और दांत भींच कर अपनी चाल तेज कर दी। मैं अपनी सीध में दौड़ा। मैं पूरी ताकत से दौड़ रहा था लेकिन वह आदमी मुझसे अधिक तेज दौड़ने वाला था। वह नजदीक आता जा रहा था। मैं अब उसे देख सकता था। मैंने उसका लाल चेहरा देखा। उसकी चोटी से नीचे तक पसीना तैर रहा था। वह मेरी ओर फासला कम करता हुआ बढ़ा चला आ रहा था।

मैंने उसे धोखा देना चाहा, मैंने सोचा उसे ठोकर मारकर गिरा दूं, लेकिन वह इसके लिए तैयार था। उसके हाथ मेरे कोट तक पहुंच रहे थे।

मैं उसके ऊपर उछला, लेकिन वह उछलकर अलग हो गया। उसकी बांहें भूखे भेड़िये की तरह मेरी ओर को फैली हुई थीं।

हम दोनों आपस में भिड़ गये और बालू पर नीचे जा गिरे। मैं उसके सिर की ओर झपटा लेकिन वह दूर हट गया। उसने मेरे झुके हुए मुंह पर एक चाटा जड़ दिया। मैंने तभी अपना मुंह दूसरी ओर घुमा लिया। मैंने उसकी छाती में बैल्ट से मारना शुरू कर दिया। वार कसकर पड़ रहे थे। वह उल्टा हो गया।

उसका सिर पीछे की ओर मुड़ गया था। मैंने दोनों हाथों से उसे पीटना शुरू कर दिया। मैंने उसके जबड़े को एक तरफ से पकड़ लिया और घुमाकर बालू पर दे मारा।

मेरे लिए अब रास्ता खुला हुआ था। लेकिन मेरी श्वांस जवाब दे चुकी थी, मैं एक-एक पैर बड़ी कठिनाई से उठाकर चल पा रहा था।

'इसको पकड़ो।'

उस आवाज ने मुझे मुड़कर देखने के लिए विवश कर दिया।

वह छोटा आदमी चौड़े-चौड़े कंधों वाला मेरे करीब आ गया था। उसके दाएं हाथ में 45 प्वाइंट का रिवाल्वर था और वह मेरी ओर निशाना लगा रहा था।

मैं रुक गया।

मैंने अपने हाथ ऊपर उठा लिए। हाथ ऊपर उठाने से मुझे अपनी श्वांस ठीक करने में भारी मदद मिली। भाग्यवश प्यूला को बाहर निकल जाने के लिए पर्याप्त समय मिल गया था।

वह मछुआरा, जिसे मैंने नीचे गिरा दिया था, उठकर खड़ा हो गया। वह मेरी ओर को आया। उसके चेहरे पर झुंझलाहट थी।

'इसको पकड़ो, मैक।' उस चौड़े कंधों वाले आदमी ने कहा।

मैक ने अपने हाथ मेरी ओर उठाये और रिवाल्वर अपने साथी की ओर फेंक दिया।

'यही आदमी है, जोय।' उसने कहा और मेरे पीछे खड़ा हो गया।

जोय मेरे सामने आकर खड़ा हो गया, उसकी छोटी-छोटी आंखें मेरे चेहरे पर जमी हुई थीं।

'तुम कौन हो?' मैं तुमको पहली बार देख रहा हूं।' वह बोला।

'मेरा नाम मेलोय है।'

'यही वह आदमी है जिसके बारे में वह बता रही थी।' मैक ने रुचि लेते हुए कहा।

जोय उछल पड़ा।

'हां, यह ठीक है, क्या तुम बैरत की खोज में लगे हुए हो?'

'हां, इसको दूसरी ओर घुमा लो।' मैंने कहा, 'क्या उसने तुमको नहीं बताया?'

जोय मुस्कराया—

'तुम इसको गलत समझ रहे हो। हम बैरत के आदमी नहीं हैं। हमारी अपनी एक प्राइवेट पार्टी है।'

अन्य पांचों आदमी भी वहां आ गये थे। उनकी सांसें फूल रही थीं। उन्होंने मुझे चारों ओर से घेर लिया था। लेकिन जोय ने उन्हें हाथ के इशारे से वापस भेज दिया।

'मैक, इन आदमियों को ले जाओ और काम खत्म कर दो। मैं इसको लेकर केबिन में जा रहा हूं, जब वहां काम खत्म हो जाए, तब वापस आ जाना।'

मैक ने गर्दन हिलाकर स्वीकार किया और बाकी पांचों आदमियों को लेकर सामने की ओर चला गया।

वहां मैं और जोय अकेले रह गये थे।

'देखो।' जोय ने कहा। उसने अपना रिवाल्वर मेरी ओर कर दिया, 'अब बताओ क्या कह रहे थे। यदि तुमने कोई हरकत नहीं की तो गोली नहीं मारूंगा और यदि तुमने जरा भी भागने की कोशिश की तो मैं इसको इस्तेमाल करने में जरा भी देर नहीं करूंगा।'

अब मेरे पास उसका अध्ययन करने के लिए पर्याप्त समय था। वह लगभग चालीस साल का रहा होगा। उसके चमकदार चेहरे पर छोटी-छोटी आंखें थीं, पतले होंठ। ऐसा लगता था जैसे मैंने उसे कभी देखा है। जोय का कद छोटा था और उसके कंधे चौड़े थे। अपनी छोटी गर्दन और छोटे हाथों से वह एक शक्तिशाली जैसा मालूम पड़ता था।

'सामने की ओर चलो।' उसने कहा, 'मैं तुम्हें बता दूंगा कि कब रुकना है।' उसने अपना हाथ पहाड़ी के सिरे की ओर उठाकर इशारा किया था, 'यदि तुमने पीछे मुड़कर देखा तो मैं तुम्हें गोली मार दूंगा, समझे।'

मैंने कहा, 'मैं समझ गया हूं।'

'तब आगे बढ़ो।'

मैं इस बात को बिना जाने कि मुझे कहां जाना है आगे-आगे चलता गया। वह मेरे पीछे से मुझे निर्देश देता हुआ चल रहा था।

मैं सोच रहा था कि यह आदमी कौन हो सकता है। वह लोग इसको कहां से लाए हैं? वे लोग कौन-सा काम समाप्त करने वापस गए हैं? मुझे यह सोचकर इत्मीनान था कि हो सकता है मिफलिन अपने आदमियों को लेकर ठीक वक्त पर यहां पहुंच जाए।

'यह वही आदमी है जिसके बारे में वह बता रही थी।' जोय ने अपने साथियों से कहा था। और मैं सोच रहा था वह कौन हो सकती है?

हम पहाड़ी के सिरे पर आ पहुंचे थे। अब चलना कठिन हो रहा था। मैं कई जगह ठोकर खा जाता था। हर बार जोय मेरी ओर गुर्राता था, 'दाएं रास्ते को चलो या बाएं हाथ को चलो।' वह वह निर्देश देता जा रहा था। लेकिन उसने मेरे और अपने बीच के फासले को कम नहीं होने दिया। मैं चुपचाप चलने के अतिरिक्त और कर भी क्या सकता था।

अब सूरज बिल्कुल छिप गया था और उसकी रोशनी मद्धिम पड़ गई थी। थोड़ी देर के बाद ही घना अंधेरा छा जाएगा इससे मुझे एक सौभाग्यशाली अवसर मिल सकता था, लेकिन मैं जानता था कि मुझे सावधान रखना चाहिये। जोय अपने हाथ में रिवाल्वर लेकर मेरे ठीक पीछे था। यदि मैंने अंधेरे का लाभ उठाना चाहा तो वह क्या कर देगा, यह मैं समझ रहा हूं।'

'ओ. के....पैरी।' उसने अचानक कहा, 'रुक जाओ थोड़ी देर सुस्ता लें। पीछे घूमकर बैठ जाओ।'

मैं उसके सामने आ गया।

वह मुझसे लगभग चार गज दूर था और सुअर की तरह पसीने से भीग रहा था। पहाड़ी के ऊपर की गर्मी उसको बर्दाश्त नहीं हो रही थी। उसने मुझे हाथ के इशारे से एक पत्थर पर बैठने के लिए कहा और सामने की ओर एक दूसरे पत्थर पर बैठ गया। वह अपनी थकान दूर करना चाहता था।

उसने अपनी जेब से एक पैकिट निकाला और उसमें से एक सिगरेट निकालकर जलाई और उस पैकिट को मेरी ओर फेंक दिया, क्या यह उसी तरह की है—जैसी कि सुरंग में थी?' उसने पूछा और अपनी नाक और मुंह से धुआं छोड़ने लगा। मैंने पैकिट उसको वापस करते हुए कहा, 'उसमें आदमी खाने वाले चूहे भरे हुए हैं।'

उसकी छोटी आंखें जलने लगी थी।

'चूहे? मैंने भी सुना था कि वहां चूहें हैं, लेकिन मैंने विश्वास नहीं किया था। क्या तुम यहां अफीम की सिगरेटें भी देखी थी।'

'हां, लाखों की तादाद में है। लेकिन मैं उनको गिनने के लिए रुका नहीं। यह मेरा अनुमान ही है।

वह मुस्कराया, उसका एक टूटा हुआ दांत साफ दिखाई दे रहा था।

'क्या बहुत बड़ी तादाद में थीं? मैंने उनसे पहले ही कहा था कि उसने उनको यहीं कहीं छिपा रखा है। वह किस तरह पैक की हुई थी?

'बक्सों में?' वह कौन है?'

उसने मेरी ओर घूरकर देखा।

'मैं तुमसे प्रश्न पूछ रहा हूं, पेरली? तुम उनका उत्तर दो।

अचानक ही मुझे एक विचार आया।

तुम्हारा क्या व्यापार है?' मैंने पूछा, क्या तुम बैरत के साथी हो?

'यह तुम्हारा अनुमान है पैरी। हमने अफीम के भंडार पर अपना कब्जा कर लिया है। अब यह हमारी देख-रेख में है। वह खड़ा हो गया, अच्छा अब हमें चलना चाहिये। पहाड़ी के ऊपर से दाई ओर को सीधे चलो।'

हम पहाड़ी की ओर बढ़ने लगे। अब लगभग इतना अंधेरा हो गया था कि हम कहां जा रहे हैं लेकिन जोय की आंखें शायद बिल्ली की-सी आंखें थीं। वह बराबर मुझे चेतावनी और निर्देश देता जा रहा था। उसे चलने में कोई कठिनाई नहीं हो रही थी।

अचानक उसने कहा, 'रुक जाओ।'

मैं रुक गया।

उसने एक सीटी बजाई। एक क्षण बाद ही हमारे सामने कुछ गज की दूरी पर रोशनी फैल गई। मैंने देखा कि बड़ी होशियारी और सूझ-बूझ से झाड़ियों और पेड़ों के बीच में एक लम्बा केबिन पहाड़ी की ओर बना हुआ था।

'अच्छा है।' जोय ने पूछा, 'हमने इसे स्वयं बनाया है। तुम इसके सामने होकर निकल जाओगे, लेकिन तुम्हें इसके होने का आभास तक नहीं होगा। सामने चलो और उसके अंदर घुसो।'

मैं आगे बढ़ा।

दरवाजा खुला हुआ था। मैं उसके अंदर चला गया। सामने एक कुर्सी पर मेरी जेरोम अपने होंठ में एक सिगरेट दबाए और हाथों को पीछे की ओर लटकाए बैठी थी।

□ □

जोय ने मेरे पीछे दरवाजा बंद कर दिया। मैंने उसकी ओर कोई ध्यान नहीं दिया कि वह क्या कर रहा है। मैं एकटक मेरी जेरोम की ओर देख रहा था जो मेरे अभियान की अन्तिम विभूति थी। मैं अचानक ही उसको उस केबिन में पाकर आश्चर्य में पड़ गया।

वह लाल और पीले रंग की कमीज पहने थी। उसके काले बालों में लाल फीते का फूल बना हुआ था जिसमें कि वह और भी सुन्दर दिखाई दे रही थी। पहले से भी अधिक सुन्दर।

'हैलो।' मैंने कहा, तुम्हें विश्वास नहीं होना कि मैं न जाने कब से तुमको ढूंढ रहा हूं।'

बोलना बंद करो पेरी।' जोय ने कहा, तुमको भाषण देने के लिए किसने कहा। चुपचाप बैठ जाओ।'

उसने मेरी ओर रिवाल्वर से एक कुर्सी की ओर इशारा किया,

मैं बैठ गया।

तुमने इसे कहा पाया?' मेरी जेरोम ने पूछा।

जोय उसकी ओर देखकर मुस्कराया। वह अपने आप में बहुत खुश था।

'उस सुरंग में से हमने इसको बाहर निकालते ही देख लिया था। यह भागने लगा था लेकिन हम इसे पकड़ने में सफल हो गए।

'क्या वह अकेला था?'

'हां अकेला ही था।'

'तब उसे भालू की तरह भागने की क्या जरूरत थी?'

'जोय उसकी ओर मुड़ा और अपने बालों में अंगुली डालकर कुछ सोचने लगा।

तुम्हारा क्या मतलब है?'

'यदि यह भागना चाहता था तो हाईवे की ओर भाग सकता था। क्या वह ऐसा नहीं कर सकता था?' उसने सोचते हुए पूछा।

जोय के चेहरे पर खिंचाव-सा आ गया था। वह मेरी ओर मुड़ा।

'तुम्हारे साथ कोई और भी था? क्या तुम अकेले नहीं थे?'

'क्यों नहीं। मेरे साथ एक लड़की भी थी। मैंने उसको बताया, वह कानूनी कार्यवाही करने गई है।'

मेरी ने अपने कंधे उचकाए।

मैंने तुमको बताया था जोय।' उसने कहा, 'तुम जब किसी काम को करते हो तो अक्सर गलतियां करते हो।

जोय ने अपने चेहरे को लाल करते हुए कहां, यह बात मैं किस तरह जान सकता था?'

लेकिन अब तुम इसके बारे में जल्दी ही कुछ व्यवस्था करो।'

'हां।' उसने अपना मुंह मेरी ओर घुमाया, 'इसका मतलब यह हुआ कि वह फिर यही आयेगी। क्या तुम इसकी निगरानी कर सकती हो?'

उसने स्वीकृति में सिर हिलाया।

'मैं इसकी निगरानी कर सकती हूं जोय। बेहतर होगा कि तुम उसके बारे में कुछ सोचो।'

'मुझे मेरा रिवाल्वर दे दो।'

उसने भरा हुआ रिवाल्वर उसके हाथ में थमा दिया।

'अब जाओ जोय।'

उसने एक बार फिर मेरी ओर देखा।

तुम यह न समझना कि वह गोली नहीं मार सकती। यदि तुमने कोई हरकत की तो यह गोली तुमको मार देगी।'

वह केबिन से बाहर चला गया।

मैंने उसको रास्ते की झाड़ियों को हटा-हटाकर चलने की आवाज सुनी। मैंने अनुमान लगाया कि उसे सुरंग तक पहुंचने में आधे घटे से कम समय नहीं लगाना चाहिये।

ठीक सी समय मिफलिन भी पहुंच सकता है।

मेरी जेरोम अपनी जगह से उठकर मेरे सामने आ बैठी थी। उसके हाथ में रिवाल्वर था। उसने रिवाल्वर अपनी गोद में रख लिया और हाथों को पीछे लटकाकर बैठ गई।

मैंने कमरे से भागने की संभावनाओं पर विचार किया। मुझे मामला ठीक नहीं दिखाई दिया।

मेरा विचार है कि हमको मिले एक लम्बा समय बीत गया हे। मैंने कहा, क्या वह तुम ही थी, जिसने प्यूला को सुरंग से मेरे होने की बावत बताया था।'

'हां लेकिन यह मत पूछो कि क्यों? मेरा अनुमान है मेरे स्वभाव में दया और कोमलता आती जा रही है।' अचानक उसकी आवाज भारी हो गई थी।

'यह जोय कौन है?' क्या यह तुम्हारा आदमी है?'

'नहीं।' उसने अपना हाथ मेरी ओर को हिलाया, 'तुम बेकार प्रश्न पूछकर मुझे तंग कर रहे हो?'

'नहीं तो।'

'अच्छा, आगे बोलो। पूछे जो कुछ पूछना है। मैं अपने आपको बहुत चतुर समझती थी। मुझे यहां लाया गया है। मैं समझती थी कि मैं जोय को काबू कर लूंगी। लेकिन मैं वैसा नहीं कर सकी।'

'अब हम दोनों साथ जा सकते है।'

उसने अपना सिर हिलाया।

'इस तरह नहीं। जोय इसको पसंद नहीं करेगा और मैं उसके विपरीत नहीं जा सकती। हम यही थोड़ी देर तक प्रतीक्षा करेंगे। यदि वह वापस न आये तो तुम चले जाना।'

'लेकिन मान लो, यदि वह वापस आ गया तो?' में उसकी ओर अपनी कुर्सी सरकाते हुए बोला, मेरे साथ कैसा व्यवहार होगा?'

वह मुस्कराई।

'यह तुमको कोई हानि नहीं पहुंचायेगा। जोय इस प्रकार का आदमी नहीं है। वह तुमको तब तक यहां रोके रखेगा जब तक कि वह स्वयं न निकल जाए। तुम इस बारे में चिन्ता मत करो। तुम यहां तभी तक हो जब तक कि जोय वापस नहीं आ जाता।'

'तुम अभी तक कहां छिपी हुई थी?'

वह थोड़ी-सी मुस्कराई।

'क्या तुम अनुमान नहीं लगा सकते?' मैं ली की पत्नी हूं।

मैं संभलकर बैठ गया और उसकी ओर देखने लगा।

डैड्रिक की पत्नी?'

'मैंने अभी क्या बताया था।

लेकिन उसकी शादी तो सरीना मार्शलैण्ड के साथ हुई थी।'

उसने पहले मुझसे शादी की थी। उसने एक सिगरेट की डिब्बी उठाई और एक सिगरेट जला ली, लो दो शादियां करने जैसा छोटा काम कर सकता था, यह उसके व्यापार का तरीका था।'

'तुम्हारा मतलब है कि सरीना से शादी करना धोखा था?'

'हां वास्तव में, हव इस बात को नहीं जानती थी। अब उसे मालूम हो गया है। उसने कुटिल हंसी बिखेरते हुए कहा।

'क्या तुमने उसे बताया था?'

मैंने उसके पिता को बताया था।'

'क्या इसी विषय में वह तुमसे मिलने बेच होटल में गया था?'

उसने टेढ़ी नजर से मेरी ओर देखा।

'यह बात तुम्हें मालूम हो गई है? हां, तभी मैंने उसे बताया था और मैंने उससे काफी धन प्राप्त किया है। मैंने चुपचाप होटल छोड़ दिया था।उसने मुझे एक हजार डालर दिये थे और कहा था कि मैं चुपचाप डैड्रिक से अलग हो जाऊं।'

'अब इस बात को मत सोचो, कि तुमने पहले पहल उसे, बताया था। तुमने डैड्रिक के साथ कब शादी की थी ?'

'लगभग चार साल पूर्व मुझे ठीक तारीख याद नहीं है। यह कोई याद रखने वाली बात भी नहीं है। मैं उसे पेरिस में मिली थी, और उसके प्रति आकर्षित हो गई थी। वह ऐसी ही बनावट का आदमी है। जिस पर अनेक स्त्रियां लट्टू हो सकती है। हमने शादी कर ली थी। वह कोई रोमांचकारी दृश्य नहीं है। मुझे नहीं मालूम कि उसने मेरे साथ शादी क्यों की थी। लेकिन उसने की थी। उसके पास हमेशा ही काफी मात्रा में रुपये होते थे और कभी कोई काम करता प्रतीत नहीं होता था। मेरा अनुमान है उसके धन ने ही मुझे आकर्षित किया था। अच्छा, मेरी जो इच्छा थी वह मुझे मिल गया। उसने सिगरेट आग में फेंक दी। और दूसरी उठा ली, 'मुझे किसी तरह पता चल गया था कि वह पेरिस में तस्करी का धंधा करता है। जोय उसके साथ काम करता था। उसने भी मेरी काफी मदद की थी। इसके बाद मार्शलैण्ड की लड़की से उसकी मुलाकात हुई। मुझे इसके बारे में कोई जानकारी नहीं है कि उन दोनों में क्या हुआ। वह वहां से हफ्तो गायब रहता था और मैं सोचती थी कि किसी धंधे के लिए गया होगा। और फिर बिना किसी पूर्व सूचना के वह गायब हो गया। जोय और मैं उनको नहीं पा सके। लेकिन इसी बीच पुलिस हमको पकड़ने वाली थी कि हमने फ्रांस से भाग निकलने की व्यवस्था कर ली, और हम यहां आ गये। जब मुझे यह मालूम हो गया कि उसने सरीना के साथ शादी कर ली है तब मैं बैरत के पास गई। तुम बैरत के बारे में जानते हो?'

मैंने बताया कि मैं बैरत के बारे में जानता हूं।'

वह उसकी निगरानी रखना चाहता था। वह बोली, उसने मुझे धोखा दिया, उसका चेहरा कठोर हो गया था।' उसने मुझे बताया था कि किसी ने सरीना मार्शलैण्ड से उसका धन प्राप्त करने के लिए शादी की थी। जैसे ही वह धन प्राप्त कर लेगा, वह मेरे पास आ जायेगा। उसने मुझसे इस काम में सहयोग देने को कहा, था और कहा था कि मैं डैड्रिक को स्वतंत्र छोड़कर अलग रहूं। बेवकूफों की भांति मैंने उस पर विश्वास कर लिया। मैं यहां चन्दोल होटल में ठहर गई। मुझसे मालूम हो गया कि बैरत मेरे खिलाफ कुछ करने वाला है, तभी मैंने बैच होटल में कमरा ले लिया।'

उसने मेरी ओर झुककर पूछा, क्या तुमको रुचिकर लग रहा है?'

'थोड़ा बहुत। मैंने कहा, यह उस तरह नहीं है जिस तरह मैं सुनने की आशा कर रहा था। लेकिन तुम चिन्ता मत करो, आगे बताओ।'

'तुम क्या सुनने की आशा करते थे?'

'तुम अपनी बात पहले समाप्त करो—क्या कहना चाहती हो। मैं तुमको बाद में बताऊंगा।'

वह मुस्कराई।

'कहानी अब ज्यादा शेष नहीं है। मैंने सोचा कि मैं ली से अकेले में मिल सकूं तो उसे अपने पास पुनः आने के लिए विवश कर सकती हूं। मुझे मालूम होगा कि वह ओसीन एंड जा रहा है, मैं उससे मिलने के लिए वहां गई। यह तब की बात है जब मैं तुमसे मिली थी। वहां मैंने सुना कि उसका अपहरण कर लिया गया है। उसका अपहरण नहीं हुआ था, क्या उसका अपहरण हुआ है?'

'नहीं लेकिन आपने अपहरण का धोखा देकर उसने मरीना से पांच लाख डालर प्राप्त कर लिए है। वह अकेला ही नहीं है। अन्तिम बार मैंने उसे बैरत के साथ उसी के कमरे में रखा था।'

मैं उस बारे में पड़ा है। यह उस तरह का काम है जिसे यह कर सकता था। मुझे मालूम है कि बैरत इस सुरंग में अफीम रख कर यही से बाहर भेजता है। जोय और में साथी बन गये हैं और हमने उस पर कब्जा कर लिया है। मैं बैरत से मिलना चाहती हूं। मेरा विचार इस भण्डार की आग की भेंट चढ़ाने का है। लेकिन जोय का दूसरा मन है। वह इसके जरिये अपना अलग धंधा शुरू करना चाहता है। तस्कर का कार्य करना मेरी रुचि के विपरीत है मैंने इस बात में कुछ देख और भुगत लिया है। जोय कहीं बाहर नहीं जा सकता। उसके पास इतना दिमाग भी नहीं है। मैं उसको अपना विचार बताती हूं और उसको निर्देश देती हूं।' उसका चेहरा कठोर हो गया था, 'एक स्त्री किसी भी पुरुष के साथ लम्बे समय तक सुरक्षित नहीं रह सकती। देर सबेर वह उसे विवश कर ही देगा।'

'कुछ स्त्रियां भी पुरुषों को विवश कर देती है। मैंने कहा और उसकी देखकर मुस्कराया।

तभी अचानक बिना किसी पूर्व चेतावनी के बन्दूकों की गोलियों की आवाज आई और हमारे दोनों के पैरों के पास गोली आकर लगी।

'यह क्या है?' मेरी ने जोर से पूछा और खिड़की की ओर दौड़ी।

'संभव है पुलिस आ गई हो और जोय को पकड़ना चाहती हो। मैंने आशान्वित होकर कहा। लेकिन तभी अपने को एक ओर सुरक्षित करके बोला, मैं रोशनी को तेज कर दूंगा।

जैसे ही मैं नीचे को लालटेन उठाने को झुका, कई गोलियां एक साथ चलने की आवाज आई। मैंने हिचकिचाकर लालटेन को हुक पर टांग दिया और रोशनी तेज कर दी।

'ये जोय और मैक है। मेरी ने कहा और दरवाजा खोलने की दौड़ी।

बंदूक से गोली चलने की रोशनी दूसरी ओर दिखाई दी। वहां अंधेरा था। किसी तरह भी घाटी के दूसरी ओर से उसका प्रति-उत्तर मिला। गोलियां लकड़ी की छत में लग रही थी।

'जोय और मेक हांफते हुए कमरे में घुसे और दरवाजा बंद कर लिया।

□ □

लगभग एक या दो मिनट तक उनमें से कोई नहीं बोल सका। वे दीवार के साथ लगकर लेट गए थे। वे अपने आपको संयत कर रहे थे। जबकि गोलियों की आवाज घाटी में गूंज रही थी।

रायफलें ले लो।' जोय बोला, यह बैरत है।'

मेरी उछलकर कमरे के दूसरी ओर चली गई। मैंने अलमारी खोलने की आवाज सुनी। वह दो राइफल लेकर वापस आ गई और जोय तथा मैक को दे दी।

'क्या तुम भी साथ दोगे?' उसने पूछा। उसने इस तरह पूछा था जैसे चाय पीने का साथ देने को पूछा जाता है।

'हां यदि वास्तव में यह बैरत है तो मैं तुम्हारा साथ जरूर दूंगा।'

वह वापस अलमारी की ओर चली गई और दो राइफलें और लाई साथ ही काफी मात्रा में कारतूस भी ले आई।

जैसे ही हमने राइफलें लीड की उसने पूछा, 'क्या हुआ था जोय?'

'वहां लगभग दस आदमियों के साथ बैरत घूम रहा था। 'मैक ने बताया, तुम वहां नहीं थी, खिड़की की ओर इशारा किया। फिर मेरी ओर भी देखकर बोला, वे लोग उस चौकोर जगह पर वे हम नीचे तली पर थे। वह चूहों को मारने जैसा काम था। उन्होंने अपने पहले ही हमले में हैरी, ल्यू और जोर्ज को मार डाला। वह ट्रक के पीछे छिपकर हमारा इंतजार कर रहे थे। वे लोग चौकोर जगह पर एकत्रित हो गये थे। मैं अपने तमाम आदमियों में से अकेला ही शेष बचा था। मैं वहीं पर लेट गया था और प्रतीक्षा कर रहा था। अन्त में उन्होंने निश्चय किया कि नीचे आकर तलाश करे। हैरी और जोर्ज तब तक जीवित थे। वे बुरी तरह घायल हो गये थे। लेकिन वे सांस ले रहे थे। बैरत ने उनके सिर को निशाना बनाकर उन दोनों को गोली मार दी। मैंने वहां से खिसक जाना ही ठीक समझा क्योंकि वे लोग अब उस जगह की तलाशी लेने आ रहे हैं। मैं उस चौरस जगह के सिरे पर पहुंच गया तभी जोय लौट रहा था। उन्होंने जोय को देख लिया। मैंने जोय को गोली न चलाने के लिए कहा था, किन्तु जोय ने गोली चला दी। उन्हें हमारी दिशा का ज्ञान हो गया है और अब वे इधर ही आ रहे हैं। मैं अंधेरे में भागकर छिप जाना चाहता हूं लेकिन

जोय के साथ नहीं। शहर की ओर से हमारे ऊपर रोशनी पड़ती रही है। इसलिए मेरा अनुमान है कि वे इधर ही आ रहे होंगे।'

जोय ने कहा कि अंधेरे से दो को उसने समाप्त कर दिया है। तुम क्या समझते हो, मैं तो उसे भी मार डालता लेकिन वह ऐन मौके पर पीछे हट गया।

जब वे लोग बातें कर रहे थे, मैं केबिन के नीचे से घाटी का निरीक्षण कर रहा था। घाटी और केबिन की छत में ज्यादा फासला नहीं था। यदि कोई आदमी घाटी पर थोड़ा ऊंचाई पर चढ़ जाय तो बिना दिखाई दिये केबिन की छत पर आ सकता था, और केबिन की छत के सामने की ओर दरवाजे पर आ जाना कोई बड़ी बात नहीं थी।

मैंने खिड़की की झिरी में रायफल टिकाकर उस अंधेरे में गोली चला दी। गोली घाटी में लगी जिसकी आवाज से केबिन की दीवारें भी हिल गई।

वे लोग दूसरी ओर घाटी में है। मैंने कहा, 'यदि वे केबिन की छत पर आ गए तो बड़ा खतरा उपस्थित हो जायेगा। मैंने नीचे की ओर कुछ हलचल अनुभव की थी तभी मैंने उस ओर गोली चला दी है।

मैक और जोय ने भी ठीक उसी समय गोली चलाई थी। सामने से एक जोर की चीख सुनाई दी। यद्यपि उन दोनों आदमियों के पास सोचने-समझने की योग्यता नहीं थी। लेकिन निशाना काफी अच्छा लगा सकते थे। यह मैंने देख लिया।

'लो यह एक और आदमी मेरे हिस्से में आ गया है।' जोय ने कहा। यह काफी संतुष्ट दिखाई दे रहा था।

मैंने मेरी की बांह पकड़कर उसे अपनी ओर खींच लिया और अपने से सटा लिया, 'क्या यहां से बाहर जाने के लिए सामने वाले दरवाजे के अलावाभी कोई गुप्त रासता है या नहीं?' मैंने पूछा।

उसने अपना सिर हिलाकर स्वीकार किया।

'छत पर किस तरह जा सकते हैं?'

'ऊपर छत पर जाने के लिए एक जीना है, लेकिन यदि एक बार तुम ऊपर चले गए तो बचाव का कोई उपाय नहीं है। छत पर छिपने की कोई जगह नहीं है।'

'तुम्हें विश्वास है?'

'तुम रस्सी के जरिये दूसरी ओर उतर सकते हो लेकिन यह बहुत कठिन होगा।'

'मेरा ख्याल है कि एक बार लाकर स्वयं देख लेता। मैंने कहा, एक रस्सी ला सकती हो?'

एक रस्सी रसोईघर में पड़ी है।

जोय ने अचानक फिर फायर कर दिया।

'बाहर की ओर देखो वे लोग आ पहुंचे है।'

हमने छः या सात आकृतियां चलती हुई देखी जो घाटी में दूसरी ओर को दौड़ रही थीं। हमने जितनी जल्दी हो सकता था फायरिंग शुरू कर दी। बिना किसी एक को निशाना बनाए हम उस झुण्ड की ओर फायर कर रहे थे। उनमें से दो आकृतियां नीचे की ओर गिर पड़ी। अन्य दूसरी

आकृतियां पीछे की भागकर नीचे की ओर गिर पड़ी। अन्य दूसरी आकृतियां पीछे को भागकर नजरों से ओझल हो गई। ऐसा प्रतीत होता था कि उन लोगों ने साइड ले ली है।

रस्सी ले आओ।' मैंने मेरी से कहा, और उस चोर दरवाजे को खोल दो, हमें इस काम में देर नहीं करनी चाहिये।'

तुम दोनों क्या फुसफुस कर रहे हो?' जोय ने पूछा।

'यह यहां से भाग जाने की व्यवस्था कर रहे हैं। मैंने बताया, 'यदि हम छत के ऊपर से दूसरी ओर उतरने में सफल हो गये तो यहां से निकला जा सकता है।'

बहुत मोटा दिमाग है। तुम्हारा ऊपर छत पर जाना चूहे की मौत मरने जाना है। वहां छिपने की कोई जगह नहीं है। जब चांद घाटी के ऊपर उठ आयेगा तो ऊपर छत साफ दिखाई देने लगेगी।

'हमने इस पर विचार कर लिया है। मैंने कहा और मैंने देखा कि वास्तव में चांद की पहली किरण पहाड़ी के ऊपर दिखाई दे रही थी।

'दो या तीन मिनट में ही सारी घाटी चांद की रोशनी से पूरी तरह जगमगा उठेगी।

'अच्छा, यह हमारे लिए और भी अच्छा रहेगा। मैक ने कहा। वह अपने पैरों के बल उकडूं बैठ गया था। हम उन लोगों को वहां से भी आसानी से समझ लेंगे।'

'तुम क्या समझते हो यह कोई खेल है?' जोय बोला।

वे लोग पिछली पांच मिनट से शांत है।'

'वे चुप क्यों हो गये है?' मैंने पूछा, वे लोग शायद चांदनी के पूरी तरह फैल जाने की प्रतीक्षा कर रहे हैं। वे इस खिड़की के द्वारा इस केबिन में आसानी से देख सकते हैं।'

'मुझे रस्सी मिल गई है।' मेरी ने दूसरे कमरे से आवाज दी।

'मैं रस्सी लेकर ऊपर छत पर जा रहा हूं। तुम उन लोगों पर नजर रखना।'

'समझ से काम लो तुम अपनी कब्र स्वयं अपने हाथों से खोदने जा रहे हो।' जोय ने कहा, मेरी समझ में तो तुमको ऊपर नहीं जाना चाहिये।

मैं अंदर वाले कमरे में चला गया।

मेरी के हाथ में एक लालटेन थी उसने मुझे जीने की ओर संकेत किया। जीना बिल्कुल छोटा सा था।

यह अच्छा होगा कि तुम ऊपर छत पर न जाओ, वे तुम्हें देख लेंगे और तुम...।' उसने गंभीर होते हुए कहा।

देखो, जब मैं ऊपर जाऊं तुम दोनों सामने की ओर को फायर करना ताकि उन्हें इस बात का पता चले कि हम लोग कहां है? मैं ऊपर छत पर जा रहा हूं।' मैंने उन दोनों से कहा।

'हां, यह तुम्हारी सुरक्षा के लिए अच्छा रहेगा। मैक ने कहा।

उन दोनों ने उस घाटी की ओर फायर किए, मैं थोड़ी देर यह सुनने के लिए वहीं खड़ा रहा कि क्या प्रतिक्रिया होती है। लेकिन दूसरी ओर से किसी तरह का उत्तर नहीं मिला।

मुझे आश्चर्य हो रहा था कि वे लोग किस तरह की योजना बना रहे हैं। जो भी होगा, देखा जाएगा, मुझे ऊपर छत पर चलना चाहिये। मैं बड़बडाया।

मैं सावधानी से जीने पर चढ़ गया और छत में बने गुप्त रास्ते को सरकाकर खोल दिए। मेरे सामने सपाट छत फैली हुई थी। मैंने एक ओर झांककर देखा।

चांदनी पूरी तरह से ऊपर फैलने वाली थी। और तय इस पर दिन की जैसी रोशनी हो जायेगी।

ऊपर पहाड़ी के लिए सीढ़ीनुमा रास्ता था। यदि कोई छत पर जाने की कोशिश करेगा तो भारी मुसीबत में पड़ सकता है। और छत से उस ओर उतरना तो और भी कठिन लगता था। इसका मतलब यह है कि हमें नीचे कमरे में रहकर ही प्रतीक्षा करनी चाहिये। मुझे कोई अनुमान नहीं था कि हमें किसने समय तक प्रतीक्षा करनी होगी।

मैं फिर जीने से नीचे उतर आया।

ऊपर अच्छा नहीं है। रस्सी से मदद मिलने की कोई आशा नहीं है। ऊपर काफी रोशनी फैल गई है, अगले एक घंटे में वहां दिन की तरह उजाला फैल जायेगा।'

'क्या काफी नहीं मिल सकती? मैंने मेरी से कहा, 'हमें यहीं पर उन लोगों के आने की प्रतीक्षा करनी चाहिये। मैं बाहर वाले कमरे में जाकर उन दोनों को देखता हूं तब तक तुम काफी की व्यवस्था कर दो।

मैं बाहर वाले कमरे में लौट आया।

मैक एक सिगरेट पी रहा था और घाटी के नीचे की ओर देख रहा था। जोय मेज के एक किनारे पर बैठा था और खिड़की से बाहर की ओर झांक रहा था।

'क्या तुमने उस चौकोर स्थान पर किसी लड़की को देखा था?' मैंने मैक को पूछा।

'नहीं—क्यों?'

'जो लड़की मेरे साथ थी, मैंने उसे पुलिस को बुलाने के लिए भेजा था।'

'वे हमारी मदद को नहीं आयेंगे। तुमने कभी घाटी से बाहर की ओर से फायर की आवाज सुनी है?' मुझे नहीं मालूम लेकिन मैं इतना समझता हूं कि यदि वे यहां आ भी जायेंगे तो भी उनको पता नहीं चल सकता कि फायर किधर से हो रहा है।' जोय ने कहा, 'और दूसरी बात यह है कि वे लोग हमें भी पकड़ कर ले जायेंगे। मैं पुलिस के हाथ में पड़ना नहीं चाहता।'

'सोचो, क्या यहां सिगरेट पीना सुरक्षित है?' जोय ने मैक से कहा।

'अंदर जाकर बैठो, और आराम से सिगरेट का आनन्द लो। मैं तुम्हारा स्थान ले लेता हूं।

'तुम अच्छे आदमी हो, गेलोय। मैंने तुमको गोली न मार कर अच्छा ही किया है।'

'तुमने मुझ पर दया की। इसके लिए मैं आभारी हूं जोय। उसने जमीन पर बैठकर एक सिगरेट जला ली।

'बाहर की ओर जाकर देखो मैक, मुझे लगता है वे कोई योजना बना रहे है।'

मेरी काफी तैयार कर ले आई थी। जोय ने उसकी ओर देखा और अपनी जेब से एक बोतली निकाली।

किसी को रम पीने की इच्छा है?' उसने बोतल हिलाकर पूछा।

मैक ने उसे लेकर मेरी ओर किया लेकिन मैंने सिर हिलाकर मना कर दिया।

‘इस समय मुझे काफी की जरूरत है।’

‘बहुत अच्छी बात है। तुम्हारे यहां निकल जाने की पूरी आशा की जा सकती है।’ जोय ने कहा। उसने काफी में रम मिला ली।

मैं नहीं समझता कि हम सभी यहां से क्यों नहीं निकल सकते।’

‘चुप रहो जोय तुम ज्यादा जोर से बोल रहे हो, यदि तुम्हारी आवाज किसी ने सुन ली तो वह तुम्हें गोली मार सकता है। मैक ने कहा।

‘यह गलत बात है।’ जोय ने और जोर से कहा और खड़ा होकर कमरे के दूसरी ओर चला गया।

तभी अचानक एक फायर की आवाज से घाटी गूंज उठी। ऐसा लगता था कि वही पास की झाड़ी से ही थाम्पसन ने रायफल से गोली चलाई थी।

जोय दो कदम लरजता हुआ आगे बढ़ा और फर्श पर गिर पड़ा।

हममें से कोई नहीं हिला। थाम्पसन बराबर गोलियां बरसा रहा था। गोलियां खिड़की की ओर से आ रही थीं और दूसरे दरवाजे की साथ वाली दीवार पर लग रही थी। अचानक गोलियां चलनी बंद हो गयी, जिस तरह अचानक वे शुरू हुई थी वैसे ही रुक गई।

‘बाहर की ओर से सचेत रहो, मैक।’ मैंने कहा और जोय की ओर गया। गोली उसके सीने को चीर गई थी। उसकी छाती में एक बड़ा सूराख हो गया था।

‘क्या वह मर गया?’ मेरी ने पूछा। उसकी आवाज काफी धीमी और भयमिश्रित थी। वह बुरी तरह घबरा गई थी।

‘हां।’

‘अच्छा, मैं भी इसी तरह मारा जाऊंगा। मैक ने कहा, ‘मैं बायें के साथ कह सकता हूं कि इस मेरी ने उन लोगों की ओर संकेत दिया होगा, यह हमेशा ही उससे घृणा करती थी।’

अपने आपको खिड़की के सामने मत आने दो, वहां से साफ दिखाई दे सकता है। मैंने मैक को समझाया जो एक दूसरी खिड़की की सीध में आ गया था।

‘तुम्हें यकीन है कि वे लोग खिड़की की सीध में है, लेकिन मैं शर्त लगा सकता हूं कि वे कुत्ते की औलाद ऊपर की ओर कहीं है।’

तभी थाम्पसन की आवाज पुनः गूंज उठी। गोलियां कमरे में आ रही थी।

‘बाहर की ओर देखो, वे लोग आ पहुंचे है।’ मैक बोला।

चांदनी में कई आकृतियों को मैंने दौड़ते हुए देखा। वे दायीं ओर बायीं ओर को दौड़ रही थी। वे इस तरह भाग रहे थे कि उन पर गोली का निशाना नहीं लगाया जा सकता था। वे लोग घाटी से झाड़ियों की ओर आ गए थे।

‘अब हम अधिक सुरक्षित नहीं है।’ मैंने कहा। अब वे ऊपर की ओर जा रहे हैं। वे दरवाजे तक बिना दिखाई दिए आ सकते हैं।’

‘वे लोग अंदर आ सकते हैं।’ मैक बोला, ‘जोय की रम कहां है, मुझे एक घूंट पीने की जरूरत अनुभव हो रही है।’

उसने जोय की हिप पाकेट से रम निकाल ली।

जैसे ही थाम्पसन के फायर आने बंद हो गए, मैंने झाड़ियों की ओर तीन फायर किए जहां से हमारी ओर को फायर हो रहा था।

अचानक वहां हलचल हुई। एक आदमी बाहर निकला ऊपर को उठा और धड़ाम से गिर पड़ा।

'बहुत अच्छा निशाना लगाया तुमने। मैक बोला जो खिड़की से लोट आया था।

'अब यदि उनमें से किसी को थाम्पसन की आवश्यकता होगी तो वह उसे उठाने के लिए आयेगा।'

बन्दूकों से गोलियां हमारे ठीक सामने की ओर आ रही थी। हम पीछे की ओर हट जाए।

'अब निश्चय ही वे ठीक हमारे सामने आ गए हैं।' मैंने मेरी से कहा, 'तुम दूसरे कमरे में चली जाओ।

'क्यों?' उसने मेरी ओर देखा। उसके सफेद पड़ गये चेहरे पर आंखें फैल गई थी। वह काफी भयभीत लग रही थी।

'अंदर जाओ और व्यर्थ के सवाल मत पूछा।'

वह अपने हाथों को घुटनों पर रखकर अंदर चली गई।

अपने साथ एक रिवाल्वर ले ली। मैंने मैक से पूछा कि क्या उसके पास रिवाल्वर है?'

'जोय के पास था।'

मैं जोय के पास गया और 38 प्वाइंट का एक रिवाल्वर उसकी सामने वाली जेब से निकाल लाया और वापस मैक के पास आ गया।

'सुनो मैं ऊपर छत पर जा रहा हूं। जैसे ही मैं ऊपर से फायर करूं तुम एक क्षण बाद दरवाजा खोल देना। भाग्यवश वे लोग तुम्हें नहीं देख पायेंगे, तब तुम आसानी से उनको सूट कर सकते हो। याद रहे अब उनकी संख्या पांच है।'

'वे तुमको एक क्षण में ही मार डालेंगे जब तुम छत पर दिखाई दोगे। अब काफी रोशनी हो गई हो।'

'यह मौके की बात है।'

बाहर घने अंधेरे में से किसी की कड़कती आवाज आई, बाहर निकलो वरना हम अंदर आ रहे हैं।'

मैं जल्दी से अंदर वाले कमरे की ओर दौड़ा।

मेरी मेरी प्रतीक्षा कर रही थी।

जब मैं जीने पर चढ़ रहा था तो सोच रहा था कि शायद मैं अन्तिम बार बचने की कोशिश कर रहा हूं।

बड़ी सावधानी से मैंने वह गुप्त दरवाजा खोला, थोड़ी देर तक किसी आहट को सुनने की प्रतीक्षा की और तब धीरे से मैंने अपना सिर और कंधे ऊपर निकाले। मैं जीने में से ही छत के साथ लटक बाहर निकला था। मुझे आशा थी कि अब वे लोग घाटी की ओर से छत पर नहीं

देख रहे होगे, वे सामने की ओर नीचे आ चुके थे। वैसा ही हुआ। मेरे ऊपर आ जाने पर कोई प्रतिक्रिया नहीं हुई।

मैं लेटे ही लेटे दूसरे कमरे की छत पर लुढ़ककर जा पहुंचा था और उपयुक्त समय की प्रतीक्षा करने लगा कि कब मुझे कोई अवसर मिले और मैं गोली चलाऊं।

एकदम कई गोलियों के चलने की आवाज आई, लेकिन वे सभी दरवाजे को निशाना बना रहे थे।उन्होंने मुझे छत के ऊपर नहीं देखा था।

मैंने नीचे की ओर सीढ़ीनुमा बिछी हुई झाड़ियों को देखा जिनमें वे लोग छिपे हुए थे। थोड़ी देर बाद मैं किसी को नहीं देख सका। तब मैंने एक आदमी को निशाना बनाया। वह दरवाजे से लगभग बीस गज की दूरी पर था। वे सभी लोग किसी न किसी चट्टान की आड़ लिए हुए थे।

जैसे ही मेरी गोली उस आदमी को लगी वह लड़खड़ाकर वही ढेर हो गया। तभी किसी ने मेरी ओर देख लिया और जोर से चिल्लाकर मेरी ओर इशारा किया।

मैंने झुककर गुप्त दरवाजे की ओर सरकना शुरू कर दिया। दूसरी ओर से छत पर फायर आने शुरू हो गये थे। मैं जीने से नीचे उतर आया और दरवाजा बंद कर दिया।

'क्या तुम घायल हो गये हो?' मेरी ने गहरी सांस छोड़ी।

'नहीं।'

मैं शांत नहीं रहा, दौड़कर दूसरे कमरे में आ गया। मैंने देखा कि मैक दरवाजा खोलकर एक ओर खड़ा था। वह दरवाजे के पास इस तरह खड़ा था जैसे जनरल कस्टलर हो।

जैसे ही मैं उसके पास आया। उसने फायरिंग करना बंद कर दिया था और खिड़की की ओर हट गया था।

'हमने उन सभी को समाप्त कर दिया है, वे कुल पांच ही थे।'

मेरी भी हमारे पास आ गई थी।

'आओ। मैंने कहा।

अब दूसरी ओर से गोलियां आनी पूरी तरह बंद हो गई थी। घाटी में चारों ओर मौत की जैसी शांति छा गई थी।

अब किसी के जिन्दा रहने की संभावना नहीं है। मैं बोला, अब हमको यहां से बाहर निकलना चाहिये। हम यहां से निकलकर झाड़ियों में छुप जायेंगे और प्रतीक्षा करेंगे। पहले मैक आगे निकलेगा, तब तुम और मैं तुम्हारे बाद में निकलूंगा। तैयार हो जाओ।'

उसने स्वीकार किया।

निकलो।

और हम इसी क्रम से केबिन से निकल आये।

□ □

हम झाड़ियों में छिपे हुए लेटे थे और घाटी की ओर से किसी के आने की प्रतीक्षा कर रहे थे। लेकिन पहाड़ी की ओर से न तो कोई आया और न किसी गोली के चलने की आवाज सुनाई दी।

मैक ने अपने मुंह को साफ किया और अपने कंधे को सहलाया। अब बालू ठंडी होने लगी थी, और पहाड़ी की ओर से आती हुई हवा में काफी नमी थी।

वे लोग शांत क्यों हो गये? क्या अब कोई शेष नहीं रहा?' उसने फुसफुसाकर पूछा।

'हां ऐसा ही प्रतीत होता है।' मैंने उससे आधी शेष बची रम ली और मेरी की ओर दिखाकर कहा, 'इसमें से थोड़ी-सी ले लो नहीं तो यह आदमी सारी बोतल खाली कर देगा।'

उसने अपना सिर हिलाकर मना कर दिया।

'मैं ठीक हूं।' उसने कहा।

मैंने उसमें से थोड़ी-सी अपने गले में उड़ेल ली। मेरा विचार उसे पीने का नहीं था। मैंने सर्दी से बचने के लिए उसे ले लिया था।

मेरा विचार है कि अब हम को बाहर निकलना चाहिये। मैंने कहा वे लोग अब नहीं आयेंगे, और यहां पड़े रहकर हमें समय नष्ट करना नहीं चाहिये।'

'क्या तुम समझते हो कि वे लोग सुरंग की ओर वापस गए होंगे?' उसने पूछा।

'हो सकता है। हमें भी चलकर देखना चाहिये। शायद यह तय किया हो कि ज्यादा आदमियों को खोने की बजाए सुरंग से अफीम को अलग कर दिया जाए। और वह सुरंग की ओर चले गए। हों।'

'यह भी तो हो सकता है कि उन्होंने तुम्हारी उस लड़की को पकड़ लिया हो।' मैक ने बैठते हुए कहा।

'आओ हमें उधर ही चलना चाहिये।

मैं रास्ता दिखाऊंगा। मैं आगे-आगे दौड़ता हुआ चलूंगा और देखूंगा कि यहां कोई छिपा हुआ तो नहीं है अगर कोई मेरा पीछा करे तो तुम उसे देख लेना। और यदि किसी के न होने का विश्वास हो जाए तो तुम दोनों भी मेरे पीछे-पीछे चले आना।'

हम थोड़ी देर शांतिपूर्वक अपने सामने फैली जमीन को देखते रहे। चांदनी पूरी तरह से फैली हुई थी। वहां से आधा मील दूर तक साफ दिखाई देता था।

'यदि यहां कोई पहाड़ी के अंदर छिपा हुआ हो और तुम्हें पीछे से गोली मार दे तो?' मैक बड़बड़ाया, तुम व्यर्थ ही मारने जा रहे हो।'

'हां तुम दोनों यही रुके रहो। यदि मेरे साथ कोई घटना न घटे तो मेरे पीछे-पीछे आ जाना।

'तुम स्वयं मुसीबत मोल ले रहे हो। लेकिन तुम बहादुर आदमी हो। मैक ने कहा और पीठ थपथपाई।

'मैं नहीं समझती कि वे लोग अब यहां होगे। मैं सोचती हूं कि वे लोग सुरंग पर वापस चले गये होंगे।

मैं भी उसकी बात से सहमत था। मैंने बालू पर लुढ़कना शुरू कर दिया और फिर मैं टेढ़ा-मेढ़ा होकर दौड़ने लगा। मैं एक झाड़ी के पीछे जा छिपा। मैं करीब दो सौ गज दूर आ गया था लेकिन कोई घटना नहीं घटी थी। मैंने थोड़ी देर प्रतीक्षा की ओर खड़ा हो गया। मैक और मेरी पीछे-पीछे आ रहे थे।

जब वह मेरे पास आ गये तो मैंने कहा, वे लोग यहां नहीं है वे अवश्य ही सुरंग की ओर लौट गए होंगे। अपने आपको छिपाते हुए हमें जल्दी ही यहां पहुंच जाना चाहिये।'

हमने सुरंग की ओर दौड़ना शुरू कर दिया।

थोड़ी दूर तक दौड़ने के बाद हमने रुककर इधर-उधर देखा, मुझे प्यूला के बारे में सोचकर चिन्ता हो रही थी। क्या वह पकड़ी गई, या मिफलिन यहां पहुंचकर स्वयं भी अपने पीछे आ रहे उन दोनों को रुकने का इशारा किया।

'इस तरह से हम परेशानी में पड़ जायेंगे, अब हमको दौड़ना नहीं चाहिये, तुम यहीं पर छिपकर बैठ जाओ।' मैंने मैरी से कहा, 'और आगे का काम मेरे और मैक के ऊपर छोड़ दो।'

हमने अब धीरे-धीरे चारों तरफ देखकर चलना शुरू किया। हम बिना आवाज किए उस चौकोर स्थान की ओर बढ़ रहे थे।

अचानक ही मैक ने सामने की ओर उंगली से इशारा किया ठीक तभी मैंने एक आदमी के सिर को उठते हुए देखा।

मैक ने अपना मुंह मेरे कान के पास रखा।

'मैं उसे देख लूंगा।' वह फुसफुसाया, 'एक बार मैं रेंजर रह चुका हूं।'

मैंने उसकी बात को स्वीकार किया और उस आदमी की ओर देखता हुआ जमीन पर लेट गया। और उन दोनों को भी लेटने के लिए इशारा किया।

हम थोड़ी देर तक प्रतीक्षा करते रहे लेकिन कोई घटना नहीं घटी।

मेरी मेरे पास ही बालू पर लेटी हुई थी। उसने भी उठते हुए आदमी के सिर को देख लिया था।

अचानक ही वह आदमी आधा खड़ा हो गया और हमारी तरफ देखने लगा। मैंने मेरी को बालू के ढेर के पीछे छिप जाने का इशारा किया और मैं मैक के पास सरककर आ गया।

उसको इस बारे में कुछ पता नहीं था। जब मैं उसके बिल्कुल करीब पहुंच गया तो वह एकदम उछल पड़ा। मुझे इससे बड़ा आनन्द आया। हम दोनों सरककर चौकोर जगह के किनारे पर आ गये थे। हमने नीचे की ओर झांककर देखा।

नीचे दो ट्रक खड़े थे जिनकी हैडलाइट बुझी हुई थी। कुछ आदमी लकड़ी के बक्से उन ट्रकों में भर रहे थे और अन्य आदमी बक्से ला-लाकर उनको दे रहे थे। उनमें से एक ट्रक पूरी तरह भर चुका था और दूसरा आधा खाली था। दरवाजे पर खड़ा हुआ बैरत उन आदमियों को जल्दी-जल्दी काम करने के लिए कह रहा था।

मैक ने अपने हाथ में रिवाल्वर निकालकर बैरत की छाती का निशाना लगाया, लेकिन मैंने झपटकर उसकी कलाई पकड़ ली।

'ऐसा मत करो। मेरी लड़की भी नीचे हो सकता है। मैं उसे देखने के लिए नीचे जा रहा हूं। वह जा नहीं सकी होगी। यदि वह लोग मुझे देख लेते हैं तो मैं तुरन्त फायर करके तुम्हें संकेत कर दूंगा और तब तुम सबसे पहला निशान बैरत को बनाना।

उसने स्वीकार कर लिया और मैंने उस खतरनाक चौकोर स्थान से नीचे उतरना शुरू कर दिया। नीचे उतरकर मैं एक झाड़ी के पीछे छुप गया और यह देखने लगा कि मुझे किसी ने देखा

तो नहीं है। वे लोग अपने काम में इतने मग्न थे कि उन्होंने इधर-उधर नहीं देखा। मैं चुपचाप धीरे-धीरे ट्रक की तरफ बढ़ने लगा।

मैंने बैरत की आवाज सुनी जो पसीना-पसीना हो गए आदमियों को और जल्दी काम करने के लिए कह रहा था। मैं उस भरे हुए ट्रक की ओर खड़ा होकर केबिन के अंदर देखने लगा।

प्यूला अंदर थी, उसके हाथ और पैर बंधे हुए थे, उसने घूमकर बाहर की ओर देखा। हमने एक दूसरे को देख लिया। मैंने केबिन का दरवाजा खोला और उछलकर अंदर पहुंच गया।

वह भय से पीली पड़ गई थी, लेकिन जैसे ही मैं वहां पहुंचा वह मेरी ओर धीरे से मुस्कराई।

'क्या मैं तुम्हें देखकर खुश होऊं।' उसने धीरे से कहा।

'हम दोनों ही खुश हो सकते हैं।' मैंने कहा और उसकी बंधी हुई कलाइयों को खोल दिया। 'क्या हुआ था? क्या तुम सीधी इनके पास चली गई थीं?'

उसने स्वीकार किया। जब मैं उसके पैर खोल रहा था तब वह अपनी कलाईयां रगड़ रही थी।

'अब भी वह यही समझते हैं कि तुम सुरंग के अंदर हो।' उसने मुझे बताया। 'उसे यह बात नहीं मालूम थी कि मैं भी यहां हो सकती हूं। वह समझता है कि मैं अंदर जाने का रास्ता तलाश कर रही हूं। जैसे ही वे लोग माल लादने का काम खत्म कर देंगे वह मुझे यहीं छोड़कर चले जाएंगे।'

'उन्हें सोचने दो, आओ अब हम ऊपर चौकोर स्थान पर चलें वहां हमारे साथी हैं।'

ट्रक की अंधेरी साइड की तरफ होते हुए हम चुपचाप उसी रास्ते से आगे बढ़े जिस रास्ते से मैं आया था। जब हम आधा रास्ता पार कर चुके तब अचानक ही हमारे पीछे एक चीख सुनाई दी हमने पीछे मुड़कर देखा । बैरत सुरंग की ओर मुंह किये खड़ा था। काम कर रहे तीन आदमी आदमी सुरंग की ओर बढ़ रहे थे। चीखों की आवाज दोबारा आई, अचानक ही बैरत ने सुरंग की ओर फायरिंग शुरू कर दी और ट्रकों की तरफ दौड़ने लगा।

मैंने प्यूला की बांह पकड़कर घसीटते हुए कहा, 'जितनी जल्दी हो सके ऊपर भाग चलो।'

मेरी और मैक दोनों ने ऊपर से फायरिंग शुरू कर दी थी। हमने नीचे चीखकर गिरते हुए आदमियों को देखा और हम जल्दी ही उन दोनों के पास पहुंच गये। वह नीचे की ओर इशारा करके कहने लगा—'उनकी ओर देखो उन आदमियों के पास बच निकलने का कोई रास्ता नहीं हैं।'

मैक लगातार गोलियां बरसा रहा था। मैंने नीचे की ओर देखा अब वहां कोई आदमी नहीं था। वे पांचों आदमी मरे पड़े थे। लदे हुए ट्रक के पास बैरत हाथ फैलाए पड़ा था। उसके सीने में तीन निशान साफ चमक रहे थे। सुरंग से अनेक चूहे उनकी ओर दौड़ कर आ रहे थे।

मैंने प्यूला की बांह पकड़ ली।

'हमें यहां से चलना चाहिये।'

हम चारों उस बालू को पार करते हुए हाईवे की ओर दौड़ने लगे।

□ □

आधी रात बीत चुकी थी, जब मैं, मेरी जेरोम, फ्रैन्कन, प्यूला, ब्राण्डन के ऑफिस में पहुंचे। मिफलिन कुछ विचारमग्न बैठा था।

जैसे ही हम ब्राण्डन के ऑफिस में पहुंचे, वह अपनी डैस्क के पीछे बैठा हमारी ओर आंख तरेरकर देखने लगा। वह स्वयं अपनी त्रुटियों को नहीं देख पा रहा था। मिफलिन जबरदस्ती उसको बिस्तर से जगाकर, मुझसे पूरी कहानी सुनाने को लाया था।

'अच्छा बैठ जाओ।' ब्राण्डन गुर्राया। उसने अपनी डैस्क के सामने अर्ध गोलाई में लगी कुर्सियों की ओर अपनी मोटी और भद्दी उंगली से इशारा किया। फिर मिफलिन की ओर देखकर उसने पूछा, 'तुम्हें कुछ मिला?'

'अफीम के भरे दो ट्रक और सोलह आदमी।' मिफलिन ने उसको बताया। 'बैरत मारा गया है। उस गैंग का केवल एक आदमी ही उस समय तक जीवित था जब मैं वहां पहुंचा। उसी ने बताया था कि बैरत मारा गया हैं लेकिन यह मेलोय के बताने का विषय है। क्या तुम उसे सुनना चाहते हो?'

ब्राण्डन ने त्यौरी बदलकर मेरी ओर देखा, और ड्राअर खोलकर एक सिगार का डिब्बा निकाला। उसने डिब्बे में से एक सिगार निकालकर सुलगाया। वहां उपस्थित किसी को भी उसने सिगार के लिए नहीं पूछा। और वह पीछे पीठ टिकाकर बैठ गया।

'तो यह बात है जिसके लिए यह लोग यहां आये हैं।' उसने कहा। उसने अपनी मोटी उंगली से मेरी जेरोम की ओर इशारा किया और पूछा—'यह कौन हैं?'

'ली डैड्रिक की पत्नी।' मैंने उसे बताया।

उसने सीधे बैठकर फिर अपना प्रश्न दोहराया।

'कौन?'

'ली डैड्रिक की पत्नी।'

वह मेरी जेरोम की ओर घूम गया।

'क्या यह सच है?'

'हां।' मेरी ने भर्राई आवाज में शांतिपूर्वक उत्तर दिया।

'तुम्हारी शादी को कितना समय हो गया?'

'लगभग चार वर्ष बीत गये हैं।'

उसने सिगार नीचे रख दी और अपने मोटे-मोटे सफेद हो गए बालों में उंगलियां घुमाने लगा।

'तब क्या मार्शलैण्ड की लड़की से उसने दूसरी शादी की थी?' उसने कड़कदार आवाज में पूछा।

'हां।' मैंने उसके बात करने के ढंग से आनन्द लेते हुए कहा, 'क्या तुम चाहते हो कि मैं शुरू से सारी बात बताऊं अथवा तुम प्रश्न ही पूछना चाहते हो?'

उसने दोबारा सिगार उठा लिया और माचिस से जलाया।

'क्या मिसेज डैड्रिक—सरीना मार्शलैण्ड इस बात को जानती हैं।'

'हां, वह अब जानती है।'

उसने अपने कंधे उचकाए और मुंह बनाया। अपने हाथ हिलाकर वह बोला, 'आगे बताओ, लेकिन मैं इस बात पर विश्वास नहीं करता।'

'इस बात में अधिकतर अनुमान लगाने की बात है।' कहा और अपनी कुर्सी को थोड़ा आगे सरकाया। 'इसमें से कुछ बातें प्रमाणित हैं, अधिकतर नहीं। हम इस बात को समझ लें कि बैरत तस्कर का काम करता था और वह अपने गैंग का मुखिया था। ली डैड्रिक और ल्यूटी फैरीज उसके सहयोगी थे। डैड्रिक पैरिस में और फैरीज मैक्सिको में तस्करी का माल लाते ले जाते थे। हमारे पास उसका प्रमाण है। हमें इस बात की भी जानकारी है कि डैड्रिक ने इस लड़की के साथ शादी की थी।' मैंने अपने हाथ से मेरी जेरोम की ओर इशारा किया। यह इस बात को नहीं जानती थी कि वह क्या धंधा करता है। उसने इसे छोड़ दिया और सरीना मार्शलैण्ड के साथ शादी कर ली। और न्यूयार्क वापस आ गया। वह सरीना का धन हथियाना चाहता था। अब यहां से आगे की बात अनुमान पर आधारित है। सौकी को इस बात का पता चल गया था कि डैड्रिक क्या काम करता है। हो सकता है कि उसने ब्लैकमेल करने की कोशिश की हो, मैं नहीं जानता लेकिन डैड्रिक को इस बात का पता चल गया था कि सौकी उसकी असलियत जान गया है। उसने ही योजना बनाकर सौकी का मुंह बंद करने के लिए उसकी हत्या कर दी। उस हत्या पर परदा डालने के लिए सरीना से धन ऐंठने के लिए उसने अपने अपहरण की झूठी कहानी गढ़ी। इस बात पर कोई भी आदमी विश्वास नहीं कर सकता कि उसने सौकी को मार डाला और कोई अनुमान भी लगा सकता कि उसका अपहरण नहीं हुआ। बैरत ने इस काम में उसकी मदद की। वह बैरत के कमरे में छिपा हुआ था जबकि बैरत ने पेरली के कमरे में रुपया और कांटा आदि छिपाया और उसके अपहरण को करने के जुर्म में फंसा लिया। यह काम काफी आसान था। पेरली ठीक बैरत के दूसरी ओर वाले कमरे में रहता है। बैरत पेरली से घृणा करता था। उसी ने इस बारे में पुलिस को सूचना दी थी। पुलिस ने उसे सामान सहित गिरफ्तार कर लिया।'

ब्राण्डन मिफलिन की ओर झुका और गुर्राया—'जानते हो यह किस तरह की बात कर रहा है। यह मुझे स्वप्न की बातें सुना रहा है।' उसने डैस्क पर थपकी दी और मेरी ओर मुड़ा, 'मेलोय यह कैसी स्वप्न जैसी बातें बता रहे हो। तुम पेरली को बचाने के लिए मुझे मूर्ख बना रहे हो। तुमने अब तक कोई प्रमाणयुक्त बात नहीं बताई है। वह डैड्रिक के मामले से बच नहीं सकता। तुमने कितनी झूठी कहानी गढ़ी है।'

'एक ऐसी लेहमन नाम की लड़की, जो बैरत वाले मकान में रिसेप्शन क्लर्क का काम करती थी, उसे इस बात की जानकारी थी, जब बैरत ने मछली मारने का कांटा और बंदूक पेरली के कमरे में रखी थी। डैड्रिक उससे मिलने उसके कमरे पर गया और उसकी हत्या कर दी।'

ब्राडन भयानक ढंग से हंसा—

'यह तुमसे किसने कहा कि उसकी हत्या की गई थी। जबकि उसने आत्महत्या की है।'

ग्रेसी लेहमन के साथ फाउन सूट पहने एक आदमी देखा गया था वही डैड्रिक था। उसको जोय डैड्रिन ने देखा है।

'यह कहानी का एक सिरा है। तुम्हारी गवाह एक बाजारू औरत है। क्या तुम समझते हो मैं उसकी बात पर विश्वास कर लूंगा।'

मैंने अपने कंधे हिलाए।

'तुम किस तरह कह सकते हो कि फाउन सूट पहने वह आदमी डैड्रिक ही था।' उसने पूछा।

'मैंने काफी आवाज से उसको पहचाना था। उसने मुझसे फोन पर बातें की थीं, यदि तुमको याद हो जब उसका अपहरण होने वाला था। उसकी आवाज को तुम भूल नहीं सकते।'

'बताओ तुमने दोबारा उस आवाज को कहां सुना? सिवाय इसके कि बैरत एक तस्कर है तुमने अन्य कोई बात सत्य नहीं बताई। तुम्हारी सारी बातें मनगढंत हैं।'

मैंने फ्रैन्कन की ओर देखा, उसने अपना सिर हिलाया।

'अच्छा ठीक है, अब मैं यही उचित समझता हूं कि हम सभी को अपने-अपने बिस्तर पर चले जाना चाहिये।' मैंने ब्राण्डन से कहा, 'मुझे यहां नहीं आना चाहिये था। क्योंकि तुम मेरी कहानी पर विश्वास करना ही नहीं चाहते-नमस्ते।'

'अच्छा, इस केस की दोबारा छानबीन करो।' ब्राण्डन ने कहा वह अपने आप में खुश हो रहा था। 'हमें तुम्हारी यह कहानी लिखित में लेनी है इसलिए अपनी पूरी बात जो कुछ तुम कहना चाहते हो लिखा दो।' उसने मिफलिन की ओर देखा वह सारजैन्ट मैकग्रोव को बुलाने चला गया था।

थोड़ी देर के बाद मैकग्रोव आंखें मलता हुआ वहां आ गया। वह एक मेज के पास बैठ गया और एक पैड और एक पैन्सिल लेकर उसने लिखना शुरू किया।

मैंने कहानी को दोबारा शुरू से कहना जारी किया। बीच-बीच में ब्राण्डन मुझे जल्दी समाप्त करने को कहता रहा। उसने मेरी जेरोम को भी एक-दो बार टोका।

इस पूरी कहानी में कोई गवाह नहीं है, उसने अंत में कहा, 'इस बात को कोर्ट में कहना। हमें जो कहना है वह यह है कि पेरली ने डैड्रिक का अपहरण किया है और यह सत्य है। यदि तुम समझते हो कि लोला नामक औरत कोर्ट में गवाही देगी तो तुम गलती पर हो। तुमने मेरा काफी समय नष्ट कर दिया है। या तो तुम डैड्रिक को लाओ अन्यथा मैं तुम्हारी किसी भी बात पर विश्वास करने को तैयार नहीं हूं। यह मेरी अन्तिम राय है।'

बाहर गैलरी में हम चारों व्यक्ति एक दूसरे का मुंह ताकते खड़े थे।

'वह ठीक कहता है, यही एक तरीका है, विक। यह एक अच्छी कहानी हो सकती है लेकिन इसके जरिये हम अदालत में खड़े नहीं हो सकते। हमें डैड्रिक का पता लगाना चाहिये।'

मिफलिन भी हमारे पास आ गया था।

'अच्छा, यह बताओ, क्या तुम्हारे पास कोई ऐसा आदमी नहीं है जो गवाही दे सके।'

'क्या तुम डैड्रिक की तलाश कर रहे हो?' मैंने पूछा।

'हम उस आदमी की तलाश कर रहे हैं जो फाउन सूट में है।' मिफलिन ने सावधानी से उत्तर दिया, 'हमें ग्रेसी लेहमन की हत्या वाले मामले में उसकी तलाश है। तुम ब्रांडन की बात का बुरा मत मानो। उसे अच्छी तरह मालूम है कि ग्रेसी की हत्या की गई है।'

‘यदि तुम्हें उसकी जरूरत है तो तुम स्वयं उसे तलाश क्यों नहीं करते। अब तक तुमने उसे पकड़ा क्यों नहीं है?’

मिफलिन का लाल चेहरा पीला पड़ गया।

‘यदि वह मिल सका तो हम उसे तलाश करेंगे। तुम हमें गलत मत समझो। यदि वह इसी शहर में ठहरा हुआ है तब तुम विश्वास करो वह पकड़ जाएगा।’

‘वह अब तक तो कभी का पकड़ा जाता यदि तुम उसे हर मकान और गली में तलाश करते।’

फ्रैन्कन हमारी बातों से बोर हो रहा था।

‘अच्छा, मैं समझता हूं मुझे अब सोना चाहिये, मैं जा रहा हूं। मेरे सामने कई काम हैं जिन्हें मैंने कल पूरा करना है। अभी हमारे पास दो दिन और शेष हैं मैं मामले में बिल्कुल दखल नहीं दूंगा। मैं इस केस को लेकर कोर्ट में तब तक नहीं जाऊंगा विक, जब तक कि मेरे हाथ में कोई प्रमाण न होगा।’

इससे पहले मैं कुछ कहूं वह चला गया।

बाद में प्यूला, मैं और मेरी थके हुए सीढ़ियों से नीचे उतर कर गली में आ गये।

‘क्या मैं मिसेज डैड्रिक को अपने मकान में ले जा सकती हूं?’ प्यूला ने पूछा।

‘ले जाओ। हम कल सुबह ऑफिस में मिलेंगे। हो सकता है तब तक मैं कोई योजना बना लूं।’

मैंने उनके लिए एक टैक्सी का प्रबन्ध कर दिया।

फिर जैसे ही मैं अपनी व्यूक गाड़ी की तरफ जा रहा था, मिफलिन मेरे पास आया।

‘मैं इस बारे में शर्मिन्दा हूं, विक।’ उसने कहा, ‘इस बारे में मैं कुछ नहीं कर सकता।’

‘मैं जानता हूं।’ मैंने एक सिगरेट निकालकर जलाई, ‘क्या तुम समझते हो कि डैड्रिक इस शहर को छोड़ सकता है।’

मिफलिन ने सिर हिलाकर इंकार किया।

‘मैं नहीं जानता हमारे आदमी सड़कों पर, हवाई अड्डे पर तथा स्टेशनों तैनात हैं वह भाग्यशाली है यदि वह यहां से चला गया है। या तो वह निकल गया है या वह किसी ऐसी जगह छिपा है जहां से वह निकल नहीं रहा है।’

मैंने स्वीकार किया।

मुझे अचानक ही एक विचार सूझा।

‘हां।’ मैंने कहा। ‘मैं शर्त लगाकर कह सकता हूं कि वह इसी शहर में ठहरा हुआ है। मुझे विश्वास है कि मैं कुछ कर सकता हूं। अभी सोना नहीं हो सकता है। मैं तुम्हें टेलीफोन करूंगा क्या तुम अपने घर पर मिलोगे?’

‘मैं अभी वहीं जा रहा हूं।’ मिफलिन ने कहा। ‘तुम्हारा क्या विचार है? क्या तुम्हें कुछ मालूम है कि वह कहां है?’

मैं कूदकर अपनी गाड़ी में बैठ गया और इंजन स्टार्ट कर दिया। ‘जहां तुम नहीं जा पाओगे मैं वहीं तलाश करने जा रहा हूं।’ मैंने अपना सिर खिड़की से बाहर निकालकर कहा, ‘ओसी एण्ड।’

जब तक कि वह मुझे आवाज दे मैंने कार आगे बढ़ा दी थी।

□ □

ओसीन एण्ड के लिए जाने वाली कच्ची सड़क पर मुड़ते ही मैंने कार की हैडलाइट बुझा दी।

डैड्रिक को छिपने के लिए ओसीन एण्ड से अधिक सुरक्षित स्थान और कौन-सा हो सकता है। यदि मार्शलैण्ड शहर से बाहर गया है और वहां सरीना अकेली ही है तो डैड्रिक को वहां छिपने मैं क्या कठिनाई हो सकती है। वह उसे कोई झूठी कहानी सुना कर प्रभावित कर सकता है।

यह एक कल्पना से अधिक कुछ नहीं था, लेकिन मैं उसको यहीं तलाश करने जा रहा था। मैं समझ रहा था कि जब तक उसको पा न लूंगा तब तक आराम करना मेरे लिए मुश्किल है।

आधा रास्ता तय करने के बाद मैंने कार को रोक दी और बाहर आकर पैदल चलने लगा। मैंने सोचा यह ज्यादा सुरक्षित है।

मुख्य द्वार बंद था मैंने इस दरवाजे के बारे में बहुत-सी कहानियां सुनी थीं इसलिए मैंने उसको छोड़ दिया। मैं उस मकान के पिछले भाग की ओर गया। जहां मुझे एक लता ऊपर की ओर जाती हुई दिखाई दी वह काफी मजबूत थी। थोड़ी कोशिश करने के बाद उसे पकड़कर मैं दीवार के ऊपरी सिरे पर पहुंच गया।

और फिर चुपचाप दीवार से नीचे कूद पड़ा। नीचे मुलायम बालू पड़ी थी।

मकान के नीचे के भाग में घना अंधेरा था। लेकिन ऊपर की दो खिड़कियों से रोशनी आ रही थी। उस समय दो बजकर बीस मिनट हो गये थे और इस बात की कोई संभावना नहीं थी कि कोई बाहर होगा।

मेरे रबर के जूते बिल्कुल आवाज नहीं कर रहे थे। मैं धीरे-धीरे आंगन की सीढ़ियों पर चढ़ गया। मेरे ऊपर की एक खिड़की से आंगन में सीधी रोशनी जा रही थी और सामने के पत्थर को और चमकीला बना रही थी। खिड़की के ऊपर चढ़ना कोई मुश्किल नहीं था। खिड़की बाल्कनी में खुली हुई थी। मैं ऊपर वाली बाल्कनी में पहुंच गया। मैंने अपने दोनों हाथों से उसको पकड़कर ऊपर झांका।

मुझे अपने भाग्य पर भरोसा था। फाउन सूट पहने वह आदमी बिस्तर पर लेटा था। उसके एक हाथ में व्हिस्की का गिलास था और दूसरे में एक पत्रिका थी। एक जली हुई सिगरेट उसके पतले होंठों में दबी हुई थी। वह बड़ी तल्लीनता से पढ़ रहा था।

मैंने उसे दोबारा झांककर देखा। आखिरकार मैंने उसे ढूंढ ही लिया। मेरी कल्पना सत्य सिद्ध हुई।

मैं उसको छोड़ना नहीं चाहता था मुझे गवाहियां चाहिये थीं। मैं बाल्कनी से नीचे उतर आया और आंगन में पहुंच गया।

मैं यह सोचने की कोशिश करने लगा कि यहां सबसे नजदीक फोन बाक्स कहां होगा। मुझे याद आया कि वह यहां से बहुत दूर था लेकिन यदि मैं दूर चला जाऊंगा तो डैड्रिक मेरे हाथ से निकल जायेगा।

अचानक मुझे याद आया कि टेलीफोन यहां ड्राइंगरूम में है। मैं चुपचाप धीरे-धीरे चलता हुआ खिड़की के नीचे होकर ड्राइंगरूम में पहुंच गया। मैंने वहां फैली चांदनी में देखा कि दरवाजा तारों के साथ बंधा हुआ था। इससे पहले कि मैं उन तारों को तोड़ूं, मैंने सोचा कि शायद मकान के दूसरी ओर कोई खिड़की खुली हुई हो। और उसके अंदर टेलीफोन हो।

यह मेरी भाग्यशाली रात थी। मकान के पिछवाड़े मुझे एक खुली हुई खिड़की मिल गई। मैंने उसके अंदर अपना सिर अंधेरे में डालकर आहट ली, मुझे कुछ नहीं सुनाई दिया। मैंने अपनी पिछली जेब में से प्यूला की छोटी टार्च निकाली। यद्यपि उसकी रोशनी काफी कम हो गयी थी तो भी इतनी थी कि मैं अंदर देख सकूं। मैंने उस टार्च की रोशनी अंदर डाली। वहां कोई भी नहीं था।

बड़ी सावधानी से मैं खिड़की में उछलकर अंदर आ गया।

मकान में चारों ओर सन्नाटा छाया हुआ था। कुछ क्षण तक मैं आहट लेता रहा। और फिर मैंने दरवाजा बंद कर दिया।

टेलीफोन एक सोफे के पास मेज पर रखा हुआ था। मैं सोफे पर बैठ गया और रिसीवर उठाकर मिफलिन के घर का नम्बर डायल करने लगा। कुछ देर के बाद दूसरी ओर घंटी बजने की आवाज रिसीवर से सुनाई देने लगी।

तभी मिफलिन की आवाज आई।

'हैलो।'

'मैंने उसे पा लिया है।' मैंने माऊथपीस पर मुंह सटाकर कहा, 'वह ओसीन एण्ड पर है, जितनी जल्दी तुम आ सकते हो यहां आ जाओ।'

'क्या तुम्हें विश्वास है?' मिफलिन की आवाज में हल्का आश्चर्य था।

'हां मुझे विश्वास है। मैंने उसे अभी-अभी अपनी आंखों से देखा है और सुनो, टिम, प्यूला और मिसेज डैड्रिक को भी साथ लेते आना। मुझे गवाह चाहिये। इस मकान पर पहुंचने से पहले रास्ते में ही अपनी गाड़ी रोक देना। मुख्य द्वार पर नहीं आना बल्कि पिछवाड़े की ओर किसी तरह चढ़कर अंदर आंगन में आ जाना।'

'क्या तुम्हें यकीन है कि वह वही है।' मिफलिन ने पूछा।

'मैं अपना धैर्य खोता जा रहा हूं, यदि मैं उस औरत के मकान में...।'

'इस बात को भूल जाओ और आने की तैयारी करो। जब तुम प्यूला के मकान में पहुंचोगे तब वह दोनों तैयार मिलेंगी। मैं उनको टेलीफोन पर बताए दे रहा हूं। मैं तुम्हें बीस मिनट का समय दे रहा हूं।' इससे पहले कि वह कुछ कहे मैंने लाइन काट दी।

दोबारा मैंने प्यूला का नम्बर डायल किया और कहा—'अपने कपड़े पहन लो और मिसेज डैड्रिक को भी साथ ले लो। अभी दस मिनट में मिफलिन तुम्हें लेने आ रहा है। मैं तुम दोनों को यहां ओसीन एण्ड पर मिलूंगा। मैंने डैड्रिक को ढूंढ लिया है।'

प्यूला ने कहा वह तैयार रहेगी। वह कभी व्यर्थ के प्रश्न पूछने में समय नष्ट नहीं करती थी।

मैंने रिसीवर टांग दिया और एक सिगरेट जलाई। मुझे पसीना आ रहा था।

कहीं पर एक शांत कमरे में घड़ी की टिक-टिक की आवाज आ रही थी। मैंने अपने पैर सोफे पर फैला लिए। भाग्यवश इस केस का अब अंत हो जाएगा। कल सुबह तक सारी कहानी समाप्त हो जाएगी। पेरली स्वतंत्र हो जाएगा।

मैं अपनी आंखें बंद किए सोफे पर लेटा था। जब से मैंने मैक्सी से बैरत के घर की चाबी ली थी तब से अब तक बहुत-सी घटनाएं घट चुकी थीं। मुझे इस बात की खुशी थी कि एक घंटे के अंदर ही सब कुछ समाप्त हो जाएगा।

तभी अचानक ऊपर सीढ़ियों से एक गोली चलने की आवाज आई।

मैं सोफा छोड़कर एकदम खड़ा हो गया और कान लगाकर सुनने लगा। उस एक आवाज के बाद कोई दूसरी आवाज सुनाई नहीं दी। मैं बाहर हाल में आ गया। तभी एक दरवाजा खुला और ऊपर रोशनी फैल गई। कोई सीढ़ियों के पास मेरे सिर के ऊपर धीरे-धीरे रेंग रहा था। मैंने देखा वह एक औरत थी और नीले सिल्क का लबादा पहने हुए थी। उसने एक दूसरा दरवाजा खोला और अंदर चली गई।

धीरे-धीरे सीढ़ियां चढ़कर मैं उसका पीछा करने लगा। मैंने नीचे गैलरी में आकर उस दरवाजे को धकेलकर अंदर देखा। पर डैड्रिक को मैंने इसी कमरे में देखा था।

सरीना पलंग के ऊपर झुकी हुई थी, और उस लेटे हुए आदमी के कंधे पकड़ झकझोर रही थी।

'ली।' वह सुबक रही थी। 'यह तुमने क्या किया ली, माई डार्लिंग। मुझ से बोली।'

मैं जल्दी ही कमरे में अंदर आ गया। मैंने सरसरी दृष्टि उस लेटे हुए आदमी पर डाली, वह मर चुका था। उसने अपने सिर में गोली मारकर आत्महत्या कर ली थी। उसकी सफेद कमीज खून से तर हो गई थी।

मैंने सरीना की बांह पकड़ ली।

'ठीक है।' मैंने कड़ककर कहा, 'तुम यहां कुछ नहीं कर सकतीं।'

वह घूम गई। उसका चेहरा सफेद तथा आंखें लाल हो गई थी। वह मेरी ओर देख रही थी। तभी उसकी आंखें दूसरी ओर को घूमी और वह मेरी बांहों में झूल गई।

मैंने उसे सावधानी से फर्श पर लिटा दिया। और उस मरने वाले के ऊपर झुक गया।

एक 38 प्वाइंट की रिवाल्वर उसके दांये हाथ की ओर बिस्तर पर पड़ी थी। उसकी नाल से धुआं अभी तक निकल रहा था। उसकी आंखें ठहर गई थीं।

'क्या हुआ?'

मैं मुड़ा।

वैडलक लाल रंग का ड्रैसिंग गाउन पहने दरवाजे पर खड़ा था।

'उसने स्वयं को गोली मार ली।' मैंने कडुवाहट भरे स्वर में कहा। 'हमें मिसेज डैड्रिक को यहां से बाहर ले चलना चाहिये।'

वह उसके ऊपर झुका और उसे अपनी बांहों में उठाकर कमरे से बाहर ले आया।

वैडलक चुपचाप खड़ा था। उसके चेहरे पर तनाव दिखाई देने लगा था।

मैंने सरीना को सोफे पर लिटा दिया।

फिर मैंने दरवाजे पर पड़ा केसमेन्ट पर परदा ऊपर उठा दिया ताकि बाहर की ताजी हवा अंदर आ सके। वैडलक ने स्विच दबाकर कमरे में रोशनी कर दी।

जब वह दरवाजा खोल रहा था मैं एक गिलास में व्हिस्की भर कर सरीना के पास ले आया। जैसे ही मैंने सरीना के पास आकर अपने घुटने मोड़े, उसने आंखें खोल दीं।

'इसे ले लो, मैंने कहा।' 'इससे तुम स्वस्थ हो जाओगी।'

उसने मेरा हाथ दूसरी ओर धकेल दिया और बैठ गई।

'ली।'

'अब, तुम उसकी कोई मदद नहीं कर सकतीं, कोई भी उसके लिए अब कुछ नहीं कर सकता। अपने आपको संभालो।'

वह पीछे की ओर गिर गई और तकिये से अपना मुंह छिपा लिया।

'ली, तुमने ऐसा क्यों किया?' वह सुबक-सुबककर रोने लगी। 'माई डार्लिंग, तुमने ऐसा क्यों किया?'

वैडलक उसके पास आ गया और असहाय की तरह उसकी ओर देखने लगा।

'पुलिस को बुलाओ।' मैंने वैडलक से कहा। 'उनको बताओ कि यहां क्या घटना घटी है। इसे इसी तरह छोड़ दो।'

'मेरी समझ में कुछ नहीं आ रहा है।' वह बोला—'तुम वहां क्या कर रहे हो?'

'तुम इसकी चिन्ता मत करो। जाओ पुलिस को बुलाओ।'

वह कुछ कहना ही चाहता था कि फिर न जाने क्या सोचकर चुपचाप धीरे से कमरे से बाहर चला गया। मैंने उसे जीने से जाते हुए सुना।

'इसे पी लो।' मैंने सरीना के समीप आकर कहा, 'तुम्हें इसकी आवश्यकता है। आओ, पुलिस अभी आती होगी। उसको तुम्हें बताना होगा कि तुमने उसे यहां क्यों छिपाया हुआ था।'

उसने व्हिस्की ली और एक ही सांस में गिलास खाली करके जमीन पर रख दिया।

वे क्यों आयेंगे? उसने मुझसे वायदा किया था कि वह पुलिस को नहीं बताएगा। वह यहां दो दिन पहले ही आया था। वह उन अपहरणकर्ताओं से मुक्त हो गया था। उसने मुझे बताया था कि यदि उन लोगों को मेरे बारे में मालूम हो गया तो वे मुझे मार डालेंगे। उसने वैडलक तक को नहीं बताने दिया था।'

'क्या उसने तुमको बताया था कि उसका अपहरण किसने किया था?'

'बैरत तथा पेरली ने।' वह हांफती हुई बोली—'उसने कहा था कि बैरत पेरली के गत जीवन के बारे में जानता था, इसलिए पेरली को किराए पर तै किया था।'

'क्या तुमको विश्वास है कि उसने पेरली का नाम लिया था?' मैं दरवाजे की ओर मुड़ा जहां मिफलिन, प्यूला और मेरी जेरोम खड़े थे।

मिफलिन झपटकर अंदर गया। वह बिल्ली की जैसी आंखों से सरीना को देख रहा था।

सरीना ने मुड़कर उसकी ओर देखा।

'डैड्रिक दूसरे कमरे में है।' मैंने मिफलिन को बताया, 'उसने आत्महत्या कर ली है।'

मिफलिन जल्दी से कमरे से बाहर निकल गया।

'वह-वह यहां कैसे आ गया?' सरीना ने पूछा, वह अपने हाथों से अपने गले को रगड़ रही थी।

मैंने अनुमान लगाया था कि डैड्रिक यहीं होना चाहिये इसलिए मैंने ही उसको यहां आने के लिए कहा था। अब मुझे डैड्रिक यहां मिल गया तब मैंने उसे टेलीफोन पर बता दिया था।

'तुम...तुमने इस फोन का इस्तेमाल किया था।'

तब ली ने तुमको फोन करते हुए सुन लिया होगा। इसीलिए उसने-उसने अपने आपको गोली मार ली।'

मैं उसकी ओर चुपचाप देखता रहा।

'उसने अपने आपको शूट क्यों कर लिया?'

वह दूसरी ओर देखने लगी।

'पुलिस एक हत्या के केस में उसकी तलाश कर रही थी, क्या यह बात तुमको नहीं मालूम?'

'हां, यह बात तो मुझे मालूम है। मैं नहीं समझता कि इसकी वजह से उसने यह रास्ता अपनाया था। मैंने किसी दूसरे टेलीफोन को तलाश किया था लेकिन मुझे कोई टेलीफोन नहीं मिला था।'

वह चुप रही।

तभी मुझे एक और विचार सूझा। आज की रात मेरा दिमाग काफी तेजी से काम कर रहा था।

'क्या तुमको इस बात का पता है कि तुमसे शादी करने से पूर्व उसकी शादी हो चुकी थी?' मैंने पूछा।

वह मेरी ओर घूमी, उसका चेहरा कठोर हो गया था।

'मैं इस विषय पर बात करना नहीं चाहती।'

'यदि तुम चाहो तो उसकी पहली पत्नी से मिल सकती हो वह यहीं बाहर खड़ी है।'

वह खड़ी हो गई।

'मैं उसको यहां देखना नहीं चाहती। वह अंदर नहीं आ सकती।'

'लेकिन वह आई है।'

'नहीं, यदि वह वहां आयेगी तो मैं उसे यहां से धक्के मारकर निकाल दूंगी।'

'मैं उसे प्यार करती हूं, मैं ऐसी औरत को उसके पास नहीं जाने दूंगी।'

मैं दरवाजे पर गया।

'अंदर आ जाओ।' मैंने मेरी जेरोम से कहा। 'मैं चाहता हूं कि तुम दूसरे कमरे में जाकर डैड्रिक के देखो। इसकी चिन्ता मत करो। मैं देखता रहूंगा वह तुम्हारा कुछ नहीं...।'

मैं रुक गया।

सरीना ने धीरे से डैस्क की दराज खेलकर एक रिवाल्वर अपने हाथ में ले लिया।

मेरी दरवाजे पर ही खड़ी शांत मुद्रा में सरीना की ओर देख रही थी।

'तुम इतनी घबरा क्यों रही हो।' मैंने सरीना की ओर धीरे-धीरे आगे की ओर बढ़ते हुए पूछा।

'वहीं रुक जाओ जहां तुम हो।'

मैंने देखा कि उसकी उंगली ट्रैगर पर थी। मैं रुक गया।

'सावधानी बरतो।' मैंने चेतावनी दी।

'उस औरत को मेरी नजरों से दूर करो। वह उसके पास नहीं जा सकती।'

'यहां क्या हो रहा है?'

तभी मिफलिन अंदर आ गया।

दूसरी ओर से सार्जेन् मेकग्रोव भी दो सिपाहियों के साथ आ गया।

सरीना एक कदम पीछे हटी। मैं उसकी चौकसी कर रहा था, मैंने देखा कि उसने रिवाल्वर अपनी ओर कर लिया था। उसकी आंखों में मचलता हुआ भय साफ दिखाई दे रहा था। जब उसने रिवाल्वर की नाल अपनी तरफ की मैं एकदम उछलकर उसके ऊपर गिर पड़ा और रिवाल्वर उसके हाथ से छूटकर दूर जा गिरा। मैं इसी पल का इंतजार कर रहा था।

मैं उसको लपेटकर रिवाल्वर से दूर हटा ले गया।

मिफलिन ने रिवाल्वर उठाकर अपने हाथ में ले लिया।

वह एक तरफ लेट गई और अपना हाथ अपने सिर पर रखकर सुबकने लगी।

'क्या उसको चोट लगी है?' मिफलिन ने पूछा।

मैंने सिर हिलाकर इंकार किया।

'यहां क्या हो रहा है।' मैकग्रोव चिल्लाया, 'यह सब क्या है?'

मैंने मेरी जेरोम की ओर हाथ से इशारा करके कहा, 'इसे दूसरे कमरे में ले जाओ और डैड्रिक को इसे दिखाओ यह इस बात का उत्तर देगी। यद्यपि यह इस बारे में कुछ नहीं जानती।'

'लेकिन क्या....।' मिफलिन ने कहना शुरू किया।

'इसे ले जाओ, बेहतर यही होगा कि इसी के मुंह से सुनो।'

उसने अंगूठे से दरवाजा खोला और बाहर निकल गया।

मैंने मेरी जेरोम से कहा, 'इसके पीछे जाओ डरने की कोई बात नहीं।'

वह मिफलिन के पीछे-पीछे दूसरे कमरे की ओर चली गई।

मैंने सरीना को उठाकर सोफे पर लिटा दिया।

मैकग्रोव ने मेरी ओर दांत निकाले।

'तो तुमने आखिर उसको ढूंढ ही लिया। सचमुच तुम बहुत ही चतुर आदमी हो। यहां का काम खत्म करने के बाद हमें बताना होगा कि यह किस प्रकार हुआ।'

'अच्छा।' मैंने कहा और कमरे को पार करता हुआ प्यूला के पास चला गया।

'यह क्या है विक?' उसने पूछा।

'इससे पेरली मुक्त हो जाएगा।'

हम प्रतीक्षा करते रहे।

कुछ ही क्षणों में मिफलिन और मेरी कमरे में आ गए।

‘क्या तुम जानते हो?’ मिफलिन ने कहा, ‘दूसरे कमरे में डैड्रिक नहीं है। इसका कहना है कि यह ल्यूटी फैरीज है।’ फिर उसने मैकगब्रोव की ओर देखकर कहा, ‘तुम फैरीज को जानते हो। दूसरे कमरे में जाकर उसकी शिनाख्त करो।’

मैकग्रोव दौड़कर दूसरे कमरे में चला गया।

मिफलिन ने मुझसे कहा, ‘क्या इसने नहीं बताया कि वह डैड्रिक नहीं है।’ उसने सरीना की ओर इशारा किया जो सोफे पर अपने चेहरे को ढके हुए लेटी थी। मैंने इंकार किया।

मैकग्रोव वापस आ गया था।

‘वह फैरीज है।’ उसने बताया।

‘तब डैड्रिक किस नर्क में चला गया।’ मिफलिन ने पूछा।

‘इससे पूछो। यह तुम्हें बताएगी।’ मैंने कहा और सरीना की ओर इशारा किया। ‘मैं शर्त लगा सकता हूं वह हड्डियों का ढांचा बना सुरंग में पड़ा है।’

अचानक सरीना बैठ गई। उसका चेहरा सफेद पड़ गया था।

‘मैंने उसको गोली मारी है।’ वह चीखकर बोली, ‘और मैंने ही फैरीज को गोली मारी है। जो कुछ तुम्हें अच्छा लगे करो। मैं इसकी परवाह नहीं करती, मेरे साथ जो तुम चाहो कर सकते हो।’

□ □

अगले दिन शाम के पांच बजे थे, जब मिफलिन ऑफिस का दरवाजा खोलकर अंदर आया। मैं अपनी डैस्क की ओर देख रहा था। प्यूला जैक कैरमन के ऊपर झुकी हुई खड़ी थी, जो कोच के ऊपर लेटा था। वह अभी-अभी पैरिस से वापस आया था। प्यूला उससे उसके खर्च के बारे में पूछ रही थी। उसने एक खर्चे का पर्चा प्यूला को दिया था और अब उसकी सफाई दे रहा था।

‘बीस डालर एक रात के खाने का खर्च।’ प्यूला कह रही थी और उस पर्चे को कैरमन के मुंह पर हिला रही थी। ‘और इसमें कुछ नहीं दिखाया गया है कि तुमने क्या किया है।’

कैरमन प्यूला की ओर बड़बड़ा रहा था।

‘इसको नीचे जमीन पर मत फेंको। एक आदमी का क्या कुछ खर्च नहीं होता?’

‘आओ टिम, अंदर आ जाओ।’ मैंने कहा, ‘मुझे आशा थी कि तुम मुझसे मिलने अवश्य आओगे। बैठो।’

जब मिफलिन बैठ गया तब मैंने कैरमन से कहा—

‘कैरमन उठो, लैफ्टीनेंट के लिए व्हिस्की लाओ।’

‘यह काम तो इसकी रुचि का है।’ प्यूला ने कहा।

‘व्हिस्की का नाम सुनने से ही मीठा लगता है। तुम क्या समझे।’ कैरमन ने प्यूला की ओर देखकर कहा।

उसने गिलास और व्हिस्की डैस्क पर रख दिये।

'क्या तुम जानना चाहते हो कि किस तरह इस सारी कहानी का भेद खुला।' उसने कहा, 'इसमें अभी कुछ समय लगेगा। ब्रांडन ने सारी कार्यवाही पूरी कर ली है। उसको सरीना से भेद खुलवाने में कोई ज्यादा कठिनाई नहीं हुई। यह एक सत्य है कि यदि औरत एक बार किसी बात की धारणा बना लेती है तो उसे पूरा करके ही दम लेती है।'

'आदमी जितना रंग बदलता है औरत उतने नहीं।' प्यूला ने कहा।

कैरमन ने गिलासों में व्हिस्की डाल दी।

मिफलिन ने व्हिस्की सिप की और कहा, 'मुझे इस समय इसकी जरूरत थी।' उसने बताना शुरू किया—

'अब फ्रैन्कन सरीना के बचाव का काम करेगा। उसने एक भाग्यशाली केस हाथ में ले लिया है। पेरली को अब से एक घंटा पूर्व मुक्त कर दिया गया है। यद्यपि ब्रांडन हमको मुक्त करने में हिचकिचा रहा था लेकिन सरीना की बात सुनने के बाद उसको मुक्त करने के अलावा और रास्ता ही क्या रह गया था। पेरली ने मुझसे कहा था कि वह तुम्हारे पास अपनी मित्र लड़की को लेकर आयेगा। वह शायद उसके साथ शादी करने की खुशखबरी लेकर आने की आशा करता है।'

'बड़ा भाग्यशाली है।' कैरमन ने कहा, 'हम उनको एक पार्टी देंगे।'

'और तुम उसका खर्चा उठाओगे? उठा सकते हो?' प्यूला ने पूछा।

'क्या तुम उस कहानी को सुनना चाहते हो जो सरीना ने ब्रांडन को बताई है?' मिफलिन ने पूछा।

'हां।' मैंने कहा।

'इस सारी कहानी की जड़ सौकी है। सौकी ने मुसीबत की शुरूआत की। वह डैड्रिक से घृणा करता था। जब डैड्रिक मार्शलैण्ड के साथ ठहरा हुआ था सौकी भी अपना सामान लेकर वहां पहुंच गया था। उसने डैड्रिक के तस्कर होने का और साथ ही पहली शादी का प्रमाण प्राप्त कर लिया था। इससे पूर्व कि वह सरीना को इस बात से अवगत कराता वह डैड्रिक के साथ आर्चिड शहर में आ गया। उसने प्रमाण सरीना के कमरे में छोड़ दिया। सरीना ने प्रमाण पाकर डैड्रिक को समाप्त करने की योजना बनाई। वे दोनों ओसीन एंड में मिले। सौकी वापस आर्चिड होटल आ गया था और डैड्रिक के पास पुनः दस बजे लौटा। सरीना ने डैड्रिक को दूसरी शादी करने के लिए बहुत फटकारा। वह उसकी गालियां सुनकर भी हंसता रहा और फिर उसने साफ-साफ बता दिया कि उसने धन के लालच में उसके साथ शादी की है। यह सुनकर सरीना ने उसे गोली मार दी।

डैड्रिक ने बैरत तथा फैरीज को ओसीन एंड पर मिलने का समय दिया था। उसी समय वे दोनों वहां आ गये और उन्होंने सरीना को रंगे हाथों पकड़ लिया। बैरत ने अपना मौका देखा और उसने सरीना से कहा कि यदि तुम एक मुश्त रकम मुझे दो तो मैं इस पर पर्दा डाल सकता हूं। लेकिन बाद में भी हर माह एक निश्चित रकम मुझे मिलती रहेगी इसका वायदा तुमको करना होगा।

फैरीज ने डैड्रिक की लाश को कार में रखा और सुरंग में ले जाकर डाल दी। फिर बैरत सरीना को लेकर हवाई अड्डे पर चला गया था। वह और फैरीज लौटकर ओसीन एंड आ गए और सौकी के आने की प्रतीक्षा करने लगे। उन्होंने सौकी को गोली मार दी और फैरीज ने तुमको फोन किया था। उसने अपने आपको डैड्रिक बताया था। डैड्रिक और सौकी की हत्या करने के बाद उन्होंने अपहरण की झूठी कहानी गढ़ी और तुमको उसी के बारे में बताया। जबकि डैड्रिक की हत्या ठीक आठ बजे हो चुकी थी।

तुम जानते हो उसके बाद क्या हुआ। जब फैरीज ने सुना कि बैरत मर चुका है, वह ओसीन एंड गया और सरीना पर उसको छिपाने के लिए दबाव डाला। जब तुमने मुझे टेलीफोन किया था तब सरीना ने सुन लिया था। वह जानती थी कि यदि फैरीज पकड़ा गया तो वह पुलिस को सब-कुछ बता देगा। इसलिए उसने फैरीज को हमेशा के लिए चुप कर देने का निश्चय कर लिया। उसको यह आशा थी कि हम उसको डैड्रिक ही समझ लेंगे। यह एक प्रकार का जुआ था। जिसे उसने खेला था। यदि उस समय मेरी जेरोम मौजूद न होतीं तो वह अपनी योजना में सफल हो जाती।'

मैंने अपना सिर हिला।

'मैंने इस तरह नहीं सोचा था। मैंने समझा था कि फैरीज ने मेरी और तुम्हारी बातें सुन ली थीं। उसके कमरे में टेलीफोन नहीं था मुझे आश्चर्य तो हुआ था कि फिर किस तरह उसने हमारी बातें सुन लीं। यह तो मुझे मालूम था वह डैड्रिक नहीं है। अब उसके साथ क्या कार्यवाही होगी, टिम।'

मिफलिन मुस्कराया।

'फ्रैंकन ने उसका केस अपने हाथ में ले लिया है कुछ भी हो सकता है। मुझे तो इस बात पर बहुत ही आश्चर्य है कि धन क्या कुछ नहीं कर सकता। धन के लिए लोग क्या कुछ नहीं कर सकते और धनवान, धन के घमण्ड में किस सीमा तक पहुंच जाते हैं।

'मैं नहीं समझता कि अब फ्रैंकन उसकी रक्षा कर सकता है। जबकि कहानी साफ हो गई है। मेरी के साथ क्या होगा?' मैंने पूछा।

'वह बरी हो जाएगी। वह हमारी मुख्य गवाह है।'

मिफलिन उठकर खड़ा हो गया और बोला, 'अब वह पुलिस को देखना पसन्द नहीं करेगा। मैं उसकी शादी में विघ्न नहीं डालना चाहूंगा।'

जब वह चला गया। कैरमन ने बड़ी उत्सुकता से पूछा, 'पेरली की वह लड़की देखने में कैसी है—क्या बहुत सुन्दर है?'

'तुम्हें इससे क्या मतलब कि वह कैसी है।' प्यूला ने कहा, 'तुम अपने खर्चे का पर्चा दोबारा ठीक-ठीक बनाओ। इस पर्चे पर यह कौन-सी आइटम है। पचास डालर का इत्र?'

मैं चुपचाप बैठा उन दोनों के झगड़े को सुनता रहा।

* * *

www.ingramcontent.com/pod-product-compliance
Ingram Content Group UK Ltd.
Pitfield, Milton Keynes, MK11 3LW, UK
UKHW041825200726
13854UKWH00002BA/569